徐鲁作品系列

为了天长地久

徐 鲁 | 著

时代出版传媒股份有限公司
安徽少年儿童出版社

图书在版编目(CIP)数据

为了天长地久 / 徐鲁著. —合肥：安徽少年儿童出版社，2015.8(2024.1重印)
(徐鲁作品系列)
ISBN 978-7-5397-8113-6

Ⅰ.①为… Ⅱ.①徐… Ⅲ.①长篇小说-中国-当代 Ⅳ.①I247.5

中国版本图书馆CIP数据核字(2015)第111218号

XULU ZUOPIN XILIE WEILE TIANCHANGDIJIU
徐鲁作品系列·为了天长地久　　　　　　　　　　　　　　徐　鲁著

出 版 人：李玲玲　　　策　划：陈明敏　　　责任编辑：宣晓凤　张　琪	
责任印制：朱一之	
出版发行：安徽少年儿童出版社　E-mail：ahse1984@163.com	
新浪官方微博：http://weibo.com/ahsecbs	
(安徽省合肥市翡翠路1118号出版传媒广场　邮政编码：230071)	
出版部电话：(0551)63533536(办公室)　63533533(传真)	
(如发现印装质量问题，影响阅读，请与本社出版部联系调换)	
印　　制：阳谷毕升印务有限公司	
开　　本：710mm×1000mm　1/16　印张：17.75　插页：4　字数：215千	
版　　次：2015年8月第1版　　　2024年1月第3次印刷	

ISBN 978-7-5397-8113-6　　　　　　　　　　　　　　　　　定价：49.80元

版权所有，侵权必究

写在前面的话

《幽灵之家》的作者、智利女作家伊莎贝尔·阿连德曾经坦言,写作对她来说,是一种保存记忆的"绝望企图"。"我写作是为了使我的忘却不至于失败,然后,还为了滋养现在我展示在空中的根。"她说。所有的诗篇都是旅程。或者说,几乎所有的写作,都是"个人记忆的传记"。我自己的全部写作也是如此。我用诗歌、散文、小说,还有剧本,在书写着我自己和我这一代人的生命、生活、爱情的全部苦涩与无奈,书写着我自己和我这一代人试图与生活达成和解却又如此不甘心的尴尬,以及吹刮在内心深处的无尽的纠结、挣扎、奋斗反抗的风暴。

生活的脚步太过匆忙和急促,许多的往事有时还来不及仔细回味,那些美好的时光就已经不辞而别,永远地随风飘逝了。怀旧是必然的。只是我没有想到,如此快捷和匆忙的生活节奏,竟然把每个人怀旧的年龄也都提前了。犹记得二十多年前的那个夏天,当雨季即将消逝,秋天就要到来的时候,我拿着平生第一张工作分配通知书,兴冲冲地跑到地处湘鄂赣边区的一个小县城的中学去报到的情景。

那一年我还不到二十岁,正是心比天高的年龄。我的简易的行李卷里,装着一本泰戈尔的《园丁集》和一套马卡连柯的《教育诗》。我的心中怀着一种瓦尔瓦拉式的校园浪漫主义的梦想。我甚至还在大学毕业前夕就为自己准备好了一个精美的笔记本,而且迫不及待地在扉页写下了这样一行文字:《一个青年教师的手记》。

当时,那所县城里有唯一的一家门面不大的新华书店。图书、年画、春联、领袖像,还有信封信笺、毛笔等各种文具,在这里都能买到。书店斜对面是邮局,那时候我已经开始向外面投稿,偶尔能得到一两笔小稿费,从邮局取出稿费后,总是直接就奔向了书店的文学类书架。那时候书的定价也真是便宜,一块钱就能买到很厚的一本文学名著。我很感谢这家新华书店,在20世纪80年代初期,一些新出版的经典作家的作品,如雨果的《九三年》,乔伊斯的《都柏林人》,巴乌斯托夫斯基的《金蔷薇》等,还有1981年版的16卷注释本《鲁迅全集》,我都是在这里买到的。

那时候也正是中国大地上春潮奔涌的早春时节。天边滚动着思想解放的巨雷,无数的心灵从乍暖还寒的日子里苏醒过来。我们的国家正在大踏步进入改革开放的新时期。那是一个多么激动人心的年代啊!含苞的花朵如期怒放,被压抑的小草应运而生。到处都是前进的脚步,到处都是奔放的歌声。在一切沉重的记忆之上,在太多的期待和渴望之上,每一颗心都感到了改革开放的春风的强劲和迅猛。而当时,我的周围也渐渐聚集着小县城里的许多同龄的文学爱好者。我们写诗、办刊物、举办各种形式的诗会和笔会。外面的世界风起云涌,我们在小县城里举办的文学活动也是风生水起。

那些年我常读的文学刊物有《诗刊》《萌芽》《人民文学》《丑小鸭》

和《外国文艺》,还有《读书》《散文》和《布谷鸟》等杂志。同时我也读到了诸如《这一代》《大学生》《珞珈山》《红豆》《耕耘》《未名湖》等各地出版的大学生刊物,有的还被视为"地下刊物"(那时好像还没有"民间刊物"之说)。这些有如雨后春笋一般出现的大学生刊物,是当年那一代人狂飙突进思想最直接的载体,也是当时的文学青年最热衷于传播和传抄的印刷品,里面的激进思想和探索精神,有关人生、理想、思想解放、文学、艺术等方面的话题、事件和作品,曾经牵动着当时每一位文学青年的思想和神经,甚至影响着我们的命运和前途。

而我前去报到的那所中学,当时正处在创建初期。仅有的两栋教学楼和一栋教工宿舍寂寞地矗立在一片荒凉的黄土坡上。迎接我和另外几位新分配来的青年教师的,没有鲜花和绿荫,也没有掌声和歌声,而只有一片片没膝深的蒿草和满目的荒凉。我们边教学边劳动,把教学楼后面的荒丘一点一点地夷成了平地,让它变成了一个篮球场。我们在宿舍楼和教学楼之间的荒径上栽下了绿树和花丛,让泥泞的小路边充满了勃勃生机。记得当时,每天上课前,在预备铃响后的那几分钟的时间里,我总要站在走廊上,欣喜地看一遍我们自己栽下的一排排绿油油的小树,心头总是轻轻漾过一阵阵自豪感。那是因为我想到了契诃夫对库普林说过的话:"这里的每一棵树,都是我亲自种植的,因此让我感到非常亲切,不过最重要的还不是这事。在我没来到这里以前,这里是一片生满荆棘的荒地,正是我将这荒地变成了经过垦殖的美丽园地。想一想吧,再过三四百年,这里将全部是一片美丽的花园,那时人们的生活将是多么惬意和美好……"

现在回忆起来,我仍然不禁泫然而有泪意。我相信,每一个人在他的一生中,都会有过一段最美好的时刻,浪漫、纯真和幸福的时刻:朝气浩荡,壮志凌云,情不自禁地想为远大的抱负而献身,甚至也幻想着踏上为理想而受难的旅程,即便是"在烈火里烧三次,在沸水里煮三次,在血水里洗三次"也在所不辞,并且期待着某一天,会有一双温柔而明亮的眼睛注视着自己,随时会为一声关切的问候或轻轻的叹息而泪水盈盈……

劳燕分飞,春秋几度。一晃,将近三十年过去了。我的最美好的青春年华也随着年年的柳色秋风而远去了。我很怀念那段又艰辛又充满理想和朝气的日子。我的文学创作最初的试笔和准备,是在那所校园里完成的。还有我的青春、我的梦想、我的初恋……也都留在了那里。在那里,我二十岁的心灵也曾被自然和幻想爱抚着,我体验到了青春的诗情、欢笑和平静。在那间仅有六平方米的宿舍里,我写出了自己最早的一批校园诗歌和散文作品。《为了天长地久》这部小说里的"新世纪中学",正是以这座校园为原型的,包括它初创时期的那几幢建筑物。不用说,在小说的男主角田野老师身上也有我自己的影子。小说里因为情节需要而穿插的一些诗歌和散文,当然也出自我那时的习作。我的挚友、作家竹林在一篇有关我的评论文章里这么说过:"他在自己唯一的长篇小说中,让那位富有诗人气质的年轻教师田野最终选择了回到自己的故乡去执教。他甚至还在小说的结尾暗示,一个优秀的、喜欢文学的女生,将在未来的日子里追随他而去。徐鲁是一个真诚的人,真诚得可以把他的长篇小说当作自传来看。他当过教师,也不讳言田野就是他自己。我们在他的散文中所熟悉了的一些生活的场景、人物和地名,也又一次在这部长篇小说中出现了。"

现在看来,这与其说是一种褒扬,不如说是委婉地指出了我在小说创作上的一种拙稚与青涩——我那时还做不到能够彻底绕开自己的成长经历和生活经验,去虚构另外的故事和细节。

三十年后的某一天,我重新返回这所中学。当年住过的那幢三层的楼房已经不在了。那里的冬青树都已经变老了。我慢慢地走进高中部二年级的课堂——我第一次给学生们讲课的地方。我想象着我已经打开了崭新的、天蓝色的备课夹。

"现在,请同学们翻开课本,齐声朗读《荷塘月色》……"

然而,回答我的是一片黄昏时分的静谧。教室里空无一人。

我知道,我的青春乃至我们这一代人的青春时光,早已远逝而去。

谨此纪念我的长篇小说处女作《为了天长地久》第四版付梓,纪念我们终将消逝的青春时代。

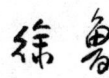

目 录 CONTENTS

写在前面的话 / 1

第一章　夏日消逝 / 1

第二章　初秋冥想 / 17

第三章　雾起何处 / 36

第四章　午夜花开 / 54

第五章　在水一方 / 76

第六章　秋空爽朗 / 92

第七章　为师者说 / 124

第八章　雪落无声 / 142

第九章　空谷足音 / 161

第十章　理智之年 / 177

第十一章　乡梦依稀 / 199

第十二章　烦恼心事 / 216

第十三章　月迷津渡 / 234

第十四章　无涯之旅 / 251

尾　　声　劳燕分飞 / 268

第一章 夏日消逝

一

夏天悄悄地远去了。

整整一个暑假里,顾菲儿几乎哪里也没有去,天天待在自己的小房间里看书和听歌。

不要以为她看了很多书。不,一个漫长的假期里,她不厌其烦地读来读去的,其实只是一本书:一个名叫村上春树的日本作家写的一本名叫《挪威的森林》的小说。

这本小说写的是一个名叫渡边的大学生和两个女孩之间的感情纠葛,是一个十足的"校园罗曼司"。据说这位村上春树也因此成了许多日本青年崇拜的偶像。

顾菲儿一向瞧不起那种做派过于夸张,而其实是十分浅薄的所谓"追星族",但是这个暑假里,她觉得自己简直成了一个"村上春树迷"。她是那种感情细腻、多愁善感的女孩,深深地被村上春树笔下的浪漫故事所吸引。有时候,读着读着她竟觉得自己也成了小说中的人物。昨天她想象着自己就是温柔的直子,而今天她又觉得,她更像是热烈的小林绿子……她不知道自己已经把《挪威的森林》看了多少遍。她甚至还从有关资料中获知,这位村上春树虽然是一位十分走红、尤其深受女性读者喜爱的青年作家,但他却并不因此而洋洋得意,相反他却自甘寂寞,躲避着热闹,从不随便抛头露面,而且洁身自好,疼爱妻子,在同行中以"爱妻家"知名。这就使得顾菲儿更加觉得《挪威的森林》让她难以释手、村上春树值得崇拜。

在迷恋着《挪威的森林》的同时,顾菲儿也喜欢上了一首名叫《风之花》的英文歌,这首歌翻译出来是这样的:

我的爸爸曾经警告过我

不要去靠近那种古老的风之花

一旦靠近了就会离不开它

就会时时追逐它

使自己痛苦

但我没有听话

如今我再也离不开它……

顾菲儿已经16岁了,可她觉得过去从来也没有一首歌能像这首《风之花》一样使她感觉常听常新、百听不厌。这首歌和《挪威的森林》一起,伴着她度过了这个漫长的暑假。

她一遍遍地听着这首歌,无数次地想象着这种古老而神秘的"风之花"的样子。她觉得这种花也许只能够长在雪谷而开在悬崖,它遥远又亲近,飘忽又朦胧,美丽得能够让所有赶路的人忘了回家。

而任何人想要得到它,都必须舍弃一切,付出整个的一生作为代价。她甚至还觉得,"风之花"应该是一种古老的、具有法力的爱之花,而只有真正的爱之花,才能够使人"一旦靠近了就会离不开它"。

现在,一个长长的暑假已经结束了,她的心思似乎还没有从《挪威的森林》和这首《风之花》中收回来。

今天是她的新学期开学的第一天,那个早已整理好的沉重的大书包告诉她,从今天起,她已经是一名高二学生了。

吃过早饭,她本想让自己安静一会儿,让思绪暂且离开那浪漫的《挪威的森林》,离开那古老的《风之花》而回到她那个红色的大书包上来。可是不行,刚一回到她自己的小房间里,她忍不住又戴上了耳机,又摁下了那架小小的索尼录音机的放音键。

她又沉浸到了《风之花》的旋律之中了——

我的爸爸曾经警告过我
不要去靠近那种古老的风之花
一旦靠近了就会离不开它
……

她听着听着便忘记了一切,以至于她的好朋友管家琪在楼下一连呼唤了好几声,她都没有听见。

二

"菲儿——要迟到啦!"

管家琪站在楼下,双手卷成喇叭筒,朝四楼顾菲儿家的阳台上喊道。

管家琪比顾菲儿大一岁,可是性格却正和顾菲儿相反:顾菲儿内向,管家琪活泼;顾菲儿温柔细腻、多愁善感,管家琪却大大咧咧、风风火火;顾菲儿爱好文学和音乐,管家琪则只喜欢运动……

有一次,管家琪对顾菲儿说:"嗨,菲儿,你知道咱们俩为什么会这么好吗?"

"为什么?还不是因为我一直让着你……"

"得了,我的娇小姐。告诉你吧,这叫作'阴阳互补',好比一个女人和一个男人……"

"呸!低级趣味!"顾菲儿讨厌这样的比方。

"好,好,我低级趣味。正因为我低级趣味,才更应该和你这高级趣味好下去……"

"管家琪,你真流氓!越说越低级了……"

两人笑着追打起来。

但这并不妨碍她们成为一对形影不离的好朋友。

就像顾菲儿忠诚的闹钟一样,管家琪每天上学时,总要先来叫上顾菲儿,然后两人一起去学校。顾菲儿也早已习惯了管家琪每天来叫她去上学,以至于偶尔碰上管家琪有急事来不及去叫她,那么,这一天顾菲儿必定是会迟到的。

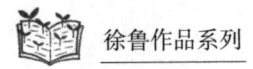

这不,新学期开学的第一天早上,"闹钟"又准时在楼下响了起来:"菲儿——还磨蹭呢!要迟到啦!"

管家琪是个急性子,她连喊了几声,见没人答应,便"咚咚咚"地跑上了四楼。

"外婆,早上好!"

"小琪,早上好。"

为管家琪开门的是菲儿的外婆。

顾菲儿的爸爸妈妈都是 J 市有名的壁画家,上个月两人应邀到埃及讲学和访问去了,家里只剩下菲儿和外婆两人。外婆是一位满头银丝、温和慈祥的老知识分子,还是一位词学专家,对唐宋时期的"婉约派"词尤其推崇。她原以为对于"婉约派"词的热爱和迷恋也许到她这里就算是"绝唱"了,不料她竟又从外孙女顾菲儿身上看到了她自己年轻时的影子。她觉得她的那脉喜欢幻想、多愁善感的骨血,已经流到了外孙女的性格气质里了。因此,她对这个宝贝外孙女便格外疼爱,视若"掌上明珠"。

管家琪是顾菲儿家的常客,她像顾菲儿一样,也称老人为"外婆"。有一次她曾顽皮地对老人说:"外婆,菲儿是您的'明珠',那我就是您的'鱼目'了吧?"

"不,不,都是'明珠'。你们需要互相把对方擦亮。"

外婆也很喜欢这个风风火火的小女孩。

管家琪向外婆道过早安,便径直越过客厅,一脚踹开了顾菲儿的房门。

"好哇!过了一个暑假,跟我玩起深沉来了!本小姐在楼下喊破了嗓子,你倒好,躺在象牙床上优哉游哉。你是'待字闺中'呀!"

"嗨!管家琪,我就知道你会来的,我正在等你呢。"

顾菲儿戴着耳机正听得入迷,外面的动静一点也没听见。她看见管家琪一脸嗔怪的表情闯进来,便一骨碌从床上跃起来,拔掉了耳机。

"怎么样?经过一个夏天的风疏雨骤,敢问尊体是'环肥'还是'燕瘦'?"顾菲儿亲切地打量着管家琪的身体。

"你哪壶不开提哪壶,成心气我呀!"管家琪嘴巴噘得老高,"真是不可救药了!昨天本小姐刚过过磅,你猜怎么着?一个夏天,不但没有瘦下去,反而净增了3公斤。"

"太好了!可敬可贺!"顾菲儿拍手大笑,"什么时候我也能像尊体这么健美就好了!"

"别,你千万别!"

"怎么啦?"

"我替那些小男生担忧。"

"你说什么呀?管家琪!"

"那还不把那些男生一个个地给电晕呀!"

"要死呀管家琪!就你的流氓词汇多!什么'电晕'呀,你还怕人家知道得不够,是不是?"

原来,这"电晕"一词正源自管家琪。管家琪长得白皙,发育得也丰满。高一时,有次上游泳课,许多女生都有点羞羞答答,是管家琪率先脱掉外衣,露出一身漂亮的泳装跳入水中。她不仅首次在全班同学面前一展了自己优美的泳姿和高超的泳技,而且也首次在男生

面前展示了她那白皙和健美的、已经带有曲线美的身材……

"哇！简直是一个'浪里白条'！"一个男生看呆了，忍不住赞叹道。

"不！不！别看她的脸，只看她的泳姿，活脱脱一条美人鱼啊！"又有人咂吧着嘴儿说。

"没错，一条鳗鲡，白白的鳗鲡！"一个名叫唐兵的男生此时也在尽情地发挥着他的想象力。

"真不要脸，有这么看人的吗？"

"瞧瞧，嘴巴都成'O'形了！"

女生们看到了从男生们眼睛里放出的那些灼人的光亮，不知是出于嫉妒，还是真的为了维护她们共同的女生的尊严，纷纷斥责男生们。

"哇！当心，电鳗游过来啦！"男生们继续大声起哄。

"哦，快叫救护车！我已经被电晕了！"一个名叫柯豆儿的男生假装晕眩而倒在地上。

从此，"电晕"这个词以及它所表达的那个意思，便在这班同学中成了一个固定的"隐语"。

此时，管家琪竟又提起这个因她而生的语词来，顾菲儿自然要反击一番的。

一阵打闹过去了，顾菲儿又问："管家琪，你不是昨天下午去了一趟学校吗？难道一点'路透社'的新闻也没有？"

"谁说没有？不仅有，而且还很多；不仅多，而且肯定还是你感兴趣的！"管家琪看了一眼门外，放低声音，神秘兮兮地说，"走，该去学

校了,路上讲给你听。"

两人笑着和外婆道了别,下了四楼。

三

从顾菲儿家到她们的学校——新世纪中学,其实并不很远。

新世纪中学,顾名思义,是一所新创办不久的学校。说"创办"似乎还不太贴切。准确地说,它是从老牌的市一中分化出来的一所分校。因为市一中坐落在城北,而城南的学生要到一中来读书,路程实在是太远了。再加上市一中老校早已人满为患,于是市政府干脆决定在市南另辟一片土地,新建一所中学,以便使城南的学生就近入学。

也不要以为它是一所新建的学校,便对它的师资力量有所怀疑。不,这所中学的几乎所有的硬件都是新的,而它的主要"软件",包括校长、教务主任、主要任课教师以及整个学校的办学风格和管理方式等,却都还是"老旧"的——也就是说,都是从市一中这座百年老校那里调拨过来的。

三年前,一眼望去,J市南郊还仅仅是一片片的油菜地和一方方的小麦田,可是现在,随着新世纪中学的这一片富有现代风格的建筑物的拔地而起,这里也迅速地变得热闹和繁华起来。

歌舞厅、录像厅、冷饮店、小饭馆以及专门做学生生意的文具店、小礼品店、小书店等,就像雨后的蘑菇,仿佛一夜之间就从马路两旁长了出来。从它们的名字上看去,显然它们都与新世纪中学有

着一种暧昧的"亲缘关系",如"新世纪礼品店""21世纪咖啡屋"和"新生代书屋"等。

与黑压压的J市老城区相比,矗立在市南的新世纪中学更像是一座漂亮的童话城。

这也是顾菲儿特别喜欢这所中学的一个重要原因。

在她的心目中,真正的校园就应该是远离闹市,而与池塘、小河、杨柳、蝉声为伴的。她甚至想,假如新世纪中学周围还能有一片美丽的小树林或小竹林什么的,那就更棒了。

她读过普希金的诗,对普希金笔下的"皇村中学"不胜向往:

> 沉睡的夜的帷幕,
> 悬挂在轻睡的天穹;
> 山谷和丛林安息在无言的静穆里,
> 远远的树丛堕入雾中。
> 隐隐听到溪水,潺潺地流进了林荫,
> 轻轻呼吸的,是叶子上沉睡的微风;
> 而幽寂的月亮,像是庄严的天鹅
> 在银白的云朵间游泳。
> ……

顾菲儿觉得,只有这样的校园才能如普希金所说,使所有的莘莘学子都全身心地在那里学习、生活;被自然和幻想爱抚着,人们才能够充分地体验到诗情、欢笑和平静……

"不要着急,会有的!一切都会有的!"

她多次这样在心里安慰着自己。而实际上,这种美丽的想象和信念也在默默地支持着她,更加去热爱自己的校园以及校园周围的一切。

此刻,她和管家琪已经走在通往学校的那条宽宽的柏油马路上了。

看得出,她俩的心情都很轻松和愉快。

是呀,人就是这样一种奇怪的生物,在学校的时候,人人盼望着快点放暑假,巴不得暑假放得越长越好;而一旦身在假期里了,却又着急地向往着开学的日子了。不说别的,光是班上的那些同学,整整一个暑假都难得见上一面,有时想起来还真是巴不得赶紧聚在一起呢!

这大约也像钱钟书的《围城》里所说的:城外的人想进来,而城里的人想出去吧。

"嗨,菲儿,你不是想听我的'路透社'新闻吗?本小姐现在就向你报道昨日新闻第1号。"

管家琪天生闲不住,刚刚走出闹市区,便迫不及待地打开了话匣子。

"最好请你简明扼要地说来,而且切勿制造假新闻欺骗善良的公民。"

"放心,这一次绝对可靠!"管家琪故作神秘地说,"你知道我们这学期的班主任是何许人吗?"

"知道我还问你吗?我想除了'装在套子里的人'还会有别人吗?"

"装在套子里的人"是同学们私下为他们高一时的语文老师彭书友起的外号。彭老师为人谨小慎微,说起话来也女里女气,其性格、做派酷似契诃夫笔下的小人物。

"不,'装在套子里的人'因为玉体欠安,从本学期起只带乙班的语文课了。至于咱们甲班的班主任嘛——"管家琪说到这里,摇了摇脑袋,卖关子似的说道,"将由一位新分来的大学生,姓田名野的,来接任!"

"新分来的大学生?"顾菲儿眼睛一亮,"管家琪,你等等,你是说,他的名字叫田野?"

"是的!据本小姐了解,田野君长相英俊,堪称帅哥,身高1.78米,血型O型,而且尚未婚配……"

"呸!管家琪,你这张破嘴,又开始瞎编啦!而且编排到人家的私生活上了,真不害臊……"

顾菲儿一向喜欢管家琪的热心肠,也很佩服她一贯的消息灵通,可就是不太欣赏她总是甩不掉的那种油滑的腔调。

"谁瞎编就让谁发胖,变成'大赤包'!"管家琪发誓说。

"田野?好有诗意的名字!"

"什么叫'好有诗意的名字'?我还没说完呢!告诉你吧,人家本来就是一位校园诗人,是S师大中文系的高材生!"

"管家琪,你真的不是在编故事吗?"

顾菲儿对管家琪的"新闻"有点将信将疑。

"你看你,难道在你的心目中,敝人就这么不值得信任?再说,我哪儿敢在贵小姐您面前编故事呀!那样岂不是成了在关公面前耍大刀、在林妹妹面前焚诗稿了。"管家琪说到这儿,有点扫兴地嚷道,"好啦好啦,信不信由你,本小姐1号新闻播送完毕。"

"是不是真新闻,一到学校就可证实。"顾菲儿笑着说,"管家琪,你要是骗人,我可饶不了你。那么,你的第2号新闻呢?"

"第2号嘛……"管家琪刚说到这儿,"丁零……"背后传来一阵清脆的自行车铃声。

四

"嗨,二位小姐!'购得貌您'!"

顾菲儿和管家琪应声回头,看见同班的唐兵骑着一辆崭新的山地车赶了上来。

待唐兵到了跟前,她们才看见山地车的后座上还坐着外号叫"蝌蚪儿"的小个子柯豆儿。

"啊——呀!二位小姐,多日不见,如隔三秋,小生这厢有礼了——"

柯豆儿从后座上蹦下来,装模作样地向顾菲儿和管家琪施礼。

"去去!小蝌蚪儿,少跟姑奶奶酸叽叽地来这一套!"管家琪大大咧咧地抢过唐兵的新自行车,一按车铃,赞叹道,"真不赖呀,唐兵,又换了一辆新的!老实说,这又是从哪儿骗来的?"

"什么叫'从哪儿骗来的'?这是本人一个暑假里为我老妈打工挣来的!"唐兵两手一伸,"瞧瞧,你们谁有这么一双劳动人民的手?"

"哎哟喂,唐兵,你老妈就这么忍心让你受苦受累?"顾菲儿笑着说。

"唉！商人嘛，见利忘义，只要能赚到钱，哪里还顾得上母子情深。"唐兵假模假式地感叹道。

"喂喂，哥们儿，你可别这么歪曲咱们老板的形象，我还想着我那辆山地车呢！"柯豆儿和唐兵也算是天造的一对、地设的一双。这么说吧，哪里有高个儿的唐兵，哪里必有小个儿的柯豆儿，就像哪里有顾菲儿，哪里也必有管家琪一样。这个暑假，柯豆儿几乎是天天跟着唐兵，在唐兵妈妈开的那个服装店里度过的。唐兵妈妈答应过柯豆儿，寒假时也要给柯豆儿买一辆山地车。为此，柯豆儿感激地把唐兵妈妈尊称为"咱们老板"。

"嗨，菲儿，整个暑假见不到你的影儿，干吗呢？"唐兵问道。

"哟，还挺关心人的嘛！"管家琪抢着替菲儿回答说，"什么也不干，终日独坐绣楼，不是读书就是写诗，此之谓'躲进象牙塔'也！"

"到底是才女呀，不像咱们这些凡夫俗子，整天庸庸碌碌，围着老板转悠。"柯豆儿哀叹道。

"好啦好啦！你们这是怎么啦？一点儿也不关心学校的事儿。"顾菲儿转移了他们的话题，"管家琪，你不是要发布你的'路透社'2号新闻吗？"

"2号新闻？那1号新闻呢？"唐兵问。

"对不起，属于机密，仅内部传达。"顾菲儿向管家琪使了个眼色，意思是让她闭嘴。

"得，那就只听听2号新闻吧。"

"不，本小姐这是'有偿新闻'，除非你中午请我和菲儿——"管家琪趁机要敲唐兵一竹杠，"吃一顿。"

"没问题,小弟虽然公务繁忙,却也乐意陪同二位小姐共进午餐。"柯豆儿抢着代唐兵应承道,"21世纪咖啡屋,一人一客!"

"一言为定!"管家琪和唐兵拍了一下手。

"这2号新闻嘛,是说从这学期起,咱们甲班的英语课也将由一位新老师担任。"管家琪探听校方情报的才能的确是非凡的,好像她就是校长秘书或教务主任什么的。

"那'蹄筋馍'呢?"唐兵问。

"荣任教务处副主任,专管初中部的英语教学了。"

"噢,我的妈呀!"唐兵长吁了一口气,"咱们的山东英语口音终于可以结束了。"

原来,他们高一时的英语老师莫耶是山东胶东人,虽然课程教得认真,可就是英语发音总带着浓重的胶东乡音,以至于许多调皮的同学总把他教的英语单词的发音注成相应的汉字,如"购得貌您(good morning)""购得衣服您(good evening)""蹄筋馍(teacher Mo)"等。

"那么谁来接替莫老师呢?"顾菲儿问道。

管家琪瞅着唐兵和柯豆儿,突然来了一句越剧唱腔:"天上掉下个林妹妹……"

"林妹妹?"

"Yes!林妹妹芳名林杉,正宗的英语专业本科生,芳龄二十有二,而且——"

"而且尚未婚配,血型O型,对不对?"顾菲儿觉得管家琪又在演绎故事,干脆替她说出来了。

"不对！名花是否有主尚不得而知。"管家琪摇着脑袋,继续发布完自己的"独家新闻","本小姐所说的'而且',是说这位林老师能歌善舞,二十岁时曾入过某市选美大赛的前十名……"

"哇！快叫救护车！本人又要晕倒了。"柯豆儿大叫着,又要佯装倒地,却被唐兵一把抓了起来。

"管家琪,你这是哪儿跟哪儿呀？"顾菲儿实在不敢相信管家琪的这些话,她觉得这是喜欢饶舌的管家琪杜撰的童话。

"你们这些人哪真没良心！"管家琪说,"不信你们就等着看吧。一到学校,你们什么就都会知道的。唐兵,别忘了中午的请客噢！"

他们这么说笑着,不觉已经走出市区,远远地可以看见学校白色的楼群了。

顾菲儿想,假如管家琪说的都是真的,那么,经过这么一个暑假,学校里的变化可真是太大了,太出乎意料了！

田野,中文系的高材生,校园诗人；还有林杉,英语专业的,曾是选美小姐……

顾菲儿觉得,这一切简直都像是一部浪漫小说的开端一样。

她越想越觉得管家琪的"新闻"不太可能是真的,但她又多么希望这一切都是真的。她觉得只有这样,只有充满浪漫色彩的、年轻和清爽的中学校园,才是她理想中的中学校园。

也是呢,都90年代了,离一个新的世纪只有几年的光阴了,还有什么事儿是不可能发生的呢？

她这样在心里安慰着自己。

而在这一瞬间,她恨不能立刻飞进校园里去,把一切弄个明白。

第二章 初秋冥想

一

离打预备铃还有半个多钟头,田野老师就夹着一个天蓝色的备课夹,站在高中部教学楼四楼高二甲班教室前的走廊上了。

天公真是作美,让这新学期开学第一天的天气如此晴朗、如此明媚。

高远澄明的蓝天,轻轻飘过的白云,像天鹅绒一样柔和的初秋的阳光……

而同样柔和、美好的还有田野老师的心情。

要知道,今天是他正式走上中学讲台的第一天。

在这之前——在他从S师大毕业前夕,他虽然也曾在S市的一所中学里实习了一个月,可以说,对于中学校园、对于中学生以及中学教学已经不那么陌生了,但那毕竟是一次短短的实习。那种匆匆过客般的心情,没法和今天这种正式走上讲台、正式开始自己的事业时的心情相比。

学生们正三三两两、欢欢喜喜地走进校园。

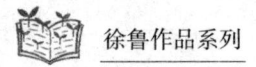

他们惊喜地呼叫着各自熟悉的同学的名字,打着闹着,然后去寻找他们的新教室。

是啊,一个漫长的暑假已经过去,他们也许都是从不同的遥远地方重新回到了这座城市,回到了他们共同的校园里,又欢聚到了一起,就像一只只失群的雁重新归队,回到了自己熟悉和倍感亲切的群体之中。而一个新学期的到来也仿佛是一片雨季刚刚过去的原野,样样都清新,样样都让他们觉得新鲜和好奇。新的学友、新的老师、新的课程、新的教室,当然还有可能随之出现的新的同桌、新的友谊、新的故事……

田野倚靠在白色的栏杆上,忘情地看着校园里、操场上、走廊下的这些不时地大呼小叫、打打闹闹着的男孩子和女孩子,脸上禁不住莞尔一笑。

从年龄上讲,田野比这些孩子们,尤其比这些高中生大不了多少。田野还只有23岁,但看上去,他比他的实际年龄要成熟得多。他和这些打打闹闹着的高中生们显然不是一代人。

田野是个瘦高个儿。因为瘦削,便更显得身材颀长。他穿着一件虽不是崭新却洗得十分洁净的咖啡色灯芯绒上衣,雪白的衬衫领子使人一看就觉得这个年轻人是个喜欢整洁的人。他的头发显然刚刚理过,看上去那么亮洁。只是,和同校的其他教师比较起来,他的头发显得似乎长了一点。他毕竟是一个刚刚从中文系毕业的大学生,像许多学文学的人一样,他也喜欢留长发,他的这个习惯是在大学校园里养成的。那时候,同学们都公认田野的眼睛、上眼睑和两边的颧骨长得很像青年时代的毛泽东。再加上他那一头长长的、很自然地梳成中分头的头发以及同样颀长的身材,更让一些女生常常以"润芝君"称呼他,久而久之,田野也就有了蓄长发的习惯。有时偶尔把头发剪得太短了,连他自己也会觉得别扭。田野的衣着和相貌看上去不能算是帅气,但从他那柔和而又总是带着那么一点淡淡的忧郁的目光里,你能感觉到他是一个单纯、善良和质朴的而又不失儒雅之气的年轻人。

此刻他站在这四楼的洁净的长廊上,独自欣赏着眼前的一切,心里感到无比开朗和美好。

校园外边是一片片青青的菜地和水田,间或有一两个小小的像镜子一样耀眼的池塘;再远处是一道绿色的山冈和灰瓦白墙的村庄;还有一条伸向远方的宽宽的公路,那里正有许多的车辆来来往往……

与那公路交叉成十字形的是一条清清浅浅的小河,当地人叫它小沙河。小沙河在初秋的阳光下,就像一条闪光的绸带,弯弯曲曲伸展在远处的田野间……

一阵微风吹过来,带着一丝淡淡的木樨香,还夹着一些被阳光晒暖的干草的芬芳。田野深深地呼吸着这清新的空气,他觉得这是真正的秋天的风,正从远山吹过来。

他把目光从远处收回来,又投向眼前的校园里。

他的心中,同样有一种美好和愉快的感情正在升起。

他想起了一个多月前,他揣着平生第一张工作分配通知书,兴冲冲地跑到这新世纪中学来报到时的情景。

那时学校已经放了暑假,除了一部分留在这里参加学校组织的建校劳动的老师外,整个校园里显得空空荡荡,十分寂静。迎接他这位满怀热情的年轻人的,自然是没有鲜花,也没有掌声,甚至也没有他所想象中的中学生们的欢笑声。和他同时分来的还有另外几位大学生。他们没有想到,一进入新世纪中学,首先要做的是参加一个夏天的建校劳动。新世纪中学的校园正处在草创时期,不少地方正待绿化和美化。他们算是有幸,一到这里便先做了一阵新校园的"拓荒者"。一个暑假里,他们和许多留校的老师一起,把教学楼后面的荒丘一点一点地夷成了平地,然后盖上了草皮,让那里变成了一块平整的操场;他们还在宿舍楼和教学楼之间的那条荒径两旁栽下了梧桐树、常青树和夹竹桃、美人蕉,让泥泞的小路边充满了勃勃生机……

现在,一个多月过去了,田野欣喜地看到,他们亲手栽下的那些小树和花丛,正长得郁郁葱葱。他的心头禁不住轻轻地漾过一阵自豪。他长舒了一口气,仿佛是下意识地摸了摸双手上留下的硬茧。

就在这时,田野看见高中部的英语老师林杉也夹着备课夹走了过来。

二

"真早呀,田野,站在这高楼上俯瞰新世纪中学,心中肯定有无限的诗意吧?"

林杉微笑着走近田野,和田野打着招呼。

"噢,林老师,你是上丙班的课吧?"

田野觉得林杉的笑容真是亲切。她那头漂亮的披肩长发已经梳成了两条漂亮的辫子,看上去是那么清雅和朴素。

应该说,在这所新世纪中学里,林杉是一位长得十分漂亮的女老师,不仅漂亮,而且气质也很好。

她也是在一个月前,和田野差不多一前一后分配到这所中学来的。她是W市一所师范学院英语系的毕业生,也和田野他们一样,一到这里,便参加了一个月的建设校园的劳动。一个多月来,田野已经和她熟识,并且知道她还在大学三年级时,就参加过W市的一次业余歌手比赛,曾入围前几名。她的到来仿佛是一颗灿烂的星星,突然出现在黯淡和寂寥的夜空,使得这座宁静的校园的气氛顿时灵动和活跃起来。

"难怪呀!不一样就是不一样噢!"

不少男老师,尤其是那些年轻的单身男老师,也仿佛在孤独无聊的夜晚,突然听见远处传来的动听的歌声一样,心中一下子亮丽起来,并且看到了未来的希望。这种希望足以抵消他们因为困守在这清贫而空寂的校园所造成的心中的幽怨和不快。

田野也没有想到,自己第一次参加工作,就遇上了这么漂亮和可爱的女同事。特别是这位林杉不仅英文水平很棒,而且对于音乐和诗歌的热爱与熟悉也是他始料未及的。这就使得他禁不住在心中暗自庆幸:现在好了,日后在诗歌和音乐方面,总算有个知音可以互相交谈了。

此刻,田野见林杉那明亮的眼睛正热烈地瞅着自己,不禁脸上一阵灼热,他似乎不敢正视林杉热辣辣的目光。

"哎,林老师,你看咱们栽的那排常青树,已经活过来了。"田野望着校园里的那排绿油油的常青树说。

"是呀,我看到你站在这里,望着它们很久了,又在构思诗呀?"林杉已经看到了田野脸上的那丝羞赧。

"瞎想吧!"田野说,"不过,我刚才倒是真的想到了一段有意思的话,可以作为咱们这个夏天的劳动的纪念。"

林杉亲昵地瞅了瞅田野。

她觉得田野简直像个单纯的大男孩。她倒真想知道田野一大早就独自站在这走廊上在想些什么,于是问道:"可以告诉我,是一段什么有意思的话吗?"

"当然可以。"田野望着远处,仿佛在喃喃自语,"这里的每一棵树,都是我亲自种植的,因此对我非常亲切。但是最重要的还不是这事。在我未来到这里以前,这里是一片生满荆棘的荒地,但是我将这荒地变成了经过垦殖的美丽园地。想一想吧,再过许多年后,这里将全部是一片美丽的花园,那时人们的生活将是多么幸福和美好……"

林杉在心里叹了口气,说:"田野,你真不愧是诗人,你真浪漫。这次活动被你这么一说显得多么高尚和美丽。"

"不,不是我原创的。"田野笑着纠正说,"这是契诃夫对库普林说的,我觉得用在咱们身上倒真合适。"

"看来,你一直是生活在诗歌里,生活在自己的想象里,简直忘了身外还有一个纷繁复杂的现实世界。"

就在田野和林杉站在走廊上,对着那些绿树和花丛指指点点地交谈着的时候,他们听见身后那些正从教室里出出进进的学生也在小声地议论着什么。

不用说,学生们肯定在议论他们俩。

田野清晰地听见他们在说"田野、田野"的。

林杉当然也听到了。她小声地说道:"看来,学生们对你很感兴趣呀!"

"谁知道呢!昨天听彭老师介绍了一上午这个班的情况,他叫我在心里做点准备,说这不是一个容易对付的班级。"田野笑着说,"那里'藏龙卧虎'呢!"

"校长把这么一个重点班交给你,看来对你这位高材生很器重呀!"林杉微笑着拍了拍蓝色的备课夹说,"怎么样?已经'胸有成竹'了吧?"

"嗨,跟着感觉走吧。今天先不上课,先互相认识认识吧。"田野叉开手指,使劲地向后梳了一把头发,真诚地说道,"还希望林老师以后多多指点哪!"

"嗬,太客气了,田老师!"

林杉不愿田野"林老师""林老师"地称呼她,她希望田野能直呼她"林杉"。她朝田野瞄了一眼,小声地说:"记住,田野,以后我再听见你这么称呼我,我可不会再答应了。"

两人相视而笑。

这时候,上课铃也"当当当"地响了起来。

三

田野的前任班主任彭书友老师说得一点也不错,这个高二甲班的确是一个不可等闲视之的班集体。用彭老师的话说,这个班里的"花花点子"要比别的任何一个班级都要多得多。他那已经在全校闻名的"装在套子里的人"的绰号,就是这个班的学生给起的。

果然,就在打上课铃之前的几分钟时间里,趁着田野和林杉站在外面的走廊上交谈的空当儿,高二甲班的几位"首脑人物"便迅速地商议出了一个欢迎他们的新班主任的方式。

于是,一边派人在门口探头探脑地"望风",一边由两位粉笔字写得最好的同学在黑板上"笔走龙蛇",不一会儿,一行醒目而别致的彩色美术字就赫然出现在黑板上了:"啊,一个崭新的秋天属于田野……"

他们故意在"田野"的后面省略了"老师"二字,倒并非出于对田野的不尊重。恰恰相反,他们觉得这样写不仅语意双关,而且似乎更显得亲近一些。凭直觉,他们相信这位新来的、据说还会写诗的年轻的班主任,完全能够接受他们的这番好意。至少从外表上看,他们觉得田野比他们的前任班主任"装在套子里的人"更容易接近。

"快,快,都坐好!他们已经分开了。"

在门口"望风"的人不断地向教室里传递着讯息。

"好了,他已经走过来啦。"

"预备——鼓掌!"

在田野站在门外用手整理了一下头发,然后大步跨进教室的一

瞬间，全班同学鼓起了热烈的掌声……

田野完全没有想到同学们会有这番安排。这一瞬间他觉得特别感动，甚至有点不好意思起来。他的脸色微微一红，旋即又看到了黑板上的那行彩色的大字，那一行语意双关的诗。

掌声还没停息下来。他跨到了讲台上，面对着满教室的亲切的脸庞和黑亮的眼睛深深地鞠了一躬。

等到掌声停息下来，田野又习惯性地叉开手指向后梳了一把头发，然后说道："谢谢同学们这么真诚、这么热烈的掌声。真是不好意思，这是我到新世纪中学一个多月来，最觉得亲切、最受感动的一个时刻。这至少说明，同学们还是对我感兴趣的，是欢迎我来的。这使我觉得十分荣幸和高兴！"

田野说到这儿，突然觉得这有点像人们惯常所说的"就职演说"的味道了，这未免太严肃和庄重了一点。他希望能轻松自然地说说他心里想说的话。

他这样想着，也就很自然地走下了讲台，站到了最前一排的课桌边。他下意识地扶了一下坐在前排的一个同学的课桌，继续说道："通过前两天报名期间的了解，相信大部分同学对我已不算陌生了。当然，我也和其中不少同学认识了。这就是说，从今天起咱们就像是一支小小的足球队，已经走进了同一个赛场，同学们都是我的队员，我呢算是一队之长吧；咱们也像是一群将要远航的船员，我们登上了同一艘航船，同学们都是水手，我呢，聊做一名水手长吧。一句话，从今往后，咱们全班这六十来个人，就该同心协力、风雨共济、相濡以沫了吧？对不对？"

田野一边在教室里走动着,一边缓缓地说着。他已经感到,他的这番话的效果还是不错的。尤其当他说到"足球队员"和"水手"的比方时,不少同学发出了会心的笑声。

"嗨,田老师,您太谦虚了。要我看呀,您应该是这支足球队的教练而不是队长;做水手长也不合适,您应该是船长!对不对呀,同学们?"

说这话的是那个瘦高瘦高的像一只螳螂似的唐兵。对这个唐兵,田野已有耳闻。彭老师说他是个"小诸葛",特别聪明,敢想敢做,不过脑子里的"歪点子"也不少,说起话来也喜欢油腔滑调的。田野听唐兵这么一说,微微一笑:"谢谢你,唐兵,请坐下吧。不过在我看来,是队长还是教练,是水手长还是船长,倒并不十分重要。重要的是,我们全班每一位同学都应该懂得,一场比赛的输赢并不限于比赛的双方,一艘船的荣誉也并非只对船上的水手才有意义。"

"我看呀,唐兵让田老师做教练,恐怕是你自己想当队长吧?"管家琪在这个时候自然也是不会甘于寂寞的。她和唐兵总是唇枪舌剑的,自高一以来就形成了"传统"。

田野没有忘记彭书友老师的叮嘱,说唐兵和管家琪是旗鼓相当的一对"智囊人物",而且在男生和女生中都拥有相当强的号召力。彭老师甚至怀疑,他那个"装在套子里的人"的绰号,不是唐兵给起的,而是管家琪所为。

"你饶了我吧管家琪,"唐兵听管家琪这么一说,便抱起拳,朝管家琪假模假式地拱了拱,自我解嘲地说道,"'篡党夺权'的勾当,咱可不干。这队长的宝座嘛,还是让班头来坐吧?"说完,他捅了捅坐在他旁边的班长陆志秋。

陆志秋是高二甲班唯一的农村学生。他家住在郊外的沙河镇。他每天需走十多里路到学校。这是一个朴实憨厚、少言寡语的乡村少年。他从高一起就一直是这个班的班长。他任劳任怨，像一位劳苦的兄长一样，默默地为这个班的同学做着那常常被忽略的一切。哪个值日生忘了擦黑板啦，扫帚放得不整齐啦，墙壁上挂图的一角被风吹起来啦，还有谁和谁闹了矛盾而急需调和啦……诸如此类，陆志秋都会在谁也不注意的时候，悄悄地去把它们重新弄好、整好，尽到他作为一班之长的责任。他像一个年轻的农人，忠诚而认真地整理着和看护着自己农田里的庄稼。和平时特别喜欢饶舌的唐兵正好相反，陆志秋的话总是很少很少。他不是靠着喋喋不休而是凭着自己无声的忠厚和勤恳而赢得了全班同学对他的尊重和信任。当然，同学们对他也有一个似乎有点不敬的称呼，叫作"我们乡下的表兄"。但陆志秋并不因此生气，时间长了，他倒觉得这个称呼还颇为亲切呢！他知道同学们都是善意的，并不含有嘲弄和讽刺的意思。

对于陆志秋作为班长的忠实与负责，田野老师在前几天的报到时，已经亲眼看到了，看到了他的默默无语和忙前忙后，也看到同学们与他的融洽的关系。田野打心眼里也深深地喜欢上了这位朴实的乡村少年。

现在既然唐兵说到了班长陆志秋，田野便顺势鼓励道："是呀，前几天彭老师向我介绍咱们这个班时，就不停地称赞说，咱们甲班可是了不起的一个班，人才济济，藏龙卧虎哪！……"

"彭老师没说咱们班还是个藏污纳垢之地吧？"管家琪的问话，引起了全班的哄堂大笑。

"怎么会呢!"田野也忍不住笑了,他踱着步,真诚地说道,"你们也许还不能理解,我对咱们班怎么会一下子产生那么强烈的亲切感和自信心的,这一点连我自己都觉得有点不可思议。当我看着花名册,看着你们每个人的名字;当我知道,全校最好的一位班长,在咱们班上;全校最活跃的文娱人才,也都集中在咱们班里——瞧,黑板上的这一行字,就是一个证明;还有,在高中部颇有名气的'小诸葛'——当然就是指你唐兵了,也在咱们班上……"

唐兵听到这话,心里自然是蛮舒服的。他又一次抱起双拳,向田野拱了一拱。田野看在眼里,点点头说:"不必客气。"然后继续说下去,"对了,我还知道,还有一位全校老师公认的才女,也在咱们这个班上……"

"田老师,您说的是顾菲儿吧?"一位同学问道。

"没错!菲儿,田老师说的就是你!"管家琪听田野这么一说,兴奋劲儿又上来了,顾菲儿和她是同桌,她拉了拉顾菲儿的衣角,小声说道,"快,快站起来,让田老师认识认识。"那样子,就好像她是顾菲儿的"监护人"或"经纪人"似的。

田野听见了她的话,转过身来。

顾菲儿羞怯地从座位上站了起来。

她一抬头,那羞涩的目光正好和田野老师的目光撞到了一块。只一瞬间,她的双颊便飞起了两片红晕,柔和的睫毛赶紧又垂了下去。

"哦,请坐下吧,顾菲儿同学。"田野亲切地说道,"我很高兴,能有你这样的语文成绩出众的学生来做全班的语文课代表。希望你今后在语文课方面多出出主意。"

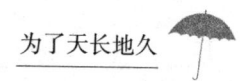

顾菲儿使劲地点了点头。

真是个文静的女孩呀！田野默默地想道,她和她的同桌管家琪的性格,正好形成了鲜明的对比。他没有想到,彭老师颇为赞赏地向他推荐的才女竟是个这么文静和羞涩的小女孩。田野甚至觉得这个小女孩有点楚楚可怜……

四

因为是开学的第一天,整个上午学校都没有安排课程。田野和他的学生们在说说笑笑中互相认识了。使他感到庆幸的是,同学们对他这个初来乍到的年轻老师应该说是很友好的。他们不仅没有给他出难题,相反倒使他觉得这班学生还颇为通情达理,并不像彭书友老师说的那样——"不容易对付"。

也算是顺利的过渡吧,田野老师没有另行改选班干部。班长、副班长和各门课程的课代表,都是由上学期的原班人马担任:

班长(兼劳动委员):陆志秋;

副班长:李亚妮;

语文课代表:顾菲儿;

数学课代表:唐兵;

体育课代表:苏小丰(负责男生),管家琪(负责女生);

文娱课代表:袁小倩;

……

使田野觉得美中不足的是,文娱课代表袁小倩是今天全班唯一缺席的一位女孩。六十几个座位都坐满了，只有袁小倩的座位是空着的。

听彭老师介绍过，袁小倩是个能歌善舞的小女孩，是全校师生都知道也都为之自豪的一位同学。每次学校进行文艺汇演，班级里举办什么节日晚会，袁小倩总被邀请担任报幕员。可惜的是，从高一下学期起，袁小倩便经常患病住院，而且据说她的病还很严重，医院希望她能退学回家，专心治疗……

"一棵好苗苗呀！"彭老师叹息着对田野说，"但愿她能经受得住疾病的考验，重新回到甲班来！"

田野当时就在袁小倩的名字下画了一个记号。

现在，新学期已经开学了，不知道这个袁小倩怎么样了。田野想等忙过这一两天，他应该和同学们一起去袁小倩家看看她。如果她需要补课什么的，他也好做一些安排。

一个上午，他把班干部、座位次序、值日生等都一一明确和安排妥当了。

环视全班，他感到自己对这个班的同学充满了信心。最后他说道："同船共渡，这也是一种难得的缘分！以后，高二甲班的荣辱沉浮就靠在座的每一位同学了。请你们相信我，在某些方面我是你们的老师，但我内心里更希望能成为你们每一个人的朋友。是的，心灵上的朋友！当然，我也多么希望，你们也能成为我的朋友……"

他的这些话又赢得了一阵热烈的掌声。

掌声过后，坐在唐兵前边的一个长得胖乎乎的女同学站起来说道："田老师，您不会像有些老师那样厚此薄彼，只偏爱那些您喜欢

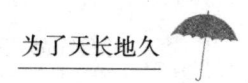

的同学吧?"

田野没有想到会有同学提出这样的问题。他一下子还叫不出这个胖胖女孩的名字来,便赶紧去查对课桌座次表。

这时,坐在最前排的柯豆儿小声地说了句:"'高尔基的祖母','事儿妈'!"

田野听见了柯豆儿的话,先是一怔,然后一下子记起来了,这个女孩叫乔美丽。因为长得较胖,便得了"高尔基的祖母"的绰号。彭老师也特别介绍过她,说她的一张嘴也很厉害,其厉害的程度并不亚于管家琪。

幸好,乔美丽没有听见柯豆儿的话。

田野也装作没听见,笑着对乔美丽说:"你是乔美丽?嗯,很好听的名字!请坐下吧。你能提出这样一个问题,我很欢迎。怎么说呢?"田野习惯性地皱了皱眉头,用右手的食指和中指轻轻地叩了叩自己的额头,仿佛在艰难地寻找着最能够表达自己真实想法的词语。他说:"我也是刚刚从中学时代、从大学时代走过来的一个学生。请你们相信,以我的天性和我个人的对于'老师'这个词的理解,我觉得我是排斥那种古板僵化和道貌岸然的老师的形象的。我愿意有自己的喜怒哀乐,保持自己的善恶和是非标准。现在,我真的不敢说,以后我是否会对某一些同学比如语文成绩比较好的同学,会有所偏爱什么的。但是有一点,我希望你们相信,当我面对一片美丽的小树林的时候,我会喜欢它的每一棵树;当我面对一株美丽的小树的时候,我会热爱它的每一片绿叶……"

田野动情地说着这番话的时候,他突然觉得,教室里某一处好像有一道电光闪过。他看到了,眼前的这几十双黑亮的或含着信任、或含着期待、或含着好奇和疑虑的眼睛里,其中有一双目光特别清亮、特别柔和,似乎正要诉说出什么心事,却又默默无声,一瞬间又像是陷入了自己的哪个梦境或什么冥想之中……

他看到了,这是那个文静的小女孩顾菲儿的眼睛。这双清纯如梦般的眼睛使田野心里一震。他觉得他有点不敢正视这样一双眼睛……

五

直到现在——从清早和管家琪一起走在通往学校的路上,到她们大呼小叫地进入了校园,证实了管家琪的"新闻"不是假的,再到她安静地坐到了自己的座位上,亲眼看到了田野老师走进来,并且听见了他那语调平缓和让人觉得亲切的话语——顾菲儿似乎仍然还不太相信,正在教室里一边踱着步一边讲着自己的心里话的这个年轻的、穿着十分整洁的老师,就是她今后的语文老师,就是她今后的班主任了。

是的,这个文静而内向的小女孩觉得自己好像是在做着一个梦。

虽然她曾多次在大脑里想象过,最理想的语文老师就应该是年轻的、有文采的、穿着整洁的、富于想象力的男老师,而且绝不古板、绝不僵化、绝不那么严肃,也绝不是道貌岸然的……但是,她却没有想到,这样的一位老师会突然间在她的生活中出现。

因为，从小学到初中，直到高一，这么多年来的学校生活和经验告诉她，这样的一位老师在现实生活中大约并不存在的。她几乎在进入每个新学期、进入每所新学校时，都曾经期待过和幻想过，然而她已一次次地失望了。尤其是自从进入新世纪中学，自从那位被同学们称为"装在套子里的人"的彭老师做了他们高一的语文老师和班主任后，她对自己心中的那个期待，也就不再抱什么幻想了。

难道是彭老师他们对自己不好吗？显然不是。顾菲儿并非那种固执己见、执迷不悟、一切都以自我为中心的女孩。她反思过，而且也愿意承认，无论是彭老师还是别的什么老师，他们对她这个爱好文学、语文成绩有些出众的学生都还是比较喜欢，甚至有些偏爱的。作为忠于职守、诲人不倦乃至于苦口婆心的老师，他们每个人也还都是称职的、值得尊重的。可是，不知为什么，顾菲儿总觉得有些不太满足，总觉得这些老师身上似乎明显地缺少一点什么。缺少什么呢？连顾菲儿自己似乎也说不明白。

"我看你呀，菲儿，你是读琼瑶的小说读多了！"有时候，管家琪会不屑地撇撇嘴，不以为然地挖苦顾菲儿一通，"你要知道，你在寻找和等待的是一位老师，而不是你想象中的白马王子！即便是再理想的老师，他也只能是老师！老师！懂吗？"

顾菲儿想，我当然知道，我在寻找和等待的，是一位理想中的老师。可是，难道说，一位老师就不能同时带有一些美好的诗意吗？一位老师就不能同时是一位偶像吗？

顾菲儿觉得，管家琪根本没有理解她。还自称好朋友呢！唉！管家琪呀管家琪，你哪里能够知道我心中有一些怎样的秘密啊！

而此刻,在这新学期开学的第一天,在这间已经被挂上了高二甲班的门牌的明亮的教室里,顾菲儿却隐隐觉得,她的生活、她的命运、她对自己的中学时代的态度……就要——不,应该说是正在悄悄地开始新的变化……

这个变化没有任何别的原因,只因为这位名叫田野的语文老师的从天而降……

她觉得她期待和盼望了许久的、曾经在自己梦里出现过的那样一位语文老师已经到来!

她已经看到了他的脸庞、他的眼睛、他的衣着,甚至他的叉开手指向后梳着清爽的头发的动作。她也听到了他柔和的声音。她觉得他的普通话说得并不十分标准,但他的音色、他的语气、他说话的节奏,都是很亲切、很生动、很吸引人的……

整个上午,顾菲儿就这样沉浸在自己的想象和满足之中。

她甚至不敢把那羞涩的目光多投向田野老师几次。

她甚至也无法再听清田野老师后来又说了些什么、别的同学又提了些什么问题。

她觉得那都是次要的了。而最重要的是,她所期待的一种生活正在开始……

管家琪虽然和顾菲儿是同桌,但她却无从发现顾菲儿心中的秘密。她唯一感到奇怪的是,今天顾菲儿怎么变得比往常更加沉静了。从上午到下午,她似乎没听见顾菲儿多说一句话,连对田野老师有什么印象也没发表一下她自己的看法,好像田野老师的到来跟她无关似的……

下午,放学回家的路上,管家琪实在忍不住了,她抢先一步,站到正陶醉般地眺望着远处的田野景色的顾菲儿面前,大声说道:"菲儿,你给我装深沉呀?高二甲班发生了这么大的变化,你竟一点看法也不发表?"

"发生了什么变化呀?"顾菲儿扑闪着美丽的大眼睛,仍然自顾自地欣赏着那片金色的田野和远处天边的绯红的落霞。

"田野老师你觉得他可以打多少分?"管家琪兴致勃勃地问。

"真不害臊!光想着给人家打分!"顾菲儿看也不看管家琪。

"什么?我不害臊?"管家琪讨了个没趣。她眨巴着眼睛,只好把正想继续说下去的话咕咚一下又咽了回去。

她觉得顾菲儿今天有点莫名其妙。

是的,此刻,顾菲儿对管家琪的问话已没有多大的兴趣了。她看着眼前初秋的田野,不由得想起了自己曾经读过的一首诗:

谷子成熟了,
天天都很热,
到了明天早晨,
我就去收割。
……

顾菲儿想,好极了,你尽管去收割你的谷子去吧,诗人裴多菲!而对于我来说,一切才刚刚开始呢!

这一瞬间,她突然觉得,这初秋时节落英缤纷的田野真是美呀!

第三章 雾起何处

一

秋意渐渐地浓了。

校园的小径上已经有了琥珀色的落叶。

林杉老师觉得今年的秋天似乎来得格外早些。才刚刚过完教师节呢,她就感到秋风中的那一丝沁人的凉意了。而以往这个时候,在大学校园里,她也许还只穿着短袖的衣裳,可是现在她已经穿上那件苹果绿颜色的中长风衣了。

她很喜欢这件苹果绿色的风衣,而且穿上它也格外漂亮。她记得第一次穿着这件风衣出现在大学校园里时,不论她是去图书馆还是去食堂,总有许多男生的目光在追随着她。这当然不仅仅是因为这件风衣,更主要的是因为她那模特儿般的身材、她的清纯不俗的气质。

"哇呀!苏珊娜·薇佳!真像歌星苏珊娜!"有一次,一位过于激动的男生对着她的背影忍不住大叫道。

这使得林杉十分得意。是的,她也看过苏珊娜·薇佳的演出录

像,苏珊娜有一次在演出时的确是穿过这么一件苹果绿色的中长的风衣,那迷人的风采让台下的那些狂热的听众几乎疯狂。就凭这一点,林杉便不能不格外偏爱这件风衣了。

"女为悦己者容"是一句古训了,林杉却不大以为然。相比之下,她更愿意把它修改成"女为悦己容"。譬如这件苹果绿色的风衣吧,她觉得穿起它来连自己都认为很美、很抢眼,那还有什么可说的呢!当然,倘有"悦己者"同时也能由衷地赞美几句那岂不是更好?否则,未免太有点扫兴了。就像一个站在台上唱歌的人,一曲终了,而台下竟然没有一丝鼓掌声,那是让人有点受不了的。

不过,在新世纪中学的校园里,林杉老师却不敢做什么指望。

就像鱼儿熟悉了某一条河水的温度,林杉在短短的几天里也一下子熟悉了新世纪中学校园里的全部气息。这种气息不免使她有点心灰意冷。

譬如说,让那些平日里总是把"老夫""老朽"挂在口头上的老教书先生们来称赞她的苹果绿色的风衣吗?那还不如别称赞呢!林杉想。

昨天,她刚进办公室,那位被学生们称为"装在套子里的人"的彭老师就称赞过她:"小林穿上这件衣服,真可谓'清水出芙蓉……'""是的,是的,比电影明星刘晓庆还……"另一位数学老师接话道。

"哎哟,二位老师,只要你们少抽点烟呀,比赞美我像戴安娜王妃更让我感激!瞧这满屋子的烟雾,还'清水出芙蓉'呢!"

林杉几乎是逃也似的跑出了办公室。

她实在忍受不了总是弥漫在办公室里的那些劣质香烟的气息。当然,还有老夫子们的酸腐之气。

那么,让那些整日里叽叽喳喳、一个个像小喜鹊似的男孩子和女孩子来赞美她的苗条的身材、不俗的穿着吗?他们那里倒是没有什么酸腐之气的,可是,林杉觉得这就好像让苏珊娜·薇佳去迎合和满足于一些边远小镇上的歌迷对她的崇拜一样,未免有点太委屈她了。再说,这些十六七岁的男孩子和女孩子,他们心目中的"美"的标准是什么呢?即使是他们所欣赏的所谓"气质"与"风度",在林杉这里全部都具备了,那又有什么意思呢?

因此,从进入新世纪中学的第一天起,林杉就不免觉得,自己在这里有点举座皆欢而一人向隅的味道。

她觉得自己的情调、自己的趣味、自己的穿着等,都和这所中学的气氛有点格格不入。她的寂寞感是自不待言的。

幸好,新世纪中学里还不全是一群老夫子,这里还有田野,还有别的一些年轻的和活跃的老师。在这些人身上,倒也还没有那种酸腐之气的。他们对于林杉的存在,也并不是视而不见的。用林杉自己的话说,他们的眼睛里暂时还不完全是一片"鱼肚白色"。他们对于美还是有所感应、有所向往的。

何况,田野和她还是在一个办公室里办公、备课、批改作业的呢!这也就意味着,办公室里也并非完全是一个她不愿待的地方。

她觉得只要有田野坐在办公室里,她还是愿意待在办公室里做点儿事情的,甚至聊聊天什么的。

只不过,田野老师泡在高二甲班教室里的时间,总比他坐在办公室里的时间要多得多。常常是清晨当林杉老师还没到办公室来，他就兴致勃勃地到自己的那艘"船"上坐镇去了，也不知道他那么早就去教室干什么！而当他心满意足地从教室里回到办公室里时，办公室里往往又是人去室空，老师们各上各的课去了。而当林杉老师上完某一个班的课，再回到办公室里时，田野也该夹起天蓝色的备课本起身了。他也有自己的课要上呀！

所以，他们能够同时待在办公室里的机会并不是很多的。更多的时候，办公室是被那几位边抽烟边咳嗽、越是咳嗽又越抽烟、似乎总有着改不完的作业的老夫子们占据着。他们在那里一边喷云吐雾，一边铁笔银钩，自得其乐，仿佛都进入了忘我之境。

遇到这种情况，林杉往往是把备课夹一丢，拿起那只"随身听"就逃出办公室。

她宁愿坐在操场边上、玉兰树下的那些石凳上，安安静静地听听音乐，呼吸一点新鲜空气，看看操场边上那些小草在风中的摇摆。

当然，有时她也就着石桌改上一摞作业。

那只"随身听"也似乎成了她最好的"掩护"。知道的人当然明白她是在欣赏音乐，不知道的，也许还以为她在听英语朗读呢！

这不，今天下午，刚刚上完乙班的一节英语课，林杉回到办公室一看，除了满屋子的烟雾，又不见田野的影儿。她看了看课程表，下午并没有他的课呀！难道又跑到四楼教室里和他那个班上的学生们"打成一片"去了？

林杉老师觉得有点不可思议：这人哪儿来的这么大的热情呢？

二

其实，田野下午并没有泡在教室里。

第一节课是政治课，然后是两节自习课。政治课一下课，他就上楼去叫副班长李亚妮，准备去医院看望一下袁小倩。

"田老师，让我和你们一起去好吗？"管家琪听到要去看望袁小倩，便自告奋勇地说。

"李亚妮是女生班长，应该去，你去干什么？"乔美丽赶紧嚷嚷道。她最看不起管家琪的好出风头。

"我想袁小倩在医院里最想念的肯定是我啦！"管家琪一脸恳求地望着田野，好像在说："您看我应不应该去看看她？"而对于乔美丽，她理都不理的。因为她一向觉得，乔美丽和她不在一个"档次"上，谈都不必谈的。

"既然这样，那就一起去吧。"田野说。

"男生们也应该派个代表呀！"有个男生嚷嚷道，"别让袁小倩觉得男生们怎么都那么无情无义……"

"叫唐兵去。唐兵能说会道的，最会安慰女生了。唐兵，你还不快收拾书包呀？"管家琪说话的口气，俨然一家之主，不容别人分说就替男生们做出了决定。

要不是怕田野老师说她这人喜欢得寸进尺，她真想连顾菲儿也一起叫上。

路上，管家琪那张嘴也没闲住。她告诉田野老师，说袁小倩长得很像沈洁。

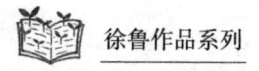

"谁是沈洁呢?"田野问道。

"您连沈洁都不知道呀?就是电影《城南旧事》里英子的扮演者嘛!"

管家琪这么一说,田野倒有点印象了。那可是一个有着圆圆的脸庞和闪亮大眼睛的美丽女孩子。

"您是不知道呀,田老师,袁小倩可会唱歌了!她天生就有一副好嗓子,天生就是当歌唱家的材料,无论是什么歌,她只要听上一两遍,立刻就会唱了。而且她还……"

"而且她还很会跳舞,最拿手的是跳《金梭和银梭》……"唐兵觉得管家琪今天有点婆婆妈妈的,便接过她的话头说,"管家琪你有完没完呀,像祥林嫂似的!"

"你滚一边儿去!我们女人说话时,你个大男人插什么嘴!"管家琪讨厌唐兵这时候来搅和她的情绪。

"哎哎,问题严重了呀!田老师您听听,这位才几岁呀,说起话来就男人女人的了。"

"去去,不用你管!"管家琪被唐兵说得不好意思起来。

"你们两个呀,真是针尖对麦芒!"副班长李亚妮笑笑说。

李亚妮是个比较成熟和沉稳的女孩子。她的年龄好像比管家琪大一点。她是学校的团委委员,还是校广播站的学生站长。在高二甲班里,应该说她和班长陆志秋配合得还是相当默契的。她负责女生,陆志秋负责男生。田野曾在办公室里不无自豪地向老师们夸耀过——陆志秋和李亚妮就是他的"左膀"和"右臂"。

到了医院门口,田野说:"你们等等,我给袁小倩同学买束花吧。"

"哇！好主意！保准要吓袁小倩一大跳的。"管家琪大声叫嚷着,抢着跑到一家鲜花店前去挑选鲜花,一边挑一边不停地叫着:"噢！勿忘我！美死了！一支,两支……"

她也不管送人鲜花有没有什么讲究,净拣鲜艳好看的挑:红玫瑰、康乃馨、勿忘我、非洲菊……挑到差不多的时候,她向唐兵使了个眼色,小声说道:"唐兵,你可别告诉我,说你兜里没带钱哦！嘿嘿,我有特异功能,早就看见你的钱包藏在哪里了。现在正是你表现绅士风度的机会。"

唐兵被管家琪激将得直眨眼睛,乖乖地准备去付账,嘴里还嘟哝着:"好不容易才从我老妈那里乞讨来的两张票子,焐都没有焐热呢！我招谁惹谁了？"

"别！哪能让你付钱呢！"田野一见唐兵要去付账,赶紧去掏口袋。

"得了,田老师,谁叫唐兵他妈是大款呢！这叫作打土豪分田地,有钱出钱,有力出力嘛！"管家琪笑着说,"哎,唐兵,你放心,下次等你病了,让田老师送你一束更美的鲜花好了。"

"你乌鸦嘴哦！"

李亚妮替唐兵捶了管家琪一拳。

管家琪怕再挨第二拳,便抱着鲜花噔噔噔地抢先跑进了住院部病房。

还没等田野老师他们迈进袁小倩住的那层病房的走廊,管家琪就又嚷嚷开了:"袁小倩,你快看谁来了？学校领导看望你来了……"

这个管家琪说话简直没谱儿了。她大概以为这样说可以给袁小倩争些光彩吧。

唐兵赶紧阻止她说:"你穷叫唤什么哪!这是医院,不是教室!"

这时候,袁小倩大概听到了管家琪的声音,已经闻声走出了病房。她欣喜地叫着:"哎呀,管家琪,真的是你啊!我可想死你们了!"

"袁小倩,你躲在这里好自在哦!看,田野老师来了,咱们的新班主任和语文老师!"

袁小倩只知道这学期新换了一位班主任,名叫田野,但她没想到,田老师和同学们这么快就来医院看望她。她有点激动地向田野老师鞠了一躬:"田老师好!谢谢老师!"

田野说:"袁小倩同学,其实我们早就认识了。彭老师,还有管家琪、李亚妮,一直在不停地向我介绍你呢!怎么样?你好些了吗?同学们可都盼着你早点回到班上去呢!"

袁小倩亲热地拉着李亚妮和管家琪的手,生怕她们跑了似的。

"哎,袁小倩,你到底是什么病啊?怎么这么拖泥带水的,有完没完呀?"

看得出,一提到病情,袁小倩的神色就立刻黯淡下来了:"谁知道是什么鬼病!医生也没检查出来,我妈都快急死了!"

"那你自己感觉如何呢?"李亚妮捋着袁小倩的发辫问道。

"老是觉得晕晕乎乎的,眼前发黑……哎呀,你们快到房里坐呀!"

袁小倩把大家让进了病房里。

"对了,还有唐兵,送给你的鲜花!"管家琪说。

"谢谢田老师!谢谢唐兵!"袁小倩感激得快要掉下眼泪了,她说,"唐兵哎,我觉得这个夏天你又长高了不少,现在更像一只大螳螂了!"

"是啊,我老妈也说,我这条子抽得太猛了些。她老人家现在正着急怎么才能使我有点'横向发展'呢!"

"那还不容易?"管家琪说,"把你妈的经验直接传授给你不就得了?瞧她老人家那身'面条'!"

"嗨嗨!怎么说话呢?我老妈可没得罪你啊!"

"行了行了,你们两个呀!斗嘴也不瞅瞅地方!"李亚妮打断唐兵和管家琪的话,拉着袁小倩的手说,"袁小倩,你气色看上去还是蛮好的哦,一点也不像个病人。"

"让我也看看!"管家琪前前后后地像在看一个大花瓶一样,把袁小倩从头看到脚。这还不够,她又让袁小倩转了一圈给她看了看,然后满意地评论道:"真的哎,袁小倩,你还是那么漂亮,还那么像沈洁哎……"

"再像又有什么用!还不是天天要待在这鬼病房里!我真想跟你们一起回学校去哦!哎呀!你们别光说我,快给我说说学校里的事儿。"

就在袁小倩和李亚妮、管家琪他们亲亲热热地说着笑着的时候,田野老师去了另一个房间里,从主治大夫那里了解到了袁小倩的真实病情。

原来,袁小倩患的是白血病!

"您是她的班主任老师,我们觉得不必对您隐瞒什么了。很可能,这个孩子连这个冬天都过不去……"大夫心情沉重地说道。

这些话使田野感到万分震惊:"不,这不可能吧?有这么严重吗?"

"说实话,我们也希望这不是真的。可是,科学的诊断我们总应该相信吧?"

"我看袁小倩同学现在的身体和精神面貌都还很正常,她可是一个热爱生活、渴望生命的同学啊!她才16岁……"

"是呀!这也正是我们特别感到痛心的原因。"那位主治大夫诚恳地说道,"请您——哦,田老师,请您相信,我也是一个17岁的女孩的父亲,我理解为人父母的心情,我也完全理解您作为班主任老师的心情。而且这个袁小倩的确是一个非常可爱的孩子。她这些日子住在医院里,不仅自己在精神上没有垮下来,还总是以一种自信和乐观的态度来感染着周围的病人,来安慰着她的亲人……一个多么懂事的、善良的孩子啊!您知道吗?正因为这,我们也实在不忍心把真实的病情告诉她……"

"是的,那样对她来说太残酷了。"田野痛苦地抓着自己的头发。

"当然,我们已经把真实的情况告诉了孩子的父母,希望他们能够正视现实,配合我们的治疗。主要是不要让孩子在精神上这么早就承受折磨……"

"我懂,我懂的,谢谢你们。大夫,请求你们尽量地挽救或者延长她的生命啊!需要我们做的,譬如需要输血什么的,我们一定会全力以赴!"

离开了大夫,田野独自在走廊上徘徊了好久,他隐隐听见袁小倩她们爽朗的谈笑声。但他觉得,他似乎已经没有勇气再到袁小倩的病房里去了。若是在平常,对于死亡,他也许不会感到有多么陌生和可怕,但是此刻,他却无法把"死亡"二字和一个如此秀丽、如此可爱的16岁女孩的鲜活生命联系在一起。他那同样年轻的心灵还承受不了这样残酷的事实。

三

当田野拖着沉重的脚步回到学校时,已是黄昏时分了。

望着苍茫暮色里的校园,看着那些仿佛在一瞬间也变得萧瑟的小树,还有脚下无声地卷过的那些金黄色的落叶,田野突然觉得,心中有一种深深的落寞和凄惶。

他没想到,这个悄悄到来的秋天会突然给他送来这么一个不幸的消息。

他刚拐过教学楼,正要向宿舍走去,一抬头便看见林杉正在操场上散步。

其实林杉主要不是在散步,而是在等他。她已经知道,田野下午是去医院看望那个叫袁小倩的女孩子去了。

她见田野已经回来,忙赶过来说:"嗨,田野,回来得这么晚呀!是不是让学生家长留下共赴晚宴去了?是西餐呢还是中餐?"

"什么也不是。"田野疲惫地笑笑说,"我哪有那么好的福气。食堂里今天有什么?"

"这么晚了,食堂会专门为你留着饭菜?走吧,我那里有方便面。"

"不了,谢谢你。"田野神色忧郁地说,"我现在一点也不饿。"

"你怎么啦?好像不愉快哦?脸色这么难看!"

"岂止是不愉快!"田野小声地说道,"真是糟透了!你知道我们班那位袁小倩得的是什么病吗?白血病!"

"什么?血癌?这太不幸了!"

"小女孩自己还不知道呢!大夫和家人都瞒着她。"

"我的天!这简直是又一个大岛幸子,太残酷了,这该死的命运!不过田野你应该乐观一些才是啊!看你这沮丧的样子。"

"是吗?"田野捋捋自己的头发,"我一点心理准备都没有。"

"好啦,你快回去休息一下吧。需要方便面或者面包,我那儿都有。"林杉温情地看着田野说。

田野最怕瞅见她这种目光,此刻禁不住又是一阵羞赧。"谢谢你,林杉。"他说,"你穿这件风衣好漂亮噢!"

"你才看见啊?"林杉得意地瞟了他一眼,"我都穿了好几天了,你却视而不见,一天到晚泡在你那个藏龙卧虎的教室里,简直是'无论魏晋,不知有汉'啦!"

"唉!头一次当班主任,生怕出什么事啊!"他摇摇头说,"不瞒你说,我这几天连做梦都梦见自己待在那个教室里。"

"嘿,真是无限忠诚于党的教育事业呀!连诗也不写了?"

"想写,可就是静不下心来,白白放走了许多灵感。"

"你呀,一个理想主义者!如果都像你这样去当班主任,那还不把人累死啊!"刚说到这儿,林杉突然觉得自己不应该在这时候给田野的热诚泼冷水,便赶紧打住话头,"好啦,祝你好运吧!对了,我的一位同学从上海给我寄来了几张新唱片,古典音乐,卡拉扬指挥的马勒,棒极了!欢迎诗人来欣赏。"

"太好了!我一定来!"

田野使劲地点着头说。同时,他的心里也不禁涌上一阵惭愧:哦,真是久违了呀,卡拉扬!久违了呀,亲爱的马勒……

四

新世纪中学共有两栋宿舍楼:一栋点式的单元楼房里住着那些已有家室、子女的教职员工;另一栋条式的楼房,整个一楼的几个大房间,分别做了"教工活动之家"、会议室和展览室等,二楼和三楼则是住在学校里的单身教职员的宿舍。女教师们住在二楼,男教师们住在三楼。

田野的宿舍在三楼走廊的尽头,一间约有十来个平方的小屋,这是他昼出夜憩的地方。

他是个爱干净、讲究整洁和有情趣的人。虽然也是单身汉,但他的房间里并不像一般单身汉那样邋邋遢遢、杂乱无章。因为刚刚毕业,除了几大纸箱子书和一个装衣服的大帆布皮箱外,可以说他身无长物,"家"徒四壁。好在新世纪中学给每个单身老师配置了一个书柜、一张写字台和一把椅子,这才使这个小小的房间看上去略有点"家"的味道。

田野的书比较多,一个书柜根本摆不下的,这使他颇感为难。最后,他只好把自己最喜欢的那些文学书,尤其是那些中外诗歌、小说和一些文学艺术家的传记等请上了书柜,而另外一些书则对不起了,只好请它们暂时受点委屈,继续待在那几个大纸箱子里吧。至于什么时候它们才能重见天日,连田野自己都不知道。有时候看着它们,田野心里也不免十分难受。要知道,那些书可都是他这几年省吃俭用,一本一本地买回来的啊!那每一本书上都留下了他的体温、他的气息、他的欢乐或者叹息……

田野也总喜欢把那张小床上的被子叠得整整齐齐,把床单抻得平平坦坦的。他的床单和枕套也总是洗得干干净净的,几乎每隔一两个星期就要换洗一次。这些好习惯都是在大学时代养成的。

在大学时,田野读过一本乔治·桑的自传《我的生活史》。他对那书上的这样一段话印象很深:"如果世界上有那么一个人,他能够完全摆脱浮华的时尚,能够使用少许的物质,甚至几乎是两手空空,单凭自己的梦想便为自己创造出一种生活,那么,这个人就是艺术家。这是因为他的身上具有一种天赋,他可以让哪怕是微不足道的东西也充满盎然的诗意,可以用自己一贯的情趣和天生的诗情,为自己建造起一座朴素的草棚。"田野觉得他自己似乎天生就是这样一个单凭自己的梦想就能自己创造出一种生活的人。他对豪华的生活没有经验,似乎也没有太大的兴趣,但他对一些盎然的诗情却特别敏感和热衷,即便是他身处"草棚"之中。

他记得,在大学念书时,他曾在宿舍里种植过一盆美丽的小兰花,那种他小时候在乡村里就熟悉和喜欢的,名叫"二月兰"的兰花草。他每天为它浇水,用小竹刀为它松土,隔几天就搬到窗台上让它晒晒阳光。他的这点小小的雅趣连班上的一些女同学都知道了,毕业时有位女同学在他的纪念册上写了这样两句话:"永葆兰心蕙质,总有诗情画意。"他觉得这两句话概括得很贴切,正好道出了他天性中一贯的向往和追求。

到了新世纪中学,在上个月一次绿化校园的劳动时,他顺便又栽培了一盆绿色的兰草,还是那种很普通的"二月兰"。兰花长得很茂盛。现在,他的小屋里,因为有了这样一盆颇有生机的绿色植物,更显得素雅和鲜亮了。

此刻,田野已经回到了自己的小屋里。

窗外暮色已深。他从窗台上搬回了那盆小兰花,关上窗户,拉起了窗帘,然后拧亮了那盏小小的只有八瓦的台灯。柔和的荧光使这间整洁的小屋顿时有了一丝温馨。

他感到今天比以往都要疲乏一些。他为自己倒了一杯白开水,然后往那把木头靠背椅上一坐,便再也懒得动弹了。

水杯里的热气在飘散,可他心中的那片悒郁的阴影却无法飘散。虽然刚才林杉的一番话已经给了他一些安慰,但一回到自己的小屋里,他仍然觉得有点惆怅和不安。他的眼前又浮现出袁小倩的那张秀气和纯美的脸庞。他无法把这样一个刚刚认识的女孩子去和死亡联系在一起……

他坐在靠背椅上,仰起头看着被灯光漂白的天花板,双手习惯性地插进了长长的头发里。突然,他像是想起了什么,赶紧起身搬过来一本《辞海》。他想知道白血病到底是一种什么病,难道袁小倩真的是一点疗救的希望都没有了吗?

他在《辞海》的第1763页上找到了关于"白血病"的解释:

一种造血系统的恶性增生性病变。特点为白细胞异常增生并浸润全身各组织,血液中有幼稚白细胞出现。按病程急缓和白细胞成熟程度可分为急性和慢性。按白细胞类型又可分为粒细胞性、淋巴细胞性和单核细胞性……常见症状有贫血、出血、发热……

这样的解释不仅使他不得要领,说实话,好像也并没有下午时在医院里听那位主治大夫的简单说明那样使他震惊。

"怎么办呢?有谁能够来挽救这么一个年轻女孩子的生命呢?"他在心里问道。

他合上《辞海》,目光又掠过书柜上的那一排排书脊。在那里站立着的可都是一些文学大师、艺术大师啊!但是此刻他们也都沉默不语。

在这一瞬间,他突然感到了人的渺小、自己的渺小……

他在自己的小屋里想来想去,越想心里越觉得焦躁不安。他索性关掉台灯,又走出了自己的小屋,来到了空旷的操场上。

这时候,校园里已经灯火通明了,上晚自习的学生已经陆续走向各自的教室了。

一阵夜风吹来,他觉得空气里已经有了一种深秋的凉意。透过夜色,他看到远处的田野间那像一条闪光的弦子般的静静的小沙河边,已经涌起了朦朦胧胧的雾气。

哦,起雾了!他的脑海里突然闪过了卡尔·桑德堡的一句诗:"雾来了,迈着小猫的脚步……"

这时候,上晚自习的铃声响了起来。

他扬起手指梳理了一把被风吹乱的头发,径直向教学楼走去。

这好像已经成了他的习惯。自从担任了甲班的班主任,他有事没事总要去教室里看看的,办公室里反而去得少了。

"嗨,田老师好!"他刚走到教学楼前,便听见背后传来一个小女孩的轻柔的声音。他回头一看,是顾菲儿。

"哦,你好,顾菲儿,迟到了呀?怎么不和管家琪一起来?"田野觉得有点奇怪。

"不,我们早就来了。"顾菲儿抚弄着辫梢说,"刚才我在操场边的石凳上坐了一会儿。我看见您也站在操场上,是想问题吧?"

"是呀是呀!已经起雾了,你当心着凉哦!"田野说,"快进教室吧。"

顾菲儿点点头:"那我先走了。"便一溜烟地上了楼梯。

一个不太合群的小女孩!不知从什么时候起,田野对这个总是羞羞怯怯的顾菲儿有了这么一个印象。现在又听她说道,她刚才是一个人在夜色里的操场边的石凳上坐了一会儿,便更让他觉得这个小女孩和别的叽叽喳喳的女孩子有点不一样。

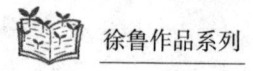

第四章 午夜花开

一

管家琪这些天一直在悄悄地注意着顾菲儿。她觉得自从开学以来,顾菲儿的情绪和以前大不一样了,好像变了一个人似的。

以前,顾菲儿对于上学放学、课内课间的事儿虽然还不至于毫无兴致,但似乎总也打不起精神。她用在埋头看小说、读诗或听歌上的时间,远比用在应付课程或班上事情的时间要多得多。

"这是一沟绝望的死水,清风吹不起半点涟漪。不如多扔些破铜烂铁,爽性泼你的剩菜残羹。"管家琪记得,有一次顾菲儿曾用闻一多的这几句诗来表达过她对学校生活的失望,而且常常把"没劲""无聊"挂在嘴上。

可是现在,管家琪感到随着这个秋天的到来,顾菲儿变得越来越快乐和开朗了。开学已经这么多的日子了,管家琪似乎一次也没再听见顾菲儿发"没劲"之类的牢骚。

这到底是什么原因呢?

管家琪当然想要弄个明白的。她关心顾菲儿一向甚于关心她自己。她觉得她和顾菲儿这么要好,她就应该亲自来做顾菲儿的"监护人"。一点不错,她应该为这个多才多艺而又有点弱不禁风的美人儿负责到底。

经过几天的观察,管家琪终于心中有数了。

星期六下午刚放学,才迈出校园大门没几步,管家琪就忍不住对顾菲儿嚷嚷道:"哎哎,菲儿,你知不知道哎?你危险了哟!"

"什么!我危险了?"顾菲儿吃惊般地瞪大眼睛,"管家琪,你少制造紧张气氛好不好?我可没得罪你哦!"

"你当然没有得罪我,你现在呀,巴不得让全世界充满爱呢!"

"你瞎说什么呀,管家琪!"

"我瞎说什么啦?我敢瞎说什么吗?"管家琪故意卖关子似的说道,"我还没说什么呢,瞧你敏感得脸都红啦!"

顾菲儿两手赶紧轻轻地拍了拍自己的面颊,斜了管家琪一眼:"我这是……'精神焕发'!"

"是吗?我还以为是'防冷涂的蜡'呢!没错!你是'精神焕发'!当我看不出来呀?你那点心事——"

"看把你聪明的,你说你看出什么来了?"

"好呀,你非要逼我说出来是不?"管家琪诡秘而又得意地笑笑说,"告诉你吧我的小阿妹,别看我平时马马虎虎的,可是关键时刻本小姐是粗中有细、刚中带柔也……"

"臭美得你!说你咳嗽你还真的喘上了。"

"先甭说我喘没喘上。先说语文课上某些人的眼睛吧,大概经常是忘记了转动吧?"

"那叫聚精会神!不像有些人,左顾右盼、贼眉鼠眼的,专门窥视别人的隐私,不害臊!"

"嘀!这么说我成了侵犯别人隐私权的罪犯了?"管家琪穷叫唤、瞎嚷嚷可以,一旦真正论起口才来,其实说不过顾菲儿的。她大叫道:"好哇,我不害臊!我再不害臊也没用那种目光看人呀!"

"哪种目光?"

"哪种目光?就是那种——"

管家琪一时找不到准确的词语来表达自己想说的意思,只好自己用眼睛做出了"那种目光"来给顾菲儿看,而且做了一次还嫌不够,又做了第二次……

顾菲儿看到她做出的那种夸张了的挤眉弄眼的怪模样,忍不住扑哧大笑起来:"你真流氓,管家琪!你那种目光哦,能吓得人半死!"

这话说得管家琪自己也大笑起来。

"哇,二位小姐,什么事儿这么开心?可以认识一下吗?"正在这时,一个看上去只有十八九岁的小青年从路边迎了过来。这小青年头发长长的,一看就知道还冷烫过,可能有很久也没有洗过了,却又偏偏刷了太多的摩丝,所以看上去脏兮兮的,叫人恶心。

管家琪和顾菲儿对这样的"街遛子"并不陌生,而且从来是理都不予理睬的,只管走自己的路。

"二位小姐,不要走得这么快嘛!交个朋友嘛!"那小青年跟在她们后面,涎着脸说。

"滚!"管家琪对这号人一向是不愿多费一个字的。可偏偏这小青年的脸皮又特别厚,一点也不识趣:"不要这么说嘛,看你们也正处花季的,要不我请你们听歌好不好啦?"

"请我们听歌?那好呀!"管家琪见这小青年没完没了的,便故意要逗逗他,"去莎乐美歌厅怎么样?我们正好肚子也饿了。"

莎乐美歌舞厅是本市南区最高雅、最豪华的一家娱乐厅,门票相当贵的。

"管家琪,咱们走吧,别理他。"顾菲儿扯扯管家琪的衣角,小声说。

"走呀!怎么又不想去了?"管家琪见那小青年有点犹豫了,便毫不留情地挖苦说,"噢,是没有那么多钱对不对?瞧你这瘪三样儿,还想交女朋友?也不找个水涡儿照照,你会不会系领带呀你?"

"姑娘说话不要这么尖刻嘛,都是同龄人,我内心忧郁,需要理解……"

"呸,你也配忧郁?瞧你这德性!你滚不滚呀你?"管家琪朝菲儿使了个眼色,"菲儿,明天到体校把你那位学拳击的表哥叫来,安慰安慰他,他不是内心忧郁吗?"

"别,别呀,我又没有伤害你们。唉,看来是情深缘浅了,再见,再见……"

小青年一听"学拳击的表哥"几个字,赶紧悻悻地开溜了。

"什么玩意儿!"管家琪朝着他的背影啐了一口。

"真扫兴!"顾菲儿说,"看来,是应该有一位学拳击的表哥才好呢!"

"下辈子吧你。哎哎,先别打岔,咱们刚才说到哪儿来着?"

"还说呀!你累不累啊你?"

"我累点倒没关系,要紧的是别把贵小姐您给累着哦!"管家琪话里有话地说,"唉!周华健的歌里唱得一点也不错啊,'你这样一个女人,让我欢喜让我忧,让我甘心为了你付出我所有……'"

"你莫名其妙哦,管家琪!"顾菲儿扬起小拳头捶了管家琪一拳,"好啦,周末愉快,拜拜!"

两人意犹未尽地在岔路口分了手。

二

管家琪说得一点也不错,顾菲儿的情绪的确正在发生着巨大的变化。

这几天,顾菲儿正在看一本名叫《我更爱你的心灵》的书,是写诗人普希金和他的妻子娜塔丽娅的故事的。从这本书中,顾菲儿知道了,诗人普希金的写作史上有一个愉快而又多产的"波尔金诺之秋"。

那是在他30岁的时候,在远离了莫斯科的一个名叫波尔金诺的村庄里,他度过了一个奇特的、金色的秋天。他一生中的许多重要的作品,如《别尔金小说集》、诗体小说《叶甫盖尼·奥涅金》的最后章节、小说《暴风雪》、长诗《柯洛姆拉的小屋》以及四个小悲剧和三十多首抒情诗等,都是在"波尔金诺之秋"里完成的。在那些日子里,诗人觉得他的创作激情就像是从一个永远无尽的喷泉里喷涌出来一样。

在甜蜜的静谧中,我忘了世界,
我让自己的幻想把我悠悠催眠。
这时候,诗情开始蓬勃和苏醒,
我的心灵充塞着抒情的火焰;
它战栗、呼唤,如醉如痴地想要
倾泻出来,想要得到自由的表现——
一群幻影朝我涌来,陌生而又熟悉,
就像我久已孕育的想象的果实……

顾菲儿很喜欢普希金的这首写秋天的诗。她曾一遍遍地喃喃自语:"哦,波尔金诺!波尔金诺之秋……"

顾菲儿觉得,自开学以来的这些日子,仿佛也是她生命中的一个"波尔金诺之秋"。

连她自己也解释不清,这些日子里她的心情为什么会这么愉快、这么爽朗。她的周身仿佛也正涌动着无穷无尽的热情和力量。

校园的高楼,小路上金色的落叶,远处收获后的田野,白云萦绕着的远山,闪闪发亮的小沙河,隐隐传来狗吠声的小村庄,甚至那些往日里总叫她看不惯的、摆在校园外边的小商小贩的摊点……现在在她看来都好像比以前可爱得多了。

她每天照例是上学、放学、做功课、帮外婆洗刷碗筷、听歌、看小说,甚至写诗……所有这些事情,现在做起来,她觉得好像也都比以前有意思一些了。

尤其是写诗。她觉得最近这些日子里,有许多美妙的"灵感"随时随地都在向她袭来,使她应接不暇。她那个漂亮的、有着绛色绒面的日记簿已经快被她写满了。每天的所谓日记,其实就是一首或两首诗。她觉得,日记嘛,主要应该记录一个人的所思所想,记录一个人的心路历程,相比之下,那些今天天气如何如何,今天上午上了什么课,下午又从谁那儿借了什么什么的琐碎的记录,都显得微不足道和毫无意义。她才不在日记里记载这等"事务主义"的东西呢!她觉得她的诗就是她的心声的最忠实的记录。

以前,外婆给她讲中国的古典诗词歌赋,一讲到关于秋天的描写时,好像总是与萧瑟、静穆、悲怀、伤感的主题分不开。可是现在,顾菲儿觉得,秋天并不总是那么使人伤感和消沉的嘛!她觉得秋天里的阳光更灿烂耀眼,秋天的风更清爽宜人,秋天的天空更高远澄净,秋天的大地也更开阔和绚丽……

一句话,她觉得这个秋天的到来,使她那16岁的心灵变得比以前舒畅和爽朗起来了。

她不仅在自己的日记里写下了"我的'波尔金诺之秋'已经到来……"这样的句子,她的这种掩饰不住的欣悦的情绪同样也写在她那比以前更加红润和兴奋的脸庞上,写在她那双如梦如幻般的纯美的眼睛里。

正因为这样,她的这些变化自然就没有逃过管家琪的目光。

刚才,在放学的路上,管家琪的那一番话,虽然还没有完全把顾菲儿的心事挑明,可也足以把她的心给搅得更加不平静和兴奋起来。而这种不平静、这种兴奋又使顾菲儿觉得是那么甜蜜、那么美好……

这天晚上,夜已很深了,外婆在自己的卧室里也许已经入睡了吧?可顾菲儿却一点儿睡意也没有。

她还在回味着管家琪在放学路上说的话。

难道真的像管家琪说的那样,自己在上语文课时,一双眼睛经常"忘记了转动"吗?不会的吧?顾菲儿想,如果真的是那样,那我看上去一定是痴不痴、傻不傻的,难看死了!那么,田野老师是否也注意到了呢?糟糕!要是这样一双眼睛让田野老师看到了,他会怎么想呢?他会不会在心里觉得可笑呢?瞧这个女孩子,傻不傻呀?有这么看人的吗?怎么回事呢?是不是有病呀?

哦,不!他也许根本就没注意到。凭她的感觉,田野老师上课的时候,目光似乎总是稍稍仰视的,除了盯着书本,要不就是好像在若有所思地盯着后面的黑板似的,几乎从不在某一个同学的脸上停留的,不是吗?顾菲儿记得很清楚,好像只在开学第一天的那节课上,她的目光曾和田野老师的目光碰撞过一次,而且也只在一瞬之间。后来的每一节语文课,她的眼睛似乎再也没有能够和田野老师对视过。不是没有对视的机会,而是她觉得自己有些胆怯和羞涩,所以总在悄悄地躲避着田野老师的目光。

那是一双很温和、很有光彩,似乎又总带着一点儿使人难以觉察的忧郁的目光。顾菲儿觉得那种目光使人感到亲切和善良,似乎又使人总想多看他几眼……

顾菲儿躺在床上,就这样翻来覆去地、不停地想象着田野老师的那种目光,回味着和捕捉着语文课上曾经有过的某一些细节。那种温和的目光在她的眼前挥之不去。

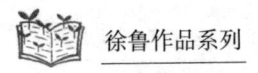

夜真是安静极了。

床头的那个安琪儿造型的小摆钟的嘀嗒声,好像比以往都要响亮一些似的。不知道是这响声衬托得这夜晚更加安静了,还是因为夜深人静而使小摆钟的嘀嗒声更加响亮了。

顾菲儿觉得自己这时候简直没有一丝儿睡意了。管它呢,反正明天是星期天,可以睡它一个上午。

她继续放纵着她的想象、她的思绪……

她觉得浑身有点燥热,背上好像有了汗水,湿乎乎的,很不舒服。她索性在薄薄的云丝被里脱掉了睡衣和睡裤。不,她干脆连那个窄窄的、藕色的、带着精致花边儿的小胸罩也摘了下来,扔出了被窝儿。

她觉得顿时轻松和舒服了许多。她的双手轻轻地抚了抚自己的前胸。这一瞬间,她不禁大吃一惊:她觉得自己的那两个光滑圆润的小乳房似乎又悄悄地变大了许多。她的两只小手几乎再也盖不住它们了。它们是什么时候变大的呢?这些日子里她怎么一点也没感觉到呢?

顾菲儿和管家琪不一样。管家琪发育得早,胸脯早就鼓鼓的了。高一时顾菲儿就提醒过管家琪,要她"收敛"些,最好戴上紧一点的胸罩,不然有点太难为情了。再说,那些男生的眼睛也都贼亮着呢!女孩子们稍不注意,就会被某道贼亮的目光悄悄盯上。可管家琪却大大咧咧地依然我行我素。"姑奶奶正气凛然,神圣不可侵犯!谁要是胆敢向我身上放电,看我怎么治他!"她叉着腰回答顾菲儿。这架势、这声音使得顾菲儿当时笑着誉之为"河东狮吼",同时觉得自己未免有点杞人忧天了。人家自己都不在乎,碍着你什么事儿呢!而那时候,顾菲儿胸前还是平平的呢!说实在的,顾菲儿在心里也还挺羡慕管家琪那身越来越明显的流畅的曲线呢。她觉得,高中生了嘛,的确也不应该还是那种干干瘪瘪的黄毛小丫头的样子了,而应该像个真正的少女,应该有着光洁润滑的皮肤、苗条而不失丰腴的身段、乌黑和亮泽的头发、圆润而动听的声音、单纯明亮却又并非一点"内容"都没有的目光了……

　　顾菲儿没有想到,她所羡慕的这一切,说来就来了。一进入高一下学期,她的身体也迅速地发生了变化。用管家琪那张嘴里吐出的通俗语言说,就是"腿是腿,胳膊是胳膊,腰是腰,不仅有'前',而且有'后'了……"什么话嘛!未必以前的腿就不是腿,以前的胳膊就不是胳膊了?还有什么"前"的"后"的,真流氓!顾菲儿觉得从管家琪嘴里是永远吐不出象牙来的。

　　那么此刻,自己的身体也变得像管家琪那样了吗?胸前鼓得岂不是也要么使人难为情了吗?顾菲儿觉得问题可真有点严重了呢。

　　她越想越觉得不对劲儿。她看了看窗户,见窗帘已经拉得严严实实的了,门也扣得紧紧的了,便放心地一骨碌从被窝里爬了出来,赤裸着身体站到了衣柜上的那面大镜子前。

　　在这静静的将近午夜的时分,她看到了镜子里真实的自己:乌黑亮泽的披肩发,洁白秀美的脖颈,圆润的肩膀,白皙如玉的手臂,小小的花蕾般的乳房,红樱桃似的小小的乳头,光洁的凝脂似的皮肤,匀称的、光洁的、流畅的小腹、腰部和胯部……

这是我吗？这是刚满 16 岁的我吗？

顾菲儿看着镜子里的那个赤裸着的、光洁而匀称的身体,有点惊奇,有点欣喜,也有些羞涩。她的一双小手轻轻地在自己的胸部、腰部、胯部滑动着。她觉得现在的自己就像一株脱去了笋衣的嫩笋,正在——不,已经悄悄地抽成了挺秀的绿竹！也许,这就是青春,这就是成长,这就是天地之间的一种生命的美丽与升华吧？顾菲儿想到这些,不免感到一阵激动:那么,我该如何去感激这生命的恩泽,感激父母的养育与呵护,感激这十六年来的春夏秋冬的美丽阳光和雨露呢？

一个多么静谧、温柔而又带着一丝儿神秘的夜晚啊！顾菲儿想,这个午夜是真正属于她自己的,而不属于任何人的。这是她少女时代第一次观察自己裸体的夜晚,她大胆地面对了自己,面对了一个 16 岁的生命的神秘与美丽。

她觉得自己此刻就像希腊神话里的那个后来幻化成水仙花的美少年纳息斯一样,正坐在清清的潭水边顾影自怜。她对自己的身体既感到羞涩又感到满意。她看见镜子里的那双眼睛正处在迷幻的状态下。哦,"燕京女儿十六七,颜如花红眼如漆";"手如柔荑,肤如凝脂……巧笑倩兮,美目盼兮……"这一瞬间,她的脑海里突然浮现出曾经读过的几句古典诗词来。这都是酷爱中国古典诗词的外婆教给她的:"态浓意远淑且真,肌理细腻骨肉匀……"

哎,这是什么乱七八糟的啊！羞不羞呀你？顾菲儿还没想清楚这都是谁的诗中的句子,便顿觉自己有点酸文醋辞的了。要是这种酸文醋辞让田野老师知道了,他会怎么想呢？

该死！怎么这时候又想到田野老师身上去了？顾菲儿吓了一跳，脸上顿时飞满了红晕。这个时候！顾菲儿仿佛觉得，田野老师的目光此刻就在这间屋子里晃动。这个念头一闪过，她便羞得赶紧飞也似的钻进了被窝里，把身体裹得紧紧的……

她想把田野老师的影子从眼前、从脑海里赶走，可是她做不到。躺在被窝里，她满脑子里仍然是田野、田野、田野、田野……

她又看了看安琪儿的小摆钟，午夜已不知不觉地过去了。此刻，已经是星期日的凌晨了。

她关掉了台灯。只有她那双明亮的眸子在夜色里发光。她看见一缕微弱的月光从窗帘边的一条窄窄的缝隙里透射了进来，仿佛在窥视她心中的那些秘密……

这奇怪而美丽的月光真正是"转朱阁，低绮户，照无眠"啊！她想。

月光能够照耀着每一个人吗？譬如今夜，譬如此刻，田野老师会在干什么呢？顾菲儿曾经听人说过，说田野老师每夜总是睡得很晚，常常在深夜里写诗……那么，此刻他是不是也还没有入睡呢？如果他也没有入睡，那么，他会在想些什么呢？如果他是在写诗，他会写一首什么样的诗呢……

顾菲儿在夜色里转动着明亮的眸子，继续着她的想象。

三

田野老师自然无从知晓，那个名叫顾菲儿的、有着一双幽静如

梦的眼睛的小女孩会在今夜,甚至在午夜之后,还在辗转反侧地想象着自己的老师在想些什么、做着什么。

可是有一点,这个小女孩想象得一点也不错:田野老师今夜的确也处在失眠之中。

不过,他的失眠却与顾菲儿无关。

田野觉得这个星期六的夜晚,是他来到新世纪中学以来所度过的最兴奋和最愉快的一个夜晚。

而这一切,都是因为林杉老师引起的。

还是在晚饭之后,暮色初降的时候,田野端着脸盆刚从学校的浴室里洗浴出来,不料正好和也是刚刚洗浴出来的林杉老师撞了个对面。

"这么巧呀,田野?"林杉披散着湿漉漉的头发,朝着田野娇媚地笑道。

田野打趣说:"人生何处不相逢嘛!"

"挺不错的嘛,田野,浴室里的男中音。"林杉一边梳理着头发一边也与田野打趣道。

"惭愧!惭愧!瞎哼哼吧,五音不全,在歌星面前出丑了。"田野平时难得唱唱歌曲,大约只在浴室里时能够不经意地瞎哼上几句。这次他哼的是什么歌连他自己也不知道,更没想到仅有一墙之隔的女浴室里还有一位歌星正在偷听。

"不,蛮好的,一支完整的《三套车》,挺忧郁的。"林杉说,"这至少说明你目前的心境还不错。"

"哎,好不容易盼到个周末,能不放松一下吗?"

"就是，可惜的是一星期浴室就只开放这么一次，叫人怎么活呀！"林杉抱怨地说。

"你就将就一点儿吧，这条件已经很不错了。"田野说，"你当是住高级宾馆呀？24小时有热水供应？"

两人边走边说，不觉已到了宿舍楼前。

林杉问道："看你梳洗得这么清爽，有什么约会吧？"

田野一笑说："有啊，我和自己有一个约会。"

"嗬，真有你的。如果真的没有约会，那么——"林杉温情地看了田野一眼，轻声道，"欢迎你来倾听马勒！"

"哦，亲爱的马勒！"田野这才记起，林杉说过她又有了一张新的唱片，是卡拉扬指挥的马勒。看来，这个周末只应该属于马勒了。"非常愿意！假如您不怕打扰的话。"田野说。

"嗬，还'您'上了呢！多客气呀！"林杉嗔怪地看了田野一眼，"等你噢！一会儿见。"说完便兴奋地拐进了自己二楼的走廊。

等到田野回到宿舍吹干了头发，又换上了一套干净的外套，清清爽爽地出现在林杉的宿舍门前时，林杉也已在自己的房间里迅速地做完了该做的一切。

田野轻轻地敲了敲门。

在这一瞬间，他的脑子里闪过了一个奇异的念头，他觉得他似乎是在敲着一扇命运之门。他差一点就用上了贝多芬的《命运》里的敲门的节奏了。

林杉轻轻地、微微含笑地为这个显然有点不大自然的大男孩开了门。

田野这是第一次到林杉的小屋里来。他踏进这间小屋的第一个感觉就是：这里才是一个真正的温馨的地方！这间小屋和他那间小屋一样大，但相比之下，自己那个窝儿真是过于简陋和朴素了。

　　看得出，林杉很会布置房间。她的窗帘、床罩、枕套甚至一块小小的桌布的色彩都配搭得那么协调，看上去真是温馨和柔和。她也有满满一小书柜书。田野粗粗看了一下，其中音乐方面的书籍占了大多数，另有一格是中外影星、歌唱家的传记或回忆录，甚至包括《卡拉扬自传》《小泽征尔指挥生涯》《李斯特传》等，这倒是田野十分感兴趣的一些书。还有一格则是一些外国小说，田野一眼就看到了《简·爱》《荆棘鸟》和《茵梦湖》等几个熟悉的书名。放在最下面的便是一些唱片了。一套显然不会太便宜的组合音响就放在靠窗户的地方。它似乎正在无声地告诉田野：怎么样？你现在所看到的分明是一个歌星的小世界吧？

　　"你坐呀，田野，别总是视察我的书呀！跟你的书比起来，我这里可是小儿科了吧？"林杉早已看到了田野在进门之后的刹那间，脸上出现的一丝慌乱和羞赧。她知道他此时是在借巡视书柜上的书而使自己稍为镇定和自然一些。这真是一个纯朴的大男孩啊！林杉想。

　　也是呢，这间漂亮的小屋里的温馨的气息使田野感到慌乱。也许是刚刚喷过空气清新剂吧，小屋里弥漫着一种浓郁的玫瑰花的芬芳。那张铺着素洁的桌布的小饭桌上分明插着一瓶鲜艳的玫瑰，大约是林杉下午特意买回来的吧。而林杉此时的打扮和衣着也和平时大不一样了。她披散着长长的洁亮的头发，因为刚刚洗过，看上去还湿漉漉的。她已换上了一套款式很新潮但很大方的薄薄的纯羊毛的衣裙，看上去那么清纯和高雅。她显然还刚刚化过一点淡妆，好像连眼影也用上了，口红和腮红都涂得恰到好处。由于刚刚洗浴过，田野已隐隐闻到了从她那儿散发出来的那种年轻女性的气息，那种气息比浓郁的香水更使人迷醉和慌乱……

田野故作镇静地坐在一张小沙发上翻看着一摞唱片。他已看到了林杉正在朝他娇媚地笑着，似乎在嗔怪地说："傻样儿！用得着这么紧张？"而他只好边看唱片边自我解嘲地说道："对不起，林杉，别这么看着我好不好？美有时能使人无地自容，觉得十分自卑的。"

"嗬！挺会恭维人的嘛！"林杉见他终于可以开口了，便扑哧一笑，"我还一直奇怪，一个诗人为什么总是那么麻木和……迟钝呢！"

"不，不是麻木，也不是迟钝，是……"田野用中指和食指叩着自己的额头，寻找着恰当的词语，"是一种敬畏！怕亵渎神灵吧。"

这话让林杉听来十分得意。她正在忙着为田野冲咖啡。凭她的直觉，她相信田野说的话是真诚的，而不仅仅是一种奉承。虽然这样，她还是忍不住要追问一句："田野，你说实话，在你眼里，我美吗？"

田野接过她递来的香浓的咖啡，轻轻地搅动着说："至少在我所认识和接触过的女同学、女老师中，你是最美的一位。所以刚到这里来时，第一次见到你，我根本就没想到你是这里的老师，还以为你是哪家电视台的节目主持人呢！"

"谢谢，田野！这也是我来到这里之后听到的唯一的对我的赞美！噢，'别人对我的赞美，我把它们弃如炉灰；而你即使对我诋毁，我也看作是赞美！'这是谁的诗，作为诗人你该知道的吧？"林杉自己也在喝着一杯咖啡。

"安娜·阿赫玛托娃,我当然知道啦!"田野没有想到林杉还读过阿赫玛托娃的诗,"我也很喜欢这位女诗人,只是,她的命运太让人叹息了。我看见过一篇文章,说她翻译屈原的诗歌时,曾把'吾将上下而求索'译为'我上升而又下降,朝着自己的命运……'有人对此不以为然,而我却觉得,这真是绝妙的意译,只有真正的诗人才能理解真正的诗!"

"你说得很对。现在这个世界上,好像什么都有,什么都不难获得,而只有一样东西是人们永远缺少的,那就是你所说的'诗',真正的诗!譬如我们所在的这所学校就……"

"就缺少诗,对不对?"

"一点没错!你也感觉到了?"林杉开心地望着田野,好像找到了知音。

"不,也不是完全没有。"田野说,"校园嘛,总要比外面的世界单纯一些、美好一些的。这里有童心,有爱心,有绿草地,有红烛般的'师魂',还有少男少女的花季、青春……对了,还有年轻美丽的女教师,譬如你林杉……"

"是吗?这些都富有诗意?我怎么没有感觉到呢?噢,难怪了,你是天生的诗人嘛!本来就比一般人要敏感的。"

"你忘了罗丹是怎么说的了?"

"美是到处都有的,对于我们的眼睛来说,只是缺少发现……"

"诗不也一样吗?"田野说到这儿,赶紧又打住了,"糟糕!这不成了我在给你讲诗了?好啊,你做了笼子让我钻呀!"

他抬头一看林杉,发现林杉正以温柔的目光望着他,似乎在听他讲话,但又若有所思似的。

"没有,我很愿意听,真的,田野!"林杉温情地说道,"你可以接着往下讲,现在已难得听到这么单纯、这么高尚的话题了。"

"不讲了,我这叫什么高尚呀!"田野一看见林杉的这种目光就不免有点慌乱,他拿起一张唱片说,"你不是要请我听马勒吗?这才真是高尚的呢!真没想到,在这里还可以听到马勒的音乐。"

林杉说:"你急什么呀!难道除了马勒就不可以谈点别的了?我早就听说了,你在大学时就是有名的校园诗人,发表过不少诗。想听马勒可以,但有个条件,以后你得把你的诗拿来让我拜读拜读。"

"惭愧!惭愧!都是练笔之作,不值得一看的。"

"谦虚呀?写的都是爱情诗吧?"

"什么呀!那时候哪懂得那个!青春期的抒情,无病呻吟罢了。"田野微微一叹道,"唉,雨季已逝去,旧梦不再来了!"

"嗬,挺沧桑的嘛!"

"沧桑谈不上,怀旧倒是真有一点儿。"田野说,"好了,还是来聆听一下亲爱的大师是怎么说的吧!"

林杉在打开音响和放置唱片的时候,田野又随意地说了一句:"这大概是这个校园里唯一的一台音响了,不便宜吧?是男友送的?"

"男友送的?"林杉朝田野一看,故意问道,"你等等,告诉我,你怎么知道的?"

"我是猜的呗,不想一下子还猜中了。"

"不!你没有猜中。"林杉说,"这是我在一个暑假里给一个歌舞团打工挣来的。音色不太理想,凑合着听吧。以后有了钱,再置换新的。"

"对不起,我是想当然了。"田野说。

"而且是十分想当然了。你一定认为我早已有了男朋友,对吧?"

"你没有啊?"田野话一出口,便暗自有点后悔:怎么扯到这样的话题上来了?

"如果我说我还没有男朋友,当然是指那种严格意义上的男朋友,你一定不会相信了?"林杉盯着田野说道,似乎在等待他回答。

"不,我相信。因为凭我的感觉,你在这方面一定是很挑剔的,也许暂时还没碰上自己满意的。"

"Very good(非常好)!那你呢?诗人可都是很浪漫的哦!女朋友肯定很漂亮吧?"

"不,谈不上漂亮,一般吧。"田野漫不经心地回答说。

这回答不免使林杉吃了一惊。她原是故意想套一套田野的,没想到田野还真的已经有了女朋友。她无法掩饰自己的惊异:"这么说,你是真的已有女朋友了?也在这个城市?"

"不在这里。"田野笑了笑,叩了叩自己额头说,"她在这里,在我的记忆与想象里。"

林杉更觉得奇怪了:"什么意思?在你的记忆……与想象里?"

"对啊!我们曾经是青梅竹马,在我们老家,在童年的村庄里。"

听田野这么一说,林杉心里似乎暗暗松了一口气:"嗬,青梅竹马!果然是挺浪漫的嘛!那么现在呢?"

"她还在老家。不过,早已经出嫁了,现在也许已经做了母亲了。"

"哎哎,你先等等。田野,你让我听明白了再说。你是在乡村里长

大的？骗人吧？我怎么觉得你像在讲什么虚构的故事呢？"

"这还能骗得了人？"

"不像！田野,我一点也没想到你是在乡村里长大的。看来你的背景还挺复杂的呀！说实话,对你的经历我一无所知……"

"慢慢地,也许你会知道一些的。和所有的乡村少年一样,我也是从艰难困苦里走过来的。"

"很好,田野,我很敬佩有这样经历的人,有经历的人才会有出息。"

"出息不出息倒不一定,但肯定比一般人更热爱生活、更执着一些……糟了,又扯远了,光顾着闲扯,把正事忘了,你放上去的是马勒的那张吗？是不是《大地之歌》？"田野很喜欢马勒的那首《大地之歌》,他在大学校园里听过几次,毕业前夕还曾花了一次高价,进过一次音乐厅,就为了听一次《大地之歌》。

林杉说:"你真幸运,正是《大地之歌》。"

话音刚落,音乐升起……

《大地之歌》是马勒的一首堪称千古绝唱的交响曲。它的意境取自6首中国唐代诗歌,如李白的《悲歌行》《采莲曲》,王维的《送别》,孟浩然的《宿业师山房待丁大不至》等,乐曲里充满着一种对于青春、生命、美人的依恋和歌咏,也回荡着一种大地无限苍茫,而人生短促、时不我待的伤逝之情……

田野觉得这才是真正的音乐！它不仅是音乐大师内心激情的光芒,更是从大地深处传出的永恒的召唤。骊歌悠远,秋野茫茫。意气风发的少年,眼含幽怨的美人,相见时难别亦难,此番分手,也许将永隔山川,而大地依然面对逆旅匆匆……

这样的音乐也总使田野禁不住会想到自己的故乡：萧瑟的茅草地，旷野上孤零零的枯树，还有冬天白皑皑的雪地……

这样的音乐使他感动、忧伤，也足以引起他心中的乡愁。他是个容易被感动的人。聆听着这样的音乐，他的眼睛也总会不知不觉地变得湿润。不是悲伤，是无限的温柔，使他的心灵微微地颤抖……

在这样的音乐面前，无论是田野还是林杉，都不会再说什么了。他们只是偶尔用目光交流着彼此的理解和陶醉……

外面的夜不知不觉地就深了。

听完了《大地之歌》，他们接着听露德薇格演唱的那首《悼亡儿之歌》和马勒的《第五交响曲》……

是如此令人荡气回肠的音乐。

又是如此使人不忍离去的小屋。

这是一个安静的夜晚。

这是一个美好的夜晚。

对于田野和林杉来说，这也是一个使他们感到愉快、惆怅和兴奋的夜晚。

把青春的心事散入风中，把一段美好的时光交给音乐，暂时谁也不必去探问对方隐秘的故事。就像两条从不同的山谷流来的小河，如今正由原先的千里之距而变得很近很近，仿佛彼此都已听到对方那潺潺的水声。又如两双都已伸出而尚未握住的手，不必相握，却都感觉到了对方的温热。这温热就来自彼此那纯净的和含着向往与信任的眼神……

世界悄然缩小了……

徐鲁作品系列

第五章 在 水 一 方

一

高二甲班的同学们公认他们"敝班"里有两家"小道消息社":一家是以莫斯科"塔斯社"的名字命名的"小道消息社",社长就是管家琪;而另一家篡改了巴黎"法新社"的名字,以"最新社"命名的"小道消息社",社长不是别人,正是管家琪一贯瞧不起的那位乔美丽。她们二人之所以长期都是冤家对头,原因很多,"同行"是冤家也是其中之一。这两家"小道消息"的来源渠道各有不同,而且侧重点也有所不同。在管家琪看来,乔美丽的"小道消息"总是上不了台面的,而且大多是从不隔音的教工厕所里偷听来的,全是一些三姑六婆之类的绯闻,如××老师的小姨子其实是教育局局长×××的"小秘",而××老师正在与××老师"较劲儿",都在盯着什么什么主任的位子,等等。在管家琪看来,乔美丽的这类"小道消息",就像那些专门刊登影星、歌星的绯闻艳事的地摊小报一样——下流,无聊,造谣,贱。这是管家琪对乔美丽及其"小道消息"的总评价。而乔美丽呢,也时常攻击管家琪的那些所谓新闻多是大而无当、混淆视听的,她甚至怀疑管家琪窃取"消息"的手段带有"克格勃"的性质,说不定还用上了"美人计"之类的伎俩呢!譬如说,每次期末考试前,管家琪总会在班上宣布什么化学试题的重点不在第一、第二章而在第三、第四章,语文试题的作文不是记叙文而是说明文或者议论文;还有,从下学期起,××教务主任将进入校内"政治局"班子,成为五位"常委"之一,等等。

"她管家琪是校长秘书、校办主任呀,还是负责命题的老师?她凭什么能窃取来这种情报?不是使用了'美人计'才怪呢!"乔美丽常常撇着嘴,在背地里表示出对管家琪的怀疑、不服和不满。

这种互相攻击由来已久,已成为难解的宿怨。两人的"小道消息"也常常互相矛盾,甚至南辕北辙、大相径庭。

但这并不影响她们继续从事"新闻"行当的积极性。所以,高二甲班教室里,几乎每天都会有点新的"小道消息"发布出来。

这天早晨,乔美丽兴致勃勃地一跨进教室,气儿还没顺过来,书包还没摘下来,就十分神秘地嚷开了:"不得了哎!独家新闻!真正的独家新闻哎!说出来保准让你们一个个吓得呆若木鸡!"

一些同学赶紧围了过来。大家都想凑凑热闹嘛!

唐兵却从来不相信乔美丽会弄到什么让人呆若木鸡的"独家新闻",他不以为然地讽刺道:"敢情是多国部队又侵占了伊拉克了呢?还是哪个地方出现了人咬狗的事?"

"不是,不是战争!"乔美丽压根儿就没听出唐兵话里的意思来,"是发生在咱们身边的事儿。"

"咱们身边的事儿?"有的女生睁大眼睛,把乔美丽围得更紧了。

"别着急,美丽,你慢慢讲,快,先擦把汗,再喝口水,把书包放下,瞧你累的!"有人帮乔美丽摘下了书包,也有人递来了矿泉水瓶。乔美丽长得的确是过于夸张了点儿。因为胖,不,也可能是为了急于赶到学校,想早一点把她的新闻发布出来,一路上说不定还是小跑着赶来的呢,再加上有些兴奋,所以进了教室,她的脸上已是汗水涔涔的了。

"快说吧!我的脉搏速度都加快了啊!"柯豆儿嚷道。

"是呀,到底是什么屁新闻嘛?"

"是这样,"乔美丽说,"你们猜我昨晚看见谁了?"

"你看见谁了,我们哪儿猜得着啊?"

"你们当然猜不着了。我看见了咱们田老师……"

"哎!这有什么可奇怪的!"管家琪撇撇嘴说,"我天天看见他,从早晨到晚上。"

"你看见的是他一个人,而我看见了他和另一位……美丽的Miss在一起。"

"美丽的……Miss?"管家琪瞪大了眼睛。

"哎,你们猜,这位美丽的Miss是谁?"乔美丽要故意卖一卖关子了。有这么多人饶有兴致地围着她,这样的机会对她来说是不多的,她得尽情地享受享受这种被人拥着、抬着的感觉。

"行了行了,你就别Miss、Miss的了,直接说一位美丽的小姐不就得了?"

"这位美丽的Miss呀,不,这位美丽的小姐呀,不是别人——"

"那是你小姨啦?"柯豆儿也见不得她这种故意卖关子、折磨人的神态。

"是你小姨！讨厌！"乔美丽的凤眼朝柯豆儿一瞪,吓得柯豆儿赶紧缩到了一边。

"别打岔,别打岔,谁的小姨也不是,"唐兵说道,"那是田老师的女朋友吧？"

"你瞎咧咧什么！田野老师根本就没有女朋友,本小姐亲自调查过的。"管家琪说。

"真不害臊,没事儿调查人家这个！缺德！"有人嚷道。

"要不怎么叫'克格勃'嘛！真是无孔不入呢！"

"去去！姑奶奶愿意,管得着吗？"

"好了好了,你们听我说嘛！"乔美丽生怕众人的注意力被管家琪抢了去,便赶忙直奔主题道,"原来那位美丽的小姐呀,是教咱们英语的老师！怎么样,瞧瞧,呆掉了吧？呆若木鸡了吧？"

"什么呀！闹了半天,就这么个'独家新闻'呀？还呆若木鸡呢,乔美丽呀乔美丽,你自己待一边儿去吧你！"有人觉得太失望,愤愤说道。

"是呀,什么破新闻！纯属无事生非！唉,又被高尔基他老祖母耍了一次！"

同学们大失所望地回到了各自的座位上。

"怎么啦？你们这是怎么啦？这消息还不够刺激的呀？"乔美丽不明白,他们怎么会这么不看重她的这一大发现。

"你呀最好到楼下的办公室去看看,看看田老师哪天不是和林老师在一起。这有什么呀？"唐兵奚落乔美丽道,"同事嘛！有什么大

惊小怪的？你有没有文化呀？"

"就是嘛！吃饱了撑的，专门制造无聊的绯闻！再这样下去，你那'最新社'趁早关门算了，不会有一点点市场了！"柯豆儿总是跟着唐兵一唱一和的，这种时候他的潜在的口才也总能发挥出来。

"再说啦，男大当婚，女大当嫁，人家是郎才女貌，自由恋爱，你个当学生的管得着吗？碍着你什么事儿了？"唐兵似乎觉得意犹未尽，又朝乔美丽找补了几句。

"你懂个屁！"出人意料的是，管家琪这时不仅没有趁机奚落和攻击乔美丽，反而倒厉声吼了唐兵一句。

唐兵被她吼得干瞪眼儿说不出话来，他一时还回不过神儿来呢！

等同学们都散去了，管家琪把乔美丽拉到一边儿，小声问道："美丽，你讲的可都是真的？"

"谁骗人是这个！"乔美丽伸出手指做了个硬壳小动物的形象，颇觉委屈地说，"你以为我也像你呀，专门制造假新闻。"

"好了，先不说这个。我问你，你是在哪里看见他们的？"

"莎乐美歌舞厅里呀！两人靠得那么近，一曲接一曲地跳舞，那么亲热、那么投入，那么……那么！不像恋人又像什么？"

管家琪的脸色这时突然变得异常难看。她没好气地对乔美丽说道："像不像恋人咱们都不管着人家。不过你也别再乱嚷嚷了，我这是为了你好，懂吗？"完了，她又问了一句，"怎么你也去莎乐美了？人家准你进去吗？"

"我是第一次去，跟着我表哥去见识见识，幸好没被田老师发

现……"

管家琪心里一笑：还"见识见识"呢，趁早别去丢人现眼了！幸亏她没把这话说出来，不然乔美丽会更觉得委屈的。

转身离开了乔美丽，管家琪的心里越发狐疑了，再也无法平静下来了，好像一个打牌的人被人突然打乱了章法一样。

二

就在乔美丽兴致勃勃地在教室里发布她的"独家新闻"的时候，班长陆志秋和副班长李亚妮也在楼下的教师办公室里，正和田野老师商量着下个星期天去凤凰山秋游的事儿。

这件事儿最早是顾菲儿和管家琪提出来的。那天，课间休息时，顾菲儿倚在走廊的栏杆上，眺望着远处广阔的田野和隐隐可见的层林尽染的山冈，禁不住说了一句："多美的秋天哟，可惜它离我们是那么遥远！"

她这句话一下子提醒了管家琪："对呀，为什么不让田老师组织全班来一次秋游活动？老是物理代数的，都快把人活活闷死了！"

管家琪这人天生是个急性子，秋游的念头一闪过，她便迫不及待地朝李亚妮和陆志秋嚷嚷道："二位班头，你们看见了吗？前面——喏，再往远点看——那是多么蓝的天，多么美丽的山野！怎么样？把我们人民群众的强烈愿望，向田老师反映反映吧？就说全班同学强烈要求搞一次秋游活动，强烈要求去拥抱大自然一次……"

"这主意不错！"李亚妮说，"只是不知道田老师有没有兴趣。"

"兴趣是可以培养和勾引的嘛！"

"勾……引？"李亚妮一惊，"管家琪，好极了！那就请你去把田老师的兴趣'勾引'出来吧！你准行！"

"嘿嘿，瞧我这张破嘴！用词不当，用词不当。应该用'诱导'对吧？"管家琪朝李亚妮一挤弄眼儿，又耍了一下贫嘴，"'勾引'田老师，杀了我我也不敢哪！"

陆志秋在旁边也嘿嘿笑了起来："试试吧，说不定田老师会同意呢。"

"那好，看你们二位班头的啦！"管家琪强调说，"你们可要为民请愿，千万别胳膊肘儿往外拐噢！"

这样，李亚妮和陆志秋便把组织一次秋游活动的想法向田野老师提了出来。

"这主意不错！应该让学生们到大自然里去活动活动，哪怕呼吸一点新鲜空气都是好的，别一个个都像小夫子似的，一天到晚总想着考试、考试！"还没等田野细细考虑，坐在办公室里的林杉老师就表示了赞成。

"还是慎重一点好哟，如今的孩子，花花肠子就是多！"听见田野他们在谈论组织秋游的事儿，正在埋头批改作业的彭书友老师扭过头来，关切地说道，"耽误一天课程倒是小事，万一把心玩野了……"

"怎么会呢？彭老师，"李亚妮解释说，"同学们建议利用星期天的时间，就到附近的凤凰山那里，早晨去，傍晚就可以回来，耽误不了课程的。"

"这么说中午饭就在山上野餐了？"田野问道,"你们早已设计好了吧？"

"没错,各人自带干粮和水。"

"安全问题你们考虑了没有？是步行还是租车去？"田野又问道。

"是呀,这个问题可不能大意,万一……"彭老师似乎还是放心不下,生怕有个什么闪失。这是他一贯的性格。

真是一个"装在套子里的人"呢！林杉心里暗暗一笑。"依我看,反正也不太远,就步行吧！步行又方便又安全,还能锻炼一下同学们的毅力,像部队拉练似的。"林杉给他们出主意说,"田老师,我看同学们的要求是正当的。别说同学们,连我也巴不得出去郊游一次呢！"

"非常欢迎林老师也参加我们班的这次郊游活动,"李亚妮兴奋地说,"同学们早就想听听林老师唱歌了！"

"好啊,只要你们欢迎,我一定加入！"林杉老师笑着说,"你们放心吧,田老师是一位诗人,诗人比一般人更热爱大自然嘛！所以,秋游的活动应该是没有不搞的理由的。"

田野笑了一笑说:"是啊,记得一位哲学家说过,大自然比教育更有力量,与大自然交往,其实就是与名师交往。如此看来——"田野望了望满含期待的李亚妮和陆志秋说,"我确实没有理由不同意你们的想法了。不过,你们还要商量一下,尽量考虑周密一些。"

"放心吧！我们都不是小孩子了。"李亚妮和陆志秋信心十足地说。

"对了,彭老师,如果星期天您没什么安排,欢迎您也一起出去放松一下。"田野对彭书友老师邀请道。

"噢,谢谢!要是退回去十年,老夫一定和你们一道去爬凤凰山,而现在,唉,不复当年了!"彭老师叹了叹气说,"看着你们一个个这么有朝气,我是'徒有羡鱼情'噢!"

"还有,李亚妮,你们最好再到袁小倩家里去一次,看看她家长和医生是否允许她出来活动活动。这样的机会难得,可别'举座皆欢,而一人向隅'哦!"田野又吩咐道。

他想得真周到!林杉在一边想。

"记住,一定要征得医生和家长的同意,不能有丝毫的勉强,以免影响她的治疗。"

"明白了。"李亚妮点点头。

"那好,你们回教室宣布去吧。"田野说,"但愿星期日是个晴朗的天气。"

两位班长"为民请愿"旗开得胜,乐得直奔教室而去。

"看来,只有顺乎自然,方能皆大欢喜。"田野望着两位班长的背影,满意地说道,"曾几何时,我们不也是这样年年盼着春游、秋游的吗?"

"没错。'家庭是监狱,学校是牢房,只有大自然才是一本最美丽的书……'"林杉也禁不住发出感叹。

彭老师有点诧异地看了林杉一眼,好像在说:"言过其实了吧?"

林杉赶紧补了一句:"这可不是我的谬论呀!这是约翰·格林的名言。对了,出自他的名作《早晨对一位儿童的邀请》。"

田野说:"说得真好!我也愿意接受他的邀请。"

"你早已不是儿童了嘛!"彭老师笑着说。

"是的,可我们每个人难道不都应该永远怀有一颗儿童一样纯真的心?"

田野觉得,在某些观点上,他和林杉的看法是一致的。

三

好像谁也没有注意到,当那些爱凑热闹的同学紧紧地围着乔美丽,而乔美丽又故作神秘、奇货可居似的发布了她那所谓独家新闻的时候,原本是坐在自己的座位上静静地看着一本什么书的顾菲儿,却突然默默地离开了教室,一个人躲到外面的走廊上去了。

这个细节也并非完全没有人注意到。

管家琪就注意到了。

整个上午,她发现顾菲儿的脸色都是阴阴的,没有一丝儿笑容。不仅没有一丝儿笑容,她连一句话都懒得说了。

这显然是有点不正常了,可是管家琪却不知道如何是好。管家琪知道,如果这时候她去有话没话地找顾菲儿搭腔,哪怕是再出于真诚和好意也是有点不识趣的。她深知顾菲儿的性格。犯不着用自己的热脸去挨人家的冷屁股这点道理,管家琪还是懂得的。不然,让顾菲儿把她当成送上门来的出气筒子呛上几句,那可真是活该了。

可是,管家琪又想,这小美人儿也实在太"那个"了吧?说白了吧,人家田野老师和林杉老师一起去歌舞厅跳跳舞,又碍着你顾菲儿什么事儿呢?八字还没一撇呢,你就急个什么劲儿呢?这不是王老

五的剃头挑子——一头热，上海弄堂里的小妞去给费翔送鲜花——自作多情吗？

一个漫长的上午，管家琪心里急得火烧火燎的，可又不能表现出来。

而顾菲儿也好像下定决心要不露一点笑脸、不说一句话似的，一下了课就独自一人，郁郁不知去向了。

"哼！都怪乔美丽这只'短尾巴喜鹊'，一大早就跑来咧着个破嘴瞎喳喳，无事生非，唯恐天下不乱……"管家琪急得手足无措，便在心里把所有的怨气都记到了乔美丽身上。要不是找不到正当的理由，她真想去找乔美丽出出气！

还好，到了中午，吃过午饭后，李亚妮和陆志秋在教室里向大家宣布了星期天去秋游的决定。这两位班长也真能沉得住气，一个上午竟没透露出一点音讯来。消息一宣布，全班顿时沸腾了。

"哇！长途拉练去凤凰山，可够新鲜的呀！"

"啊，秋游万岁！大自然万岁！"

"凤凰山哟，我爱你！"

"哦，我要死，我要活，我要你的心一颗……"有人激动地唱了起来。

"美死了！美死了！这下菲儿可以高兴高兴了！"管家琪也一反常态，顾不上在教室里多说什么了，赶紧出去找顾菲儿，向她报告这个好消息。她最清楚，这场秋游的念头还是顾菲儿最先有的呢！饮水还要思源嘛！

管家琪知道，当顾菲儿在学校里因为什么事儿感到烦恼和孤独的时候,她一般都是独自躲到两个地方去散心:一是操场边上的玉兰树下,她喜欢一个人在那里茕茕孑立,想她那些不知道从什么地方来的没完没了的心事;二是在校园外不远的小沙河转弯处的一块小小的沙滩上。顾菲儿曾说,那里是她的一块"心灵的沙洲",取自苏东坡的一首《卜算子》中"拣尽寒枝不肯栖,寂寞沙洲冷"的词意。对此,管家琪从来不以为然,她觉得这个小美人儿一旦风雅和忧郁起来,简直是没边儿、没谱儿了。

现在,她在玉兰树下找不到顾菲儿,便直奔那块"心灵的沙洲"而去。果然,她远远地就看见顾菲儿一个人正在那里"走柳"。

这一瞬间,管家琪又觉得顾菲儿其实是挺可怜的。大概这就叫"顾影自怜"吧?历代的美人儿似乎都是这样的命运。管家琪想。

"嗨,菲儿,大中午的一个人躲到这里来寻找你的'烟士玻璃纯'呀?"管家琪故意想逗顾菲儿开开心,便若无其事地叫道。她不记得从哪本书上看见过,有人把诗人们的"灵感"按照英语的发音翻译成"烟士玻璃纯"。按照管家琪的理解,大凡"烟士玻璃纯"来了,一首诗就算快要写成了。

也算管家琪说得对吧,顾菲儿此时独自站在她的"心灵的沙洲"上,头脑里的确正涌上了一些"烟士玻璃纯"。她有个经验,在她身处热闹和欢乐的人群之中时,她从来没有写诗的欲望,而只有当她心情不好、只身独处的时候,她才觉得有些温柔和纯美的诗句,会不断地掠过她的脑海,使她产生写诗的冲动。

这不,她独自站在小河边凝眸的这一会儿,已经在心里边写边改地完成了半阕《浣溪沙》:

溪畔断桥头,

细步悠悠。

娉婷倩影弄清流。

一种风情难索隐,

空惹烦愁。

"谁家两盟鸥,自在……沙洲……"顾菲儿正在心里默写着下半阕的时候,不料却传来了管家琪的声音。

顾菲儿当然听见了管家琪的叫声,可她理都不理,就像没听见一样。

管家琪只觉得她可怜,便只好忍着,不跟她计较。

"你来干什么!"等到管家琪走到跟前,顾菲儿看也不看她,冷冰冰地说道。

"来看看你呀,我看你挺忧郁的……"管家琪涎着脸说。

"我不要什么人看。我有什么好看的!你让我一个人安静一会儿行不行?"

"嗬!这是哪门子来的邪火?我可没有得罪您呀!您别拿我当出气筒子……"管家琪说,"你也别狗咬吕洞宾——不识好人心。告诉你吧,我是来告诉你一个好消息的。"

"什么好消息?莫不是你也发现了什么'独家新闻'?"

"瞧瞧,你什么意思嘛!"管家琪说,"一句话,你想不想听?不想听,那我趁早走开,别在这里讨您这高贵、忧郁、孤独、风雅的小姐的嫌。"

"嘴是长在你身上的,你想说我又没拦着你。"其实,顾菲儿心里还是很乐意让管家琪在这时候来跟她聊聊天的,只不过她心里确实窝了一股子"邪火",一时找不到地方发泄出来。管家琪来了,她正好有了发泄的对象。不过,顾菲儿心里也明白,她那股子"邪火"和管家琪一点关系都没有。她拿冷脸子给管家琪看,也实在是冤枉了好人。唉!谁叫她们是好朋友呢?顾菲儿有火,不朝管家琪发,还能朝谁发呢!

"好了,好了,您就消消气吧,我的小姐。"管家琪见顾菲儿脸色已有好转,便笑着说道,"我当您一回出气筒子、受点委屈,倒没什么,主要是别让什么闷气把您这金枝玉叶的身子给闷坏了,那对国家的损失可就大喽!"

"去你的,管家琪,就你会贫嘴!"顾菲儿的脸上终于云开雾散,露出了笑容,"什么屁消息嘛?你快点说吧。"

"屁消息?噢,我的天哪!没想到一个娇滴滴的小姐,说起话来竟这么粗鲁!真让人受不了!"管家琪装模作样地做了个惊讶的表情。

"行了行了,还不都是被某些人害的!'近朱者赤,近墨者黑'呗!"

"冤煞我了也么哥!冤煞我了也么哥!"

"你有完没完呀?管家琪!"

"好,言归正传。告诉你吧,我们英明伟大可敬可爱的田老师已经同意,这个星期天全班搞一次秋游活动,地点是凤凰山——"

"真的呀?"顾菲儿惊喜得差点跳起来,"那他肯定也要去的啦?"

"怎么啦?他不去我们自己就不能去呀?"管家琪想故意逗逗顾

菲儿,"他不去我们不是可以玩得更自由一些吗？"

"那是,那是……不过……"顾菲儿觉得,要是田野老师不亲自参加秋游,未免有点美中不足了。

"瞧你这样儿！"管家琪不屑地撇撇嘴,"就你那点心事,瞒得了别人,还瞒得了我？"

"哟哟哟！给你一点好脸,你又美上了。"顾菲儿虽然心里有点儿虚,嘴上却不服气。

"甭管我美不美吧,只要你肯说真话,把心里的想法告诉我,说不定本小姐还能帮你一点什么忙呢！"

"美得你吧！我的秘密只属于我自己,什么也不告诉你！"顾菲儿丢下这么一句话,笑着向远处跑去……

这是一个晴朗的中午。

秋天的太阳把小沙河映照得波光粼粼。

绿草苍苍,

白雾茫茫,

有位佳人,

在水一方。

我愿逆流而上,

依偎在她身旁,

无奈前有险滩,

道路又远又长；

我愿顺流而下,

找寻她的方向,

却见依稀仿佛,

她在水的中央……

望着远处的顾菲儿那娉娉袅袅的身影,管家琪也触景生情,想起了一首歌,并且情不自禁地用她的破嗓子唱了起来……

第六章 秋空爽朗

一

有位诗人这样说过,在每个家庭里的每一个人身上,都隐藏着一种说不出的厌倦感,这种厌倦感使他们总想逃出去,过一种属于自己的自由生活。其实,许多学校的学生身上也存在着这样的一种厌倦感。譬如新世纪中学高二甲班的同学就是这样。不然,为什么一次普通的秋游活动,竟会使他们一个个快活得如同过年似的?不,好像比过年还要兴奋和快活呢!

星期天一大早,这些漂漂亮亮的男孩子和女孩子就早早地集合到了学校门口。他们一个个都是轻装上阵,几乎无一例外地都穿上了白色的旅游鞋。有的穿上了名牌的运动装,有的戴起了最新样式的"棒球帽",还有的带上了水壶、挎包、照相机、手提式录放机……这等装束使人一看就知道这是一支即将去远足的队伍。

"你们真早哇!要是平时都是这样,那么预备铃就不起什么作用啦!"田野看着这些急不可待似的学生,深表理解地笑着说。

"不好意思啦!田老师,你不是总在说,早起的鸟儿有虫吃嘛!"

有人快乐地嚷嚷说。

"就是嘛。您不知道吧？柯豆儿昨晚整晚上就没睡着,今天早晨他来得最早,应该表扬……"唐兵趁机打趣说。

田野说:"很好,你们都应受到表扬,一个个来得这么早,这么支持班上的工作！现在开始清点人数。"

田野今天也格外有精神。他穿着一套平时只在早锻炼时才穿的大红色的运动服,看上去像个大学生。

天公也真作美,给了这群少年一个十分晴朗的天气。太阳刚刚升起,绯色的朝霞映照在一张张年轻、兴奋和快乐的脸庞上,使得这些跃跃欲试的男孩子和女孩子显得更加漂亮,更富有朝气。

也许,这就是青春,这就是花季,这就是令人羡慕的十六七岁吧。

人数清点完了,李亚妮报告说:"除了管家琪、顾菲儿陪袁小倩坐车直接去凤凰山下等我们外,其他人全部到齐了。"

"你们大概把我给忘了吧？"正在这时,林杉老师也穿着一身休闲牛仔装,背着挎包赶了过来。

大家开始还没认出她来,等她摘下了遮阳镜,同学们都惊喜得情不自禁地鼓起掌来。

"哇！太美了！"

"呆掉了！彻头彻尾地呆掉了呢！"

有的男生快要看呆了。要不是有田野老师在场,柯豆儿肯定又要大叫"快叫救护车"了。

林杉老师今天的穿着看上去的确是非常潇洒、休闲和新潮。仅

看她的外表,没有人会以为她是一位老师。说不定人们会以为她是一位到这群中学生中间来体验生活的影星什么的呢!

田野也欣喜地看着林杉,那目光好像在说:"看来,今天注定是个享受自由的日子!"

林杉却故意向田野和同学们问道:"怎么啦?不欢迎我加入啊?"

"不,欢迎欢迎!热烈欢迎!"李亚妮抢着替田老师回答说,"田老师刚才还在问,林老师怎么还没下楼呢!"

"是啊,同学们今天可以听到林老师的歌声了。"田野笑着问李亚妮和陆志秋,"怎么样?可以出发了吧?"

"出发!"

于是全班六十来个同学成两路纵队,浩浩荡荡地上路了……

陆志秋、唐兵等几位男生走在队伍的最前头做"向导",田老师、林老师殿后。

田野一边走一边感慨地对林杉说:"真是久违了啊,这样的拉练远足!"

他想起了自己在乡村读小学、读初中的日子。那时候,他们学校有个良好的传统:每到秋季或冬季都要进行一次军事化的长途拉练,一走就是上百里。有时,半夜里住校的同学就把拉练的命令传到了各个村庄,命令一到,无论是细雨霏霏还是大雪纷纷,他们这些吃得了苦、耐得了劳的乡村少年都会听从着同一个号令,勇往直前,从不给自己的班级丢脸,即使是脚板上磨出了血泡也不叫苦。

田野还记得,读初一时他们学校组织过一次长途拉练,队伍成单行一字儿排开,全校学生排了足有六里多路程。水壶、干粮、红缨枪、喇叭筒、信号旗等都带上了,个个全副武装,沿途拉歌声、口号声、军号声不绝于耳,热闹极了。路过一些小村庄时,老乡们还交头接耳、窃窃私语呢:"这是一支啥队伍?他们要开赴什么地方去嘛?"有的好心的老大娘还热情地为他们送水、送干粮呢。碰到这样的老大娘,调皮的同学总是学着从电影上见过的八路军的样子,大声地嚷嚷道:"谢谢您,大娘,俺们八路军不吃老百姓的东西。"还有的同学说得更邪乎:"等着我们吧,老乡们,俺们大部队很快就会打回来的,这里就要解放了!"女同学在后面听见了,也立即接上了话:"那敢情好哇!咱们军民一家都盼着这一天呀!"……拉练的队伍里充满了异常快活的笑声。

田野把这些事儿说给林杉听,林杉大笑道:"天哪!简直是一种让人向往的乡村浪漫主义嘛!"

田野说:"谁说不是呢!可惜的是,这样的记忆和这样的感受,只能永远地留在我的家乡那遥远的大洼地上和那高高的崎岖的山路上了。多少年来,虽然再也不曾有过这样的经历、这样的感受,但我却从来也没有忘记它们……"

"我可以想象得出,那是一种多么单纯和乐观的精神状态!虽然贫困,虽然艰辛,虽然没有现在中学生们这样的旅游鞋、运动装、面包、矿泉水……但那种少年的朴实与自强,那种心比天高、意气风发、不畏艰难的朝气与浩气,却比今天的这一代中学生都要多得多。"林杉不无钦羡地说道。

"正是这样。"田野说,"记得在村小学念书时,我们学校还有个传统,就是大清早起来爬山、跑步。有时候鸡刚叫头遍,天还黑蒙蒙的呢，村子外面的山道上就响起了腾腾的脚步声和响亮的哨子声，还夹着一阵阵整齐的口号声，好像部队演习操练一般。老师们带着自己的学生们一起爬山、长跑，天天如此，从不间断。尤其是数九寒冬里，即使不穿棉袄，不戴帽子，我们一个个照样可以跑得大汗淋漓、热气腾腾的……"

"你说这些有点像在怀旧似的。"林杉说。

"没错。说真的，我有时的确很怀念自己的童年和少年生活。倒不是留恋和怀念那些艰辛与寂寞，而是那种乐观和无畏。那种风华正茂的精神状态，虽然是极其短暂地出现在我的童年和少年时代的某些日子里，但我相信，它们也潜移默化地影响着我从此以后的许多岁月，直到今天。"说到这儿，田野不无自豪地告诉林杉道，"在我们家乡，有个常用的口语词叫作'皮实'，大概是普通话里没有的，意思就是吃得下苦，耐得住劳，受得起累，生命力坚韧而又顽强的意思。例如说某种植物，像蒲公英、苦苦菜、狗尾草等长得'皮实'，就是指它们无论在怎样瘠薄的山地，只要有一点点水土，它们就会生根、发芽，就会开花、结果，任何风风雨雨，也只能使它长得更加壮实和茂盛；至于说某个孩子生得'皮实'，那就是说他天生是块'贱骨头'了，什么样的生存条件都能适应，而任何小病小灾都无伤其大体，他的生存能力要比一般人更强、更大！"

"我相信，田野。"林杉笑道，"你是不是要告诉我，你自己就是这样一个'皮实'的人？"

"一点不错。不谦虚地说，我自己正是这样一个'皮实'的人。有时候我也常常想到我的整个童年和少年时代，几乎都是在一种半饥半饱,而且饥的时候又总比饱的时候多的景况下度过的,用现在的话来说,营养可谓不良了,凭什么还能那么'皮实'呢?倘若一定要找出某些原因来,那么答案只有一个:是生活,是乡村的艰辛的生活,为我摔打和磨炼出了一副'皮实'的体格和一种同样'皮实'的性格!"

"也许,这正如那位古代哲人所说,'天将降大任于斯人也,必先苦其心志,劳其筋骨,饿其体肤……'往下还有什么呀,背不出来了。"

"'大任'谈不上,但有一点我坚信,有这碗酒垫底儿,对于一个人的成长来说还是相当有作用的。说得崇高一点吧,这是我一切坚强意志的源头,是我的'皮实'的、拿得起也放得下的性格的奠基石,是我今生今世赖以在这个浩大、纷纭、复杂的人世间奋斗和生存的全部的资本与最后的退路!"

"好一个海明威式的硬汉性格!"林杉用妩媚的而又分明含着欣赏的目光看了田野一眼,赞叹道,"田野,你讲得很好,像给我上了一课似的。'听君一席话,胜读十年书'呢!"

"不好意思,我这是大言不惭了。"

"不,我完全相信你!眼前的你和我想象中的你大致不差。"林杉把声音放低到估计前面的同学们听不见的程度,真诚地、仿佛是自言自语地说道,"这个人在这样一个世界上,就像一只远离了故园的孤雁。他曾经艰辛而又真诚地拥抱过生活,他还将更执着地去热爱生活、去热爱生命!这个人你们或许可以消灭他,可是却永远不能打败他!怎么样?诗人,我说得还行吧?"

"行,你真行!你才是真正的诗人!"田野使劲地点了点头,"不过,很可惜的是,他们——眼前这一代中学生,恐怕就不太能理解过去的,尤其是从农村里走出来的那一代中学生们的经历了。"

"一个时代有一个时代的理想追求,一代中学生也自有一代中学生的精神特征嘛!"

"不,我觉得无论是哪个时代、哪个年代的中学生,有一点应该是共同的:都应该知道什么是艰辛,都应该懂得什么叫坚强,都应该学会自立于人世的本领,而今后无论遇到什么痛苦和挫折,都能够自己克服、含笑向前……至于实际上的艰辛、苦难、挫折,例如许多乡村少年的艰苦的经历,等等,当然是不必让他们一一地都去经历一遍的,但让他们懂得一点、知道一点,却是有必要的……"

"这是你的教育观吧?"林杉问道。

"谈不上什么'教育观',算是个人的一点想法吧。很正统,也很沉重,对吧?"

"嗯,有一点儿。不过,你的想法和那种'忆苦思甜'式的传统教育课的做法还是有区别的,我觉得……瞧你,田野,我们不是出来秋游的吗?怎么一路上谈起了教育问题!"

"是呀!你该不会把我看成一个传经布道式的人物了吧?"

"不,不会的,你是诗人,天生的诗人!"林杉笑着说,"我一眼就能看出来。"

"多谢夸奖!咱们快赶上去吧。这些中学生哦,可能压根儿就想不到我们正在探讨教育问题。"

"没错。你注意到了吗?他们不时地回头看看我们,那目光、那神

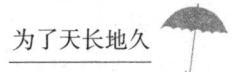

态都鬼精鬼精的呢！"

"这些中学生哦！和我们做中学生时的确是大不一样了。没有他们不懂的事儿吧！还有，好像无论什么事儿到了他们那里，就都变得神秘兮兮的了，仿佛包含了无限内容……"

二

凤凰山，不仅名字叫得美，山峰本身也很秀丽。它其实是由两座高高的山峰组成。两座山之间是一道长长的、颇为开阔的谷地。一道长年不涸的涧溪从谷地中间穿越。清流在山谷最宽阔的地方形成了一个碧绿的深潭，两座青色山峰的妩媚的倒影，一年四季都映在水潭之中。当地传说，这个水潭边曾是一对凤凰栖息的地方，所以水潭也因此得名"凤凰潭"。

高一上学期时，顾菲儿、管家琪她们到凤凰潭边来玩过。那是春天，映山红盛开的时候，她们到这里来采映山红。当时她们刚刚学过朱自清的一篇散文《绿》。顾菲儿一看见凤凰潭，立刻就认定，凤凰潭的美一点儿也不亚于朱自清笔下的那个"梅雨潭"。"我的心随潭水的绿而摇荡。那醉人的绿呀！仿佛一张极大极大的荷叶铺着，满是奇异的绿呀。我想张开两臂抱住她；但这是怎样一个妄想呀。——站在水边，望到那面。居然觉得有些远呢！这平铺着、厚积着的绿着实可爱。她松松地皱缬着，像少妇拖着的裙幅；她滑滑的明亮着，像涂了'明油'一般，有鸡蛋清那样软，那样嫩；她又不杂些儿尘滓，宛然一块温润的碧玉，只清清的一色——但你却看不透她……"顾菲儿本来就对朱自清的散文有一种天然的认同和喜爱，现在她又看见了像梅雨潭一样绿、一样美的凤凰潭，所以她简直是把朱自清描写碧绿的潭水的语句奉若圭臬了："可爱的，我将什么来比拟你呢？我怎么比拟得出呢？大约潭是很深的，故能蕴蓄着这样奇异的绿；仿佛蔚蓝的天融了一块在里面似的，这才这般的鲜润呀……"当时，顾菲儿曾赤脚坐在潭边的一块大石头上，一边掬着水花，一边高声背诵着朱自清的文章。这情景在管家琪看来，简直是"风雅得可怕"！风雅得"没边儿没谱儿"了！

上午10点钟左右，一辆乳白色的"桑塔纳"小汽车把三个迫不及待的女中学生——顾菲儿、管家琪和袁小倩，又送到了艳阳初照的凤凰山脚下。

前几天，当李亚妮、管家琪和顾菲儿到医院看望袁小倩时，向医生请求，希望让袁小倩也能出来参加这次秋游。医生开始不同意，袁小倩差不多是泪水盈盈地请求说："你们就让我去一次吧，我保证小心翼翼、安安全全地回来……"袁小倩的妈妈和医生都深深理解袁小倩的那份孤独：这个可怜的小女孩已有好几个月没能回到同学和老师们中间了！妈妈和医生都不忍心拒绝这个小女孩的这个小小的请求。

"好在只有一天的时间，那就让孩子去吧……"最后，妈妈也向医生求情了。

这样，医生总算同意袁小倩去参加秋游了。为了慎重起见，袁小倩的妈妈还专门找了一辆小车，请管家琪和顾菲儿陪着小倩去，再陪着她回医院。

"我妈真是的！又不是什么生离死别！"在车上，袁小倩噘着小嘴说。

顾菲儿赶紧劝慰袁小倩道："快别瞎说了，袁小倩，你应该自豪才是，你看你有一个多么好的妈妈！妈妈的爱是那么细心、那么无私……"

"就是嘛！"管家琪也生怕她们把她当成哑巴给卖了，"要是我有这么好的一个妈妈真是……"

"你算了吧管家琪！听你的口气，好像你在家里备受虐待了似的！难道你妈是个后妈？"顾菲儿挖苦管家琪说。

"比后妈还狠呢！你们是不知道哇！我那位老妈呀，看管起我来简直像对待阶级敌人似的。那警惕性，嗬，比战争年代里的地下党还要高呢！"

"我又不是没到你们家去过，我怎么一点没觉得你有个这样的妈？我看你是没良心！"顾菲儿说，"依我看哦，你妈对你管得还不严。对你这号人呀——"

"就应该像看贼似的看着，对不对？"

"对极了！不然，那就真的是令尊大人的过失啦！哈哈……"

"好哇，顾菲儿，你站着说话不腰疼，等下辈子也让你摊上一个'地下党'似的妈妈试试……"

……

现在，三个女孩子已经站在了美丽的山脚下。她们望了望远处的公路，还没看到田老师和同学们的影儿呢！

"对不起啦！咱们只好先睹为快了。"顾菲儿拉着袁小倩说，"走，

先去看看美丽的凤凰潭去!"

秋天的凤凰潭还是那么绿、那么幽静、那么清澈。一到潭边,顾菲儿情不自禁地又想起了朱自清的描写。她欣喜地用双手撩着清清的潭水,动情地念诵着:"那醉人的绿呀!我若能裁你以为带,我将赠给那轻盈的舞女;她必能临风飘舞了。我若能挹你以为眼,我将赠给那善歌的盲妹;她必明眸善睐了。我舍不得你;我怎舍得你呢?我用手拍着你,抚摩着你,如同一个十二三岁的小姑娘。我又掬你入口,便是吻着她了。我送你一个名字,我从此叫你'女儿绿',好吗?"

"什么'女儿绿''女儿红'的!朱自清这老先生也真够酸的呀!"管家琪听顾菲儿又在那里唧唧哝哝地陶醉着,颇为不屑地嚷嚷道。

"你有文化没文化呀?"顾菲儿生怕管家琪那张破嘴说出更难听的话来,亵渎了文学家,便赶紧抗议道,"管家琪呀管家琪,我请求你,暂时到一边玩去,好不好?"

"嘻嘻,好像是鲁迅先生说过的吧,那贾府里的焦大是永远也不会爱上林妹妹的。管家琪,你这不是自讨没趣儿吗?"袁小倩也笑着奚落道。

"嘿,看你们一个个多有文化呀!自己掉到酸菜缸里去了还不觉得呢!"管家琪撇了撇嘴,独自到一边玩儿去了。

不过,她的一句话倒使顾菲儿想起了一个细节。

顾菲儿不记得是在哪本书上无意中看到过,说语文课本里所选的朱自清的那篇《绿》是经过删节的。出于好奇,顾菲儿便从外婆的书柜里找到了一本朱自清的作品选集,结果发现语文课本上的《绿》和原文的确是不一样的。顾菲儿发现,有这样一句描写被删去了:

"她轻轻地摆弄着,像跳动的初恋的处女的心。"顾菲儿觉得,这个比喻不是挺好、挺新鲜的嘛!干吗要删去呢?

此刻,她又坐在了像镜子一样明净的水潭边,看着水中映出的一张美丽的脸庞,她觉得这碧绿的、水波轻漾着的潭水,可不正像她那跳动着的少女的心吗?多少梦幻?多少心事,多少隐秘的话语,都隐藏在这深深的绿潭之中……

这一瞬间,她又想起了曾经读过的何其芳的两句诗来:"开落在幽谷里的花最香……没有照过影子的小溪最清亮……"

哦,不!她觉得,这些日子,她的心中仿佛已经失去了往日的幽静和清亮。她的心就像眼前这清清的潭水,已经在照着一个影子了。这个影子似乎很模糊、很朦胧,但有时又那么清晰,那么生动,好像怎么也挥之不去了……而且这个影子,也使她比以往更容易触景生情,更加魂不守舍,更有点儿多愁善感了……

就在顾菲儿对着潭水陷入沉思的时候,远处传来了一些男生的呼喊声:"凤凰山——我们来了——"还有一些女生的嬉笑声:"袁小倩——你在哪里——我爱你!"

不用说,这是"大部队"已经抵达凤凰山脚下了。

三

有谁看过电影《茜茜公主》吗?那么你也许会记得茜茜公主说过的一句话:一个人如果遇到什么烦恼的时候,最好就到大自然的怀抱里去坐一会儿……

似乎不能说高二甲班的每位同学的心中都有什么烦恼和心事，但是，当这些十六七岁的男孩子和女孩子一旦投入到了大自然的怀抱里时，他们个个都变得轻松和开朗了却是真的。

凤凰山，像温柔的母亲，敞开自己的怀抱拥抱了这些少年。

数十里的远足，似乎一点儿也没使同学们觉得劳累。一到山脚下，稍微休息了一下，有的男生便噔噔地向山顶攀登了。机会难得，此时不向女生们展示他们那男子汉的力量和勇毅，更待何时呢？

那些女生自然也不甘示弱。也许，对于她们来说，有此机会也十分难得。譬如，可以趁机显得娇弱一点儿，好让那些傻乎乎的男生替她们背着挎包和水壶，帮她们拿着多余的衣服什么的；更有大胆和泼辣一点的女生，也正好可以不时地伸出纤手，恰到好处地让走在前面的男生拉她们一下，再拉她们一下……反正这时候一般不会被人注意的，即使被人注意到了，也没有人会为此大惊小怪的，同学之间互相帮助嘛！还有什么可说的呢！

不过，也有人未免显得过分了一点儿。例如乔美丽就让管家琪觉得，她是故意在发嗲：看到一条小毛毛虫，就会夸张地拿腔拿调地尖叫起来；捡到一片其实并不怎么漂亮的红叶，也会喀声喀气地啊啊呀呀地赞叹个没完，就好像全班里数她最娇气，数她最懂得美，数她最抒情似的。

"哼，矫揉造作！恶心！"管家琪注定了要对乔美丽横挑鼻子竖挑眼的，一百个看不惯，一千个瞧不起。

也真是的，大路朝天，各走半边，要爬山就好好地爬山呗，可管家琪却偏偏不嫌累得慌，一边爬山，一边还要不停地瞟着乔美丽。而乔美丽呢,似乎故意地要给管家琪增添一些不自在,所以一会儿去缠一缠唐兵,在唐兵面前发一阵嗲,一会儿又没话找话地到田野老师面前套套近乎,越是哪壶不开她越提哪壶!而这一切,管家琪却又只有干生气的份儿。是呀,人家乔美丽又没招她惹她,她找不着茬儿呀!再说啦,唐兵和田老师又不是她管家琪家的,乔美丽再发嗲、再套近乎,又碍着管家琪什么事儿呢!

唉!林子大了什么鸟儿都会有。有到处找金找银找福享的人,可谁见过像管家琪这样跑到山路上来给自己找气生的?

这不,在乔美丽那里找不到什么出气的茬儿,管家琪不由得又埋怨起顾菲儿来了。管家琪想,你顾菲儿自开学以来不是一直对田老师有好感吗?你一听到田老师和林老师一起去跳舞,不是立刻就蔫蔫得好像天要塌下来似的吗?而现在,你看看,多么好的机会呀,你不是正可以跟在田老师身边,一边爬山一边说说笑笑,向他表达表达你心中的那点儿酸不溜秋的"意思"吗?可是,现在你倒好,竟不声不响地躲得远远的了!天知道你是躲到什么鬼地方去了呢!哼!只看你平时里诗呀词的,花呀朵的,忧郁呀,梦想的,可是到了关键时刻,你怎么就"狗肉上不了正席"了!结果呢,便宜了恬不知耻的乔美丽,让这个泼妇得以"鹊巢鸠占",正好尽情地在田老师面前眉来眼去的了……唉!顾菲儿呀顾菲儿,你个窝囊废呀窝囊废!……

管家琪就这样一边爬山,一边窝满了一肚子的闷气和一脑门子的邪火!

在半山腰上,她确实没看见顾菲儿的影子。她当然看不见顾菲儿了,因为人家顾菲儿压根就没参加爬山,而是和袁小倩,还有林杉

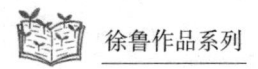

老师等人,就待在山下的凤凰潭边欣赏秋日的山色。

田野老师本来也不想再往山顶上攀登的,但一看到不少男生都马不停蹄地向山顶冲去了,他有点不放心;再加上,走路和爬山对他来说本来就是小事一桩,所以他也就饶有兴致地加入了爬山的队伍。

管家琪还有脸说人家呢!她要是不看见唐兵和田老师都参加了爬山,她也未必会跟着踏上山路;如果她不踏上山路,当然也就用不着去生乔美丽的气了——眼不见为净嘛!活该!

大约12点钟的时候,田老师和唐兵、陆志秋、管家琪、乔美丽等同学登上了凤凰山的山巅。山巅上天风浩荡,极目远眺,田野、村庄、河流、城镇……尽收眼底。

几个男生挥动着衣服,大叫着朝山下的同学欢呼。

"啊,真美啊!大地就像一块金黄的地毯……"乔美丽好像陶醉了似的叫道。她大概不知道田老师是位诗人,所以一点也不怕人家会说她班门弄斧。倒是田野老师听见她的赞叹,笑着鼓励她道:"这比喻不错,很形象,很写实。"

"田老师,您也许还不知道吧?乔美丽这人可多愁善感啦!"管家琪听见田老师赞扬乔美丽,心里要多么不舒服就有多么不舒服,所以说出的话也就带着另外的音儿了,"有句话怎么说来着?哦,对了,叫作'看花谢也惊心,听猫叫也难过',我觉得美丽真是天生当诗人、当作家的材料,我说得对不对呀?美丽?"

"承蒙抬举,不胜荣幸!"乔美丽压根儿没听出管家琪话里的味道来,所以仍然喜滋滋地说,"不过,要说多愁善感,我比顾菲儿可差

得远了,菲儿才是真正的未来的诗人、作家呢!我嘛,勉强算个文学爱好者吧!"

算你还识点趣儿!管家琪心里想,如果说顾菲儿是未来的诗人、作家,你乔美丽只能算是臭虫!

没谁知道,管家琪怎么会有这么大的又邪又毒的火气!

田野老师听乔美丽说到了顾菲儿,忙问:"是呀,顾菲儿怎么也没爬上来?她应该到这山巅上看一看的。一个人只有站到了高高的山顶上,才能看得更远、更开阔;写诗也是这样的,不达到思想的极顶,就写不出雄浑开阔的诗章来,'会当凌绝顶,一览众山小'嘛!"

管家琪听着田老师的话,真是又高兴又替顾菲儿惋惜!她高兴的是,田老师站在凤凰山顶上,竟还想到了顾菲儿;她惋惜的是,顾菲儿这小美人儿硬是把这么好的机会给错过了⋯⋯

饱览了一会儿远处的景色,聆听了一阵浩荡的松涛之后,田野老师便带着这部分爬上山顶的同学往回返了。这时候,各人身上带着的水和食品差不多都已"解决"了,所以他们下起山来就显得格外轻松了。而且有的同学早就开始嚷嚷起来了:"快下山哇!晚了就听不到林老师唱歌啦⋯⋯"

一听这话,果然,有不少男生哧溜哧溜地跑得比兔子还要敏捷。

四

林杉老师本来也准备和田野一起爬上山顶的,可是没走几步她就犹豫了。她看到有不少男生和女生都紧紧簇拥和追随着他们的班主任,那么亲热,那么融洽,她如果从中间插进去,反倒像一个局外人似的,不大合适,也没有什么意思了。再加上还有不少女生都留在山下,她觉得自己也应该留下来,照料这些女孩子,免得田野又担心山上又担心山下的。所以当她看出田野决意上山时,她便不失时机地用目光告诉了他:"恕不奉陪了,让我留在山下,为你照顾这些娇弱的女孩子吧!"田野心领神会,同样是不失时机地向她挥了挥手,意思是说:"多谢多谢,看来只好如此了!"

其实,林杉心里还有一层顾虑,只是不便表露出来罢了。那就是,她早已感觉到了,这些比她小不了多少的男孩子和女孩子一个个可都是鬼精鬼精的呢!好像都怕她把他们的田老师给抢了去似的呢!所以,她觉得她也就犯不着在这时候去招惹他们,去触动他们本来就存在的防范之心,免得激起共愤。

唉!这哪里是什么师生关系,哪里还有一点师道尊严的影子嘛!林杉老师在心里苦笑着,这明明是"春来茶馆"里的阿庆嫂和刁德一、胡传魁们的智斗嘛!

或许,这正是今天的校园里特有的风景?是90年代初期的中学校园里的一大特色?

也好,趁着在山下休息和游玩的机会,林杉老师正好也可以更多地了解一下这些不可小觑的男孩子和女孩子,和他们套套近乎,交流交流感情嘛!

例如顾菲儿,林杉一眼就能看出来,这是一个落落寡合、内心深处异常孤傲的小女孩。她很少说什么话,但她那双幽静如梦似的美丽的眼睛却分明在告诉所有的人:"我可是非常非常敏感的哦!所以

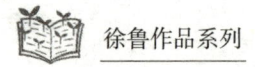

请你们对我不要太靠近哦……"

而且,仅仅从相貌上来说,林杉老师虽然一向对女孩相貌的要求很挑剔、很苛刻,但是面对顾菲儿,她却不能不在心里由衷地感叹道:"我的天!这个小玻璃人儿似的小女孩儿可真是天生的一个美人胚子!那脸型,那眸子,那眉睫,那皮肤,那正在发育的身段……都已经在明明白白地告诉人们:用不了多久,这个小女孩儿就会出落成一个典型的淑女式的美人儿的。"而且她曾听田野说过,这个顾菲儿的语文成绩特别好,作文写得很棒,读过不少文学书,还会写诗……那么,完全可以相信了,这还将是一个有才女气质的淑女呢!林杉想,是呵,这样漂亮、清纯的一个小女孩,如果不懂得一点艺术,不热爱一点诗歌什么的,那倒也真是有点美中不足了。

再说那个袁小倩吧,林杉想,这个小女孩和顾菲儿显然不是一个类型。怎么说呢,打个不恰当的比方,如果顾菲儿是一首柔婉高洁的古筝曲,那么袁小倩似乎就是一支温和亲切的校园歌曲了。袁小倩显然不像顾菲儿那么孤僻和孤傲。更多的时候,袁小倩更像一个还没长大的小女孩,单纯、天真,一点也不复杂。只是——林杉在心里叹息道,这个小女孩的命运真是太不幸了!才十六七岁,就患上了那么一种可怕的绝症!这个可爱的小女孩也许还不知道,那等待着她的将是怎样的一种结局呢!林杉想到了列夫·托尔斯泰的那句名言,觉得那句名言可以这样改动一下:"幸福的女孩子都是相似的,而不幸的女孩子却各有各的不幸。"

还有副班长李亚妮,林杉觉得这个女孩也颇有自己的特点。她没有顾菲儿的孤傲,也不像袁小倩那么单纯和天真。和许多喜欢叽叽喳喳的女生比起来,李亚妮似乎要成熟得多、稳重得多。林杉老师觉得,这个女孩子更"家常"一些,更"平民化"一些,也更能够让人放心一些。在家里,像李亚妮这样的女孩子,当然也可以撒撒娇,使使小性子,但她绝不会固执己见,做出什么偏激的事儿来,也绝不会让爸爸妈妈为她操更多的心……在学校里,校长、班主任和一般的任课老师,也都会喜欢这样的女孩子的,她肯定比一般的女孩子更懂事,更善解人意,更能够和所有的同学去友好相处,而且说不定,这样的女孩子不仅在女生中间是"大姐大",在男生眼里也是颇有地位和尊严的呢!

唉!田野说得一点都不错,现在的中学生和我们那时候的中学生的确是大不一样了呢!林杉想,有谁如果幻想着轻而易举地去靠近这些中学生,乃至去赢得他们的信任和友谊,那也未免太小看这些少年了。不,他们是不太容易接近的一个群体。他们不仅多思多梦,而且常常狐疑满腹;他们敢爱敢恨,爱憎分明,却又总是喜怒无常,今天还是誓不两立的仇敌,一觉醒来却又成了前嫌尽弃的知己;他们蔑视传统,鄙夷旧道德,反对一本正经和道貌岸然,却崇尚义气,同情弱者,喜欢师生之间的平等对话;他们之中不乏无头无脑、人云亦云、爱凑热闹、喜欢瞎起哄的主儿,但如果谁敢大言不惭地自称为"追星族"什么的,并且说起话来也有意无意地带上点"港味儿",仿佛鸟语似的,那么,他们也准会群起而攻之,诸如"浅薄无聊""没文化""低级趣味"之类的帽子也会飞至而来。因为在这群自视甚高的男孩子和女孩子眼里,"追星族"之类的玩意儿是小学生的事儿了,他们才不屑于这种勾当呢!

是啊,要想真正地了解现在这些中学生,还真得有点文化才行呢!林杉想,真不知道田野是凭着什么法宝去和这群少男少女打成了一片的。看得出来,田野已经完全赢得了他的男女弟子们的信任和拥戴⋯⋯

林杉听说过,袁小倩的歌唱得挺不错,便想当然地以为,袁小倩肯定很崇拜那些走红的歌星吧,所以也就很随便地问道:"袁小倩,你能不能告诉我,歌星里头你最崇拜谁呢?"

出乎林杉意料的是,袁小倩竟不卑不亢地回答说:"我呀,有点喜欢儿潘美辰和苏芮吧!但绝对谈不上什么崇拜。不就是个歌星吗?有什么值得崇拜的呢?"

"没错!要崇拜至少也得崇拜可以称得上是艺术家的人,崇拜那些能够对人类文化艺术做出不朽贡献的大师级的人物!"李亚妮也理直气壮地对林老师说,"现在有些文学作品呀,一描写起我们中学生来,总要把我们跟'四大天王',还有什么'黑豹''蚂蚱'的扯到一起⋯⋯"

"不是'蚂蚱',是'草蜢'。"林杉老师笑着纠正她说。

"管他是'蚂蚱'还是'草蜢'的,反正都差不多吧,都是只能在草丛里唧唧哼哼,却永远无法指望他们能够仰天高歌、气壮山河。"李亚妮似乎越说越激动了,"所以,林老师,您千万也别以世俗的、流行的眼光来看待我们,把我们也想当然地看成是那种浅薄的'追星族'或'准追星族'什么的⋯⋯"

林杉被这个女孩子说得一愣一愣的,顿时觉得自己老了许多,根本无法再和这些正当花季的女中学生对话了似的。

"不,你们当然不属于那种浅薄的和没文化的'追星族'!"林杉笑着对袁小倩和李亚妮们说道,"请相信我,我一点也没有小看你们的意思。我一直觉得,你们比我们当中学生时要成熟得多,也觉醒得要早,你们都很有自己的主见,这很好,我很羡慕你们,真的!"

林杉老师的这番颇为大度的话,说得几位女孩子心里相当舒服,甚至也有点不好意思了。

"这一点你们倒是很像田野老师!"林杉又补充道,"你们不愧为他的弟子。我觉得他似乎就不崇拜歌星影星什么的,一点也不崇拜。但这并不影响他喜欢音乐,热爱艺术……"

"没错!田野老师就常常在我们面前夸赞过你,说全校所有的老师里面,数林老师的歌唱得最好,是真正的专业水平!"李亚妮的确很聪明、很周到,知道什么时候应该说什么话。

她们正在自由自在地说笑的时候,唐兵他们已经从山上冲下来了……

五

"好啦,好啦!请不要再吃东西啦!现在,我宣布,新世纪中学高二甲班凤凰山之秋联欢会,正——式——开——始——"

午后时分,在凤凰山谷、凤凰潭边的开阔地上,全班同学围成了一圈,开始举行他们这次秋游的重点活动:唱歌和朗诵……

副班长李亚妮这亦庄亦谐的开场白,赢得了同学们一片噼噼啪啪的鼓掌声。

"第一个节目,请田老师——不,先请大家欣赏林老师的演唱,大家说欢迎不欢迎呀?"

"欢迎!欢迎!热烈欢迎!"

接着又是一阵更热烈的掌声……说不定,有的男生把双手都拍疼了呢!

"谢谢!谢谢同学们的掌声!"林杉老师站起来,笑着说,"我看还是先请田老师表演吧?"

"不,让田老师的节目留着压轴,我们早就想听一听林老师的歌了!"有的同学大声嚷嚷。

"那么好吧,我就为大家唱一首《小村之恋》吧,"林老师望了望远处说,"刚才我坐在那块石头上,看着这秋日的山冈,一下子就想到了这首歌。"

> 弯弯的小河,青青的山冈,
> 依偎着小村庄;
> 蓝蓝的天空,阵阵的花香,
> 怎不叫人为你向往!
> 啊,问故乡,
> 问故乡别来是否无恙……

田野老师说得一点不错,林杉的演唱的确是专业水平。她的音色很美,而且一演唱起来便充满感情,非常投入,一丝不苟,一点也不敷衍。

噼噼啪啪……紧接着她的最后一个音符,同学们又报以激动的掌声。

"机会难得,请林老师再来一首好不好?"李亚妮的话极富煽动性。

林老师当然也明白,只唱一首歌同学们是不会放过她的,所以她又为大家演唱了一首刚播出不久的电视剧的主题歌《我不想说》。

我不想说我很亲切,
我不想说我很纯洁,
可是我不能拒绝心中的感觉。
看看可爱的天,
摸摸真实的脸,
你的心情我能理解……
……

这首歌最初是杨钰莹演唱的,林杉很喜欢这首歌,凭她的感觉,她相信田野一定也会喜欢这首歌的。当然,还有前面的那首《小村之恋》。或许,在林杉老师的潜意识里,她这两首歌都是特意唱给田野听的呢!只不过她没必要说白了而已。

田野也确实觉得林杉这两首歌都选得很好,都很抒情,也很亲切动人。当然,这也得归功于林杉很投入、很深情的演唱。

是谁说过的?感人的歌声给人的记忆是长远的。田野一边听着歌就一边在心里说:"好极了!多美的歌啊!完全可以相信,许多年之

后,坐在这里的这些听歌的男孩女孩,无论走到哪里,都不会忘记这歌声的,不会忘记这个秋天、这个山谷的……"

又一阵掌声似乎将正在走神的田野拉了回来。

现在是袁小倩站在中间为大家演唱了。

小女孩的脸庞上有点儿羞赧,似乎一下子想不起什么合适的歌来。

"袁小倩,《你看,你看,月亮的脸》!"乔美丽大叫着为袁小倩出主意。

"别听她的,整个一个没文化!"管家琪立即阻止袁小倩道,"唱一首外国歌曲,怀旧的!菲儿最喜欢听的那首'游遍所有的宫殿……'"

"哦,你是说那首《可爱的家》吧?"袁小倩望着大家,略一鞠躬,说道,"就为老师和同学们唱这首《可爱的家》吧。"

纵然游遍美丽的宫殿,享尽富贵荣华,
但是无论我在哪里,都怀恋我的家。
好像天上降临的声音,向我亲切召唤,
我走遍海角天涯,总想念我的家。
……

这是一首由毕肖普作曲的著名的英国歌曲。田野记得,读大学时,有一年班级举办"五四"青年节篝火晚会,他也唱过这首歌。他觉得,这首歌的歌词也写得很深沉。

当我漫游在荒野上,凝望天边的月亮,
好像看见我的母亲,把爱儿思念。
她正站在茅屋门前,也望着月亮,
那家门前的香花,我再也看不见。
……

袁小倩是全班同学早已公认的"歌星",所以她一连演唱了三首歌才得以下台。

田野坐在那里,悄悄地看着这个可爱的小女孩的一举一动,心里不由得升起那道挥之不去的阴影。作为班主任,他无法不为这个小女孩未来的命运担忧。使他感到庆幸的是,这道阴影暂时还不曾在袁小倩本人和她的这些同学的心头出现……

节目一个接着一个……

顾菲儿为大家朗诵了日本作家西条八十的那首著名的《草帽歌》:

妈妈,我的那顶草帽怎么样了?
在那夏日从石佳冰去雾织的路上,
落在山谷里的那顶草帽……
……
那时盛开在路上的野百合花,
早就枯萎凋零了吧?
在那秋天灰雾朦胧的山冈上,

也许蟋蟀每晚都在那草帽底下歌唱吧？

……

田野老师对这首诗也是熟悉的。他曾经看过一部名叫《人证》的电影，里面的主题歌就是根据这首诗改编的。顾菲儿朗诵得也很投入，田野觉得她对这首诗的理解是很到位的。而且，在这样的一个山谷间，在这样一个秋天，来朗诵这样一首诗，倒也十分应景，只是——田野觉得，这情调未免有点太伤感了吧？当然，这首诗是十分符合顾菲儿一贯的情调的。

接下去，唐兵、陆志秋、管家琪……都逃脱不掉的，他们的"拿手好戏"逗得同学们不时地捧腹大笑。

乔美丽本来也准备了一个节目的。她会跳新疆舞，尤其是前后左右移动脖子的那个动作，她做得特别到位。可是迟迟轮不到她出场，她等得有点不耐烦了，也就不再好好欣赏别人的节目了。天知道她是从哪儿来的热心劲儿，竟凑近袁小倩，喋喋不休地拉起话儿来了。

"哎呀，袁小倩，你的歌儿唱得真是好哎！你的歌儿唱得这么好，怎么还会生病呢？"

"谁知道呢！"袁小倩只顾着看节目，压根儿就没仔细听乔美丽在絮叨什么。

管家琪倒是听到了乔美丽的话，她想，你这不是混账话吗？歌儿唱得好与生不生病又有什么关系呢？你才有病呢！

乔美丽还在喋喋不休地询问袁小倩："袁小倩，你到底是什么病嘛？怎么老好不了呢？会不会是白血病啊？你头晕不晕？平常是不是四肢无力……"

袁小倩被乔美丽的话吓了一跳："头晕？白血病是头晕的吗？"

"可不是吗？你看没看过日本的电视剧《血疑》？大岛幸子得的就是白血病，经常头晕，还时不时地昏倒呢！"

管家琪在一边听见乔美丽越说越没遮拦了，急得恨不得冲过去抽乔美丽两嘴巴。

李亚妮也听见了乔美丽的瞎咧咧，一个劲儿朝乔美丽使眼色，意思是叫她赶紧住嘴，可乔美丽却一点也没领会，说得更起劲了："大岛幸子是山口百惠演的。我特喜欢山口百惠的电影和电视。对呀！你得回去好好问问医生你到底得的是什么病，幸子开始得病的时候，所有的人都是瞒着她的……"

"这个该死的乔美丽！你怎么不生'锁口疮'呢！"管家琪又急又气地在心里骂道。

"真的吗？"袁小倩顿时有点狐疑了。

"哎，美丽，快过来换换衣服，准备看你跳新疆舞了。"管家琪实在忍不住了，生怕乔美丽那张破嘴再说出什么更让袁小倩吃惊的话来，所以她赶紧满脸堆笑地把乔美丽叫了过来。

乔美丽以为真的该她上场了呢，便一走一扭地跟着管家琪来到一边，准备换衣服。哪想到一走到避人处，管家琪猛一转身，脸色就变得非常狰狞可怕，那样子活像一只母老虎，恨不得一下子把乔美丽撕成两半！

"乔胖子！你个短尾巴喜鹊、长舌妇！大赤包儿、老肥婆！你不说

话是怕人家把你当哑巴给卖了,是不是?"管家琪恨不能把所有最狠毒的词语都用上。

乔美丽一时还回不过神儿来。她眨巴着眼睛,不知道自己什么地方又得罪了管家琪这尊凶神:"我又怎么啦?我招你惹你啦?你这样狠毒地骂人?"

"你怎么啦?你刚才在对袁小倩胡咧咧些什么?你不知道她正需要平静?需要配合治疗吗?就你聪明!知道什么是白血病!你怎么不得白血病呢!"

"我这不是出于好心,关心她吗?我怕她没有心理准备……"乔美丽似乎意识到了自己的过失,说起话来顿时软塌塌的了。

"呸!要你关心人家?没有你这屠夫,人家就吃不上猪肉啦?说了一句不够,你还越说越起劲儿了你!袁小倩要是真的出了事,你能负责?"

"我……我……"乔美丽这时的样子真是又蠢又可怜了。

"我警告你,乔美丽!从现在起,要是你再在小倩面前说一个'病'字,看姑奶奶不撕烂你的嘴,不割掉你这长舌妇的舌头!"

说完,管家琪理也不理乔美丽,若无其事地转身回到了节日现场。到这时,她窝了整整一天的邪火以及从山上一直憋到了山下的一肚子的闷气,总算朝着乔美丽发泄了出来。此时,她觉得自己一下子轻松了许多。

可怜乔美丽一个人还待在那里,愣愣的,一下子变得像遭霜打的茄子,彻底蔫了。

活该!谁叫她开始时那么得意呢!管家琪想,这算是节目之外的一段小插曲吧。

……

最后一个节目,该田野老师上场了。

"田老师的男中音也很棒,请田老师来一首《三套车》好不好？"林杉带头鼓起掌来。

"不,在这么多的'歌星'面前,我哪敢言唱歌二字呢！"田野双手往后捋了一下头发,若有所思地说,"刚才顾菲儿朗诵了一首诗,朗诵得很好。我也朗诵一首诗吧——普希金的《十月十九日》……"

"哦,普希金！"顾菲儿一听到田老师说到普希金,眼睛里顿时闪动着无比喜悦的光彩。她也很喜欢普希金的诗,她也读过《十月十九日》这首诗。她没想到田老师也喜欢这首诗！

田野说道:"十月十九日,这是诗人普希金的母校——皇村中学开学的日子。普希金那一班毕业生,每年的这一天必定要在彼得堡聚会庆祝一番的。这首诗很长,我只朗诵其中几节吧。"

  树林脱落了紫色的衣衫,
  枯干的田野闪着银白的霜,
  白日仿佛不情愿地出现,
  随即溜到群山的后面隐藏。
  ……
  朋友啊,我们的联系是美丽的！
  它自由、无忧、坚定而永恒,
  它像灵魂一样不可分离,

在友好的缪斯荫护下交互滋生。
无论命运使我们怎样遭劫,
无论幸福把我们向哪儿导引,
我们不会改变,整个的世界
对我们都是异域,除了皇村!
……

与其说田野是在朗诵普希金的诗,倒不如说,他是在借普希金的诗而向他的学生们表达自己的心声。林杉一边听着他的朗诵一边想,这个人真是一个十足的理想主义者啊!他不应该生活在这20世纪90年代的,他应该生活在19世纪或更早一些世纪的古典时期……或者说,他不应该生活在这充满物欲的尘世,而应该生活在诗歌女神的荫护之下,充满田园牧歌情调的诗境之中……

顾菲儿也在暗自揣想,田老师这么热爱普希金,那么,他自己的诗,肯定也是写得很抒情、很优美的吧?什么时候,找个什么理由,倘能向田老师要来他写的诗看一看,那该有多好啊!

顾菲儿的那双幽静如梦的眼睛,不时地悄悄地看着正在朗诵的田野。她根本就没有注意到,还有一双眼睛正在悄悄地注意着她呢。

这双眼睛是林杉老师的。

林杉是无意中发现了顾菲儿看着田野时的那双与众不同的眼睛的。这双眼睛里满含着崇拜、惊讶和向往,又似有什么难言的期待、请求和羞怯。这双眼睛使人不敢多看,更使人不忍心去打搅她那仿佛正沉湎其中的美好和隐秘的冥想。

林杉想,也许,这是普希金、是诗歌在起作用?她记得,她读过那本获得过诺贝尔文学奖的小说《日瓦戈医生》,其中的一个人物——日瓦戈医生的哥哥曾说过这么一句话:"如果你喜欢诗歌,那么你就会喜欢诗人。"林杉想,现在,这个小女孩的眼睛,便足以证明了,日瓦戈医生的哥哥的话说得一点都不错……

一场热热闹闹的联欢会终于在太阳落山之前宣告结束了。

这是所有的同学都觉得过得非常愉快的一天,包括互相别扭了一路的管家琪和乔美丽。

回来的路上,林杉把刚才看到的情景和她所想到的日瓦戈的哥哥的那句话小声地说给田野听,并顺便开了个玩笑:"你要当心哦,诗人,当玫瑰花开始微笑的时候……"

田野笑了:"说什么呢!你这是哪儿跟哪儿呀?现在的小女孩嘛,不都是这样!"

第七章 为师者说

一

日子在静静地流逝……

当最后一群大雁排着"人"字形的队伍,嘎嘎地鸣叫着越过了校园的上空向着南方飞去,这时候,人人都能感觉到,秋天已经远去了……

可是,这季节的变换对于新世纪中学的许多老师和学生来说其实是没有多大意义的。也就是说,无论是秋去还是冬来,无论是天热还是天凉,他们照旧都是上课、下课,另外还有总也补不完的课。早自习和晚自习是断然不能省略的,有的毕业班甚至连星期天也变得有名无实了。

谁也不知道,那些数学老师怎么会有着那么多的,仿佛永远也出不完、印不尽的练习题和模拟题;谁也弄不清楚,物理老师、化学老师每个学期是从哪里搞来的那么多的补充教材和课外作业;谁也无法明白,有的语文老师、历史老师、政治老师……怎么会那么热衷于没完没了的大考小试,只要有一两个星期没进行什么测验和考试了,一个个便都急得火烧火燎的,好像对于自己的学生们的水平便都没有一点把握了似的……

"唉!考而不死是为贼!"于是,高中部教学楼走廊里的黑板上,便有了这样夸张而无奈的标语。

"可怜可怜我吧!还我星期天!还我体育课!"当那样的标语被校长亲自动手擦去之后,也许,第二天大清早,黑板报上又会发现诸如此类的显然是偷偷写于黑夜里的小字"标语"。

不过,请放心,这样的"标语"虽然具有"抗议性",但却唤不醒校长和一些老师的怜悯之心。因为,不一会儿,它就会被教务处新贴出来的布告盖住了:

布　　告

　　临近期末,根据校领导研究决定,自即日起,学生一律不得借阅小说、童话之类的文学读物以及《小说月报》《儿童文学》之类的文学杂志。特此布告!

校图书室
×月×日

"嘿,真棒!这项举措简直可以获得诺贝尔教育奖——假如有这项大奖的话。"

这天上午,刚上完第一节课,林杉老师看着走廊上的这张新贴出的异常醒目的布告,笑着评价道。

正好田野和其他几位老师也陆续走到了楼梯口。看完布告,田野也禁不住莞尔而笑了:"这真是冤乎枉哉了,对于《小说月报》等书来说,这主意想得也真是太妙了!不看小说,专注课业……"

"是呀,不这样规定,期末考试怎么达标呢!"有的老师显然很赞成教务处的做法,"早就应该采取这样的措施了。"

"我觉得呀,教务处还应该再出一张补充布告,规定一下,临近期末,学生一律不准吃饭,不准睡觉,不准散步,不准唱歌……哈哈……"有的老师没正经地说道。

"哎,田野,你不是学文学的吗?那我出个谜语给你猜。"林杉笑着对田野说,"这张布告就是谜面,谜底嘛,请猜一部中国近代小说名儿。"

田野愣了愣,有点茫然地摇了摇头。

"猜不着吧?"林杉一字一顿地说道,"《二十年目睹之怪现状》,怎么样?"

"哈哈哈……绝了!"老师们都被林杉的谜语逗得大笑起来。

大家走进了办公室,似乎还意犹未尽。

田野把备课夹往桌上一扔,感叹道:"难怪学生们要抗议呢!像这样的缺乏生气、扼杀兴趣与个性的粗暴做法,还能指望培养出什么人才来呢?"

"当然可以培养出一大批具有超强应试能力的学生来呀!你别忘了,现在是一个竞争的时代,到处都充满了竞争,只有强者才有出路。"数学老师陆子谦说。陆老师五十来岁,在新世纪中学素有"题王"之称。有的学生这样描写过他:陆老师的脸庞是一个六边形,他的眼睛是一对等腰三角形,他的额头上仿佛写满了最复杂的方程式,而他的头脑里少说也要贮存着几千道乃至上万道古今中外各种类型的数学习题。每个学期,由他自己亲自刻写油印的一本本厚厚的数学模拟试题集,足以让最喜欢数学的学生也望而生畏。"题王!一位不折不扣的题王!"久而久之,连教务处也都这样心悦诚服地尊称陆老师为"题王"了。

"对您的观点,恕我不敢苟同。"田野说,"应试能力根本不能证明一个学生的素质的高低,而分数的多少更不应该成为衡量教学水平的唯一标准。前两天我看到一篇文章,其作者说现在的教育格局,正如同千军万马过独木桥,而根本无视一百个同龄中学生只能有十个人升高中、三个人上大学这样的事实,片面追求考试分数,一味讲究升学率,高考指挥棒不仅指挥着只占全国中学百分之三的重点中学,也指挥着那些被称为第三世界的一般中学。许多中学把追求升学率作为唯一目的,以此作为衡量一所学校、一个老师工作好坏的唯一标准。结果,一旦升学率上不去,学校名声扫地,社会便冷眼相看,家长也不愿让孩子上这个学校,长此以往,那就只能是'门前冷落鞍马稀'了,校长、老师都难做人……"

林杉没想到田野激动之下,说起教育现状来还能这么一套一套的。她不仅赞成田野的观点,而且从心底里欣赏田野的这种敢于向陈旧、片面与呆板的教育方式发起挑战的勇气。她此时也忍不住接着田野的话讲道:"我觉得田老师的话讲得很有道理。"

"不,不是我的话,应该说是那篇文章的作者的话。"田野纠正说。

"反正观点都是一致的吧。没错,现在的中学生,是万万不可小觑的。他们都有自己的个性,有自己的价值观和独立的人格。他们不再是一群天真懵懂的孩子了,他们早已学会了用自己的眼睛去看世界,用自己的头脑去思索问题,去判断是非。他们对一个老师的衡量标准,也绝不仅仅看你有多大的学问,有没有爱心等,他们还要看你是不是在和他们平等对话、互相尊重和互相理解。尊重和理解都是双向的……"

"是的是的,小林讲得极是。现在的学生们,不是在走,也不是在跳,而是在跑!我们就是拼命追赶,恐怕也追不上喽!"彭书友老师一边整理着他桌子上的几座"作业大山",一边感叹道。

"这些道理,咱们何尝不懂呢?"另一位老师说,"可是如今这高考制度逼得你,能不跟着它的指挥棒转吗?学生考不上大学,你对校长、对家长、对学生本人又怎么交待呢?"

"问题就在这里。关键要认识到,教育的目的——尤其是中学教育的目的,不能光是为了培养所谓的'尖子',而应该着眼于培养学生全面的素质和能力,培养多层次、多门类的人才,而不仅仅是为了能考上大学。"田野说,"最近《参考消息》上有人分析说,英国获诺贝尔奖金的有63人,而日本却只有3人。可是日本整个民族的文化素质和劳动技能等,远远地高出了许多别的国家,这是日本经济迅速发展的主要原因。这样一对照,我们的教育现状确实需要彻底地变革变革了。"

林杉说:"是呀,正如不能想象,人类只知一味地追求自身的物质文明,却一味地听任自身精神文明的颓靡与荒芜;我们同样不能想象,人类在生产出像人一样灵活的机器的同时,我们又在这里为国家培养出一批像机器一样的学生来,培养出一批脸色苍白,睡眠不足,脊背越来越弯、眼镜片越来越厚的小书呆子来!那样,我们可真是一个个都成了千古罪人,罪该万死了。那你田野还不如去写你的诗好了,说不定你的诗比你的所谓'桃李'更能够流芳千古呢!"

"哈哈,既来之则安之嘛!不管怎么说,教书育人还是天底下最神圣的职业嘛!"陆老师说,"不过,我倒想问问你们这些年轻人,假如让你们来当国家教委主任——不,就来当这一校之长吧,你们会怎么办呢?"

"是呀,小林你说你会怎么办呢?"有的老师颇有兴趣地问道。

"我呀……我也没辙!"林杉笑着摇摇手说,"光这一堂英语课就够让我烦的了,我哪还有那番治国治校的凌云壮志呢!哎,田野,我看你对教育改革倒是蛮热心的,肯定有一套完整的改革方案吧?"

"完整倒谈不上,但方案倒是想过一点点的。可是,我担心校长先生一听就会先把我的饭碗给'改革'了!"

"好哇,小田,你们年轻人又在背后说我的什么坏话啊?"

正在这时,校长牛犁之忽然走了进来。

二

"哎,管家琪,你感觉到了没有,这里的空气中正在孕育着雪意。快要下雪了。"

中午的时候,顾菲儿正想一个人又躲到一边儿去,不料竟被管家琪拉着,又来到校外的小沙河边她的"心灵的沙洲"上。此刻,顾菲

儿向空气中伸出两只纤秀的小手,仿佛正要捧住她想象中的已在飘落的雪花。

"那么,这第一场美丽的雪将为谁而降呢?"顾菲儿像是在询问管家琪,又像在自言自语。

"你问我,我哪知道!"管家琪心不在焉地说,"反正它不会为本小姐而降。"

管家琪这几天脸上正不停地往外冒青春痘儿,而且有几颗冒得不是地方,用她自己的话说,简直是在毁她的芳容。她有好几次像念咒语似的嘟哝道:"青春美丽痘呀青春美丽痘,你应该冒在乔美丽的脸上,才算适得其所呀!干吗老盯着我不放呢?"瞧管家琪这人的心肠,够坏的吧,凡是不妙的事儿总惦记着人家乔美丽。她还嫌把人家乔美丽挤兑得不够吗?

"你说得对极了,亲爱的管家琪小姐。"顾菲儿此刻像是有意在气一气管家琪似的,"你当然不会知道,雪将为谁而降了。你现在呀,只有青春美丽痘在为你而降——不,为你而冒!哈……哈哈……"

"好哇,你个死丫头,成心气我呀!"管家琪叫着笑着就去追打顾菲儿。她心想这小美人儿八成是又遇上什么顺心事儿了,要不今天怎么突然变得这么开朗和得意了呢!瞧那喜滋滋的样儿,简直像一只鲜活的红虾嘛!

算是让管家琪说对了,从昨天起,顾菲儿的心情的确就很不错。心情不错的原因,也许只有顾菲儿自己知道,那就是田野老师主动要去了她的一本手抄的诗歌集。

这是她进入高中以来所写的一大本诗歌习作,她给它起了个名字叫《风花集》。她觉得,那种名叫 Wind flowers 的古老而神秘的花,正可以象征她那同样飘忽又朦胧的心情。

昨天中午,她正独自站在操场边的草地上,望着远处的景物出神,没想到田野老师这时候也走了过来。

田野总觉得这个小女孩太孤僻了,心事太重了,使人担心她那柔弱的身体能否承担起心中那些仿佛太多也太重的心事。他已走到顾菲儿身后了,她还没有发觉,他只好轻轻地、生怕吓着她似的叫道:"顾菲儿——"

"嗨!"顾菲儿大概是太专注了,所以仍然被吓了一跳。她一转身见是田老师,顿时两颊上又涌起了淡淡的红晕。她真的没想到田老师这时候会出现在她身边。说实在的,她曾经在心里想过,想单独见一见田老师,能够和田老师单独谈一点儿什么的。但她又一直害怕一个人面对田老师。她甚至不敢抬起头来,像别的女同学一样大大方方地、长久地盯着田老师的脸或眼睛,听他谈话和讲课。她只敢在自以为没人注意的时候,悄悄地从浅浅的刘海底下,迅速地、羞涩地看上田老师一眼,然后继续低下头去,一边听他的声音,一边数着自己的心跳……

现在,当只有田老师和她两个人站在这安静的中午的操场边的时候,不用说顾菲儿的心更是怦怦地跳得厉害了。

田野当然看到了顾菲儿那不胜娇羞的窘态。他甚至觉得有点歉意了:也许,自己不该这时候来惊扰这个像一只正安安静静地栖落在一株小草上做梦的红蜻蜓一样的小女孩。想到这里,他只好笑笑说:"对不起哦,顾菲儿,也许我把你的灵感给吓跑了吧?"

"哦,没有,没有的。老师,我……"顾菲儿用纤秀的手指绕着自己略带卷曲的辫梢儿,羞涩地说道,"我刚才什么也没想,我光看那片云彩去了……"

"顾菲儿,我觉得,你好像总有什么心事似的。"田野一边说,一边就在草地上坐了下来,"来,就在这里坐一会儿好吗?这一阵子我也不知道自己在忙些什么,很少能和你们谈谈心,交流交流彼此的观点。我听说你写了很多诗,我很高兴!你不知道吧?我也是很喜欢诗歌的……"

"我知道的呀。管家琪刚开学时就告诉过我的,说您是有名的校园诗人。"顾菲儿温顺地在草地上坐下,心里好像也渐渐轻松一些、自然一些了,她望了望田老师,钦羡似的说道,"您还非常喜欢普希金,能背诵普希金的诗……"

"是啊,凡是热爱诗歌的人,我相信没有不喜欢普希金的。普希金不仅能教会人怎样去热爱生活、热爱大自然,而且也能直接教会喜欢写诗的人怎样去抒情。"田野说,"那天在郊外你朗诵的那首《草帽歌》我也很喜欢。不过我觉得你对诗中的那种伤感的情调似乎更加欣赏,可这与你们这些中学生的年龄似乎不太相宜……"

"您的意见和我爸爸的意见一样,他总说我是'为赋新词强说愁',好像中学生根本就不应该懂得忧愁似的。"顾菲儿说。

"不,我一点也不怀疑你们确实懂得痛苦,懂得忧愁,懂得伤感。"田野觉得他现在似乎不是在和自己的一个学生、一个小女孩在谈心,而像在和一位朋友、和一位诗友在对话。他觉得这样平等的对话更使他愉快和感兴趣。他笑笑说:"我只是觉得,中学时代嘛,应该尽可能地使自己的生活环境和心灵空间爽朗一些、开阔一些、欢乐一些,而不要那么伤感、孤僻和低沉。"

"我喜欢朱自清的《荷塘月色》里的情调——'我爱热闹,也爱冷静;爱群居,也爱独处……'"

"可那是二三十年代呀!顾菲儿,我觉得你更应该多读一点豪放派的诗,多听一听像《英雄交响曲》那样的音乐。或者,多看一点像我们刚刚学过的《电闪雷鸣马萧萧》这样的文章。"田野说,"就个人的性格、气质和趣味来说,你和管家琪当然不是一种类型,你有你的长处,她也有她的优点。可是有一点我觉得,她比你更能够适应环境,就像这些野草,更能够经受风吹雨淋,更有韧性……"

"老师,这么说,您是希望您的所有学生都能像管家琪那样泼辣,那样大大咧咧、无忧无虑,甚至将来都能够……怎么说呢,以恶对恶?"

"当然不是绝对的。世界上不可能有两片相同的绿叶。作为你们的老师,我当然是热爱每一片绿叶的,并且希望每一片叶子都有抗拒风吹、日晒、虫蛀、霜打的能力。"田野看了看顾菲儿那双纯净的、正在含着疑问的眼睛,坦诚地说道,"不过,就我个人的偏爱来说,也许,我对像你这样的中学生——内心感觉比较敏感和细腻丰富,对于文学艺术比较热爱,还有,肯定对一切事物都带有一点理想主义的幻想,等等吧——对这样的中学生,我可能更欣赏一些的。怎么样?我没有歪曲你吧?"

"没有的没有的!老师,我觉得,您……嗯,您有点不像我们的老师……"顾菲儿甜甜地仰起头,似乎在搜索着最能表达自己内心感觉的词语,"但是,又……又特别像我们的老师。哎呀,我说不好的啦,找不到最恰当的词语啦……"

"我理解你的意思,顾菲儿。你是想说,在我身上大约找不到作为老师应有的威严、沉稳,对了,还有老师通常应该具备的那么一点苍老……"

"不,才不呢!我理想中的老师,尤其是语文老师,就应该是像您这样……"顾菲儿说到这儿,顿时觉得自己说得是不是有点太"那个"了。

"是呀,我也是刚刚从中学时代走过来的。我对自己每个学期的新老师、新班主任也总是先在头脑里幻想、设计一下。我能够懂得你想表达的意思。我不敢说,我就是你们理想中的老师,但是请相信我,我的确是在根据我自己对于中学老师的理解,去努力地做着,去适应你们……"

"我看得出来,同学们都很喜欢您,很……崇拜您!"顾菲儿说。

"不,我不值得你们崇拜。你们能够喜欢我,把我既当作老师又视为朋友,我很感谢你们。但是如果你们所崇拜的只是我这样的一个中学教员,那将会使我失望的。懂吗?"

"嘻嘻,好谦虚哦!"顾菲儿说,"老师,提一个小小的要求可以吗?"

"别客气,有什么要求尽管说吧。"田野向后捋了捋头发,"不过,你可不要说我每天给你们布置的语文作业太多了噢!我可是已经减少到了最低限度了。"

"不是的,不是的!我想……想……"顾菲儿这时脸上又涌上了淡淡的红晕,她用一双小手轻轻地在双颊上贴了贴,说,"我想……要看一看您写的诗歌,您自己写的……"

"我的天!就这么个要求呀!用得着这么吞吞吐吐的?"田野感叹道,"顾菲儿,你们这些中学生呀,怎么这么喜欢把每一件小事儿都弄得神神秘秘的,好像都包含许多内容似的。"

"那您……答应啦?"顾菲儿用明亮的眼睛大胆地和田老师对视了一下。

"没问题!不过,"田野说,"听说你也有一本自己的诗歌集,可不可以让我也拜读拜读呢?"

"哎,老师在取笑人啦!"顾菲儿又高兴又羞涩地说道,"都是写着玩儿的,'为赋新词强说愁',这是我爸给我的评语。给您看可以,不过可不许笑话我哦!"

"当然不会了。恰恰相反,我应该为有你这样的学生而自豪。"田野笑笑说,"不过,作为读者,我总有发表一点读后感的权利吧?"

……

就这样,今天一清早,顾菲儿便趁到办公室送语文作业本的机会,悄悄地把那本写在一个漂亮的绒面日记册上的《风花集》放在了田老师的备课本下。到了课间操时,田老师把她叫到一边儿,也把自己的一叠打印的诗稿交给了顾菲儿,并且笑着叮嘱了一句:"都是未定稿,你一个人看看就行了,版权专有,切勿外传噢。还有,但愿这些唯美主义和理想主义的东西不至于误人子弟啊!"

"嗯——"顾菲儿调皮地点了点头,心里有种从未有过的欢欣和幸福感。

这种欣欣和幸福感，管家琪当然是感觉不到了。不，不能让管家琪知道！顾菲儿想，这是只属于她一个人的秘密，她谁也不会告诉的。只是顾菲儿又想到，田野老师看了她的诗之后会有什么感想呢？他会不会也仅仅给一个"为赋新词强说愁"的评语，然后一笑了之呢？哦，不！不会的！顾菲儿很快就否定了自己的担心。她相信田老师能比任何人，比她爸爸妈妈更知道尊重她，更懂得什么是诗……

可惜的是，顾菲儿觉得此时自己不能马上就开始拜读田老师的诗。讨厌的管家琪，白白侵占了她大好的中午时光。不然，她一个人坐在小沙河边，一个中午正可以把田老师的诗先读一遍的，而现在，她却连拿都不敢拿出来。她想这些诗连爸爸妈妈和外婆都不能让他们知道。她宁愿克制着自己，等到她可以躲进自己的小屋里，关上门时，再仔细地静静地开始拜读田老师的诗。她觉得田老师的诗，只是属于她一个人的，连窗外的风，都不能让它们偷听了去……

三

说新世纪中学是一所"新"学校，当然没错。因为它的校园、校舍、教学设备，乃至校名等都是新的。同样，如果说它是一所老学校，似乎也未必不准确，因为它从校长、教务主任、总务主任、年级备课组长，直到大部分任课教师，尤其还有一整套的备课程序、教学方法、管理方式和校风校训等，都显得那么富有履历。倘若可以拿某种东西打比方的话，似乎只宜说：这一切颇似一坛陈年老酒。而其中的醇厚与劲道，也许只有那些老教师可以品尝出来，并怡然自得，而对于田野、林杉这样一批年轻老师来说,他们恐怕是缺乏品尝的耐心和兴趣的。或者说,他们与其是对老酒的醇厚与劲道怀有尊重之心,倒不如说他们是对那不曾经历的"陈年"有所敬畏和无奈。

这也好像那位钱钟书先生在他的小说《围城》说到的,三间大学校长高松年是位"老科学家"一样,这个"老"字的位置非常使人为难,可以形容科学,也可以形容科学家;不幸的是,科学家跟科学大不相同,科学家越老越可贵,而科学有时却正好相反。田野想,用同样的方法来看新世纪中学,似乎也是可以成立的,那就是有些东西,例如校龄校史,还有某些值得崇尚的校园风气等,当然是越老越好,"十年树木,百年树人"嘛!可是,另有一些东西,例如管理制度、教学方法乃至校舍、校貌、教学设备等,恐怕是越老越不值钱了。

别的且不说,单说语文课教学吧。

根据校领导的指示,田野等青年教师们已经陆续听过许多堂老教师们的"语文教学观摩课"了。不能说校领导的意图有问题,校长是实实在在地希望青年教师们能够虚心地向有经验的老教师们学习,也是实实在在地希望老教师带一带没有多少教学经验的青年教师,为青年教师们起一点示范作用的。可是,说实在的,几堂"示范课"听下来,田野却感到有点大失所望。

譬如每一节课一开始,老师就总是先让学生打开书,默读课文十分钟或一刻钟,然后自己划分段落,然后是提问——自然是找那些语文成绩好的同学了。可是事情有时偏偏就这么奇怪:不知道是语文成绩好的同学故意保持沉默呢,还是他们压根儿就对这种程序没有兴趣,甚至产生了逆反心理,于是,教室里总有不短的一段沉寂和冷场的时间。没有人想发言,老师再启发也没用,最后只好自己来打破沉寂了:"你们不说,我来说吧。"接下去便是板书:时代背景如何如何,中心思想如何如何,段落大意如何如何,最后是解词,齐声朗读课文……

田野记忆犹新,他自己读初中、读高中时,接受的就是这种"三段论"式的语文课堂教育。他没有想到,经过了这么多年,中学语文课搞的仍然是这一套!千篇一律,千人一面。语文老师就像是一张固定的河床,所有的溪流都得归到这张河床上来,严格按照这张河床的宽窄、高低和流向来流动,不允许溅出一滴浪花,更不允许另有自己的支流和河道。稍稍有改进,便被视为异端;稍微枝斜横倚,必得砍斫殆尽;不要创造性思维,但求心系一处……

田野当然也明白,这一切不能全怪语文老师:老师不这样教,你就培养不出有应试能力的学生来;学生不这样记,就回答不出标准答案来,因此也就得不了满分,也就有可能考不上大学……

事情的结果不就是这样的吗?

田野想,难道我们的语文老师,难道我们的高考制度的制定者,难道我们的整个教育体制的规划者,真的就相信那些最终获得了高分数甚至满分的学生就是最优秀的学生吗?

不,所有的人恐怕都不会这么认为的。

那么,既然我们的语文教学中,既然我们的整个教育模式里,已经显示出了这样或那样的明显的弊病和问题,为什么大家不能一起来变革变革呢,哪怕是尝试尝试也好呀!

还是说这语文课吧。田野想,既然中学生们对于分段、总结段落大意、归纳中心思想这一套早已失去了兴趣，那么为什么不可以让他们在课外先阅读作品，上课时尽可能让整个课堂成为一个小小的"沙龙"，人人都参与讨论，人人都发表自己的见解，可以争论，甚至还可以模拟正方、反方互相辩论……这样不是可以充分地调动学生们的创造性思维，更广阔地开启他们的想象力和语言逻辑能力吗？再说作文吧，记叙文、议论文、说明文等"学生文体"，不是也在很大程度上限制着这些少年的想象力和表达能力吗？《记一次秋游》《难忘的一位老师》《为什么说艰苦朴素是必要的》……诸如此类的作文题目，也许他们从小学高年级就开始写起了，月月写，年年写，从小学写到高三，全都是一种"学生八股"，没有想象力，没有文采，没有灵气……那么，为什么就不能鼓励鼓励他们，只要有兴趣，他们也可以写写虚构性的小说，写写抒情性的诗，写写对话性的戏剧小品呢？

　　田野记得，有位老作家在谈到他当年的老师、文学家沈从文时说，沈从文教大学生们写作，曾出过这样的"命题作文"：《我们的小庭院里有什么》。有的同学便颇有兴致地把观察所得描绘下来，写出了相当不错的散文；他给另一班的同学出的"命题作文"则是《记一间屋子里的空气》，很新颖别致也很具体。田野想，为什么给中学生上作文课时，就不可以借鉴一下大文学家沈从文的教学法呢？而非得按照记叙文、议论文、说明文等"学生八股"的套路来进行单元教学呢？

　　田野是这样想的，也就有意识地在自己的课堂上尝试着做起来。但他没有想到，他的这些做法所能够赢得的，只是学生们的欢迎和拥戴，而校长、教务处以及一些老教师并不以为然。他们觉得，这样一来,语文课堂岂不是变成了一个闹哄哄的"茶馆"?只让学生们七嘴八舌地东拉西扯,那么老师还能起什么作用呢?今后还用得着备个什么课呢?还有,一册语文课本,让学生们用一个星期就通读了一遍,写出了各自的感想,那么,整个学期还能再做些什么呢?莫不是都让学生们去看小说,去读诗歌,去写散文和读书笔记?不行!不行!"嘴上没毛,办事不牢!"都说如今的中学生不好教,不好带,看来,如今的青年教师也都不是省油的灯,一个个总想标新立异,追逐新潮。长此以往,那么咱们几十年积累下来的那些个教学经验、教学威信……岂不是都要作废,成为"老朽"之物……

果然,老校长牛犁之觉得,不得不找田野谈一谈了。他想年轻人热情可嘉,但凡事总得考虑个实际吧?再说,现行的教育体制、考试制度都是这个样子,凭你一个人或几个人改变得了吗?况且,你田野还被委以重任,带着一个高二重点班呢!马上就进入高三了,这样下去,甭说别的,光是一个升学率就够叫人担心的了……

的确,作为现行教育体制下的一校之长,牛校长的难处有很多很多。他是一位把大半辈子都奉献给了讲台的老教师,也是一位宽厚的长者。但是一进入20世纪90年代,他像一位老干部遇上了新问题一样,越来越觉得自己从前引以为豪的一些做法不再灵便和好使了。孩子们提出的不少问题,有时竟是他见所未见、闻所未闻的。

"唉!老了!跟不上时代了……"他常常这样叹息着。但他又像极其负责的一家之长一样,生怕自己的这所学校有个什么闪失。"少安勿躁!少安勿躁!"这几乎成了他的口头禅。

从内心讲,牛校长对田野、林杉这一批新来的青年教师还是抱有很大希望的。他看到了他们身上的热情和朝气,也感到了他们给这所中学所带来的一股生机和活力。但是,他们终归是一些没有经过太多世事、没有多少经验的年轻人啊!牛校长想,在教学方式和方法上,如果完全由着他们的想法来另搞一套,他即便是不反对,可也不能放心啊!升学率可是像钢铁一样坚硬、冷酷和无情的一种东西啊!

再说,事情已经明摆在这里了:一边是田野、林杉他们这些年轻教师的大胆尝试和变革,另一边是一大部分老教师的几十年来的教学资历的威信……作为老校长,他心里的天平当然首先是向老教师们倾斜的。

所以,当那些一向以"老夫子"自命的老教师的并无多大恶意的怨言和牢骚一再地传到牛校长的耳边时,他觉得他再不出面和这些年轻人谈一谈,便是失职了。

只是,田野、林杉这些年轻人是否能够放弃各自的想法而顺应一贯的按部就班的教学方式和方法,牛校长心里却一点底儿都没有。那天上午,他本来已经走进了高二年级的办公室,而且也听到了田野和林杉等老师们的高谈阔论。但或许是因为"心虚",或许是他觉得在那样的场合谈话并不合适,可怜他只好赔着笑脸打了个哈哈,略略寒暄了几句,便又怏怏地退了出来。

唉!作为一校之长,尤其是作为20世纪90年代里的一个中学的校长,他有着说不出的难处啊!

第八章 雪落无声

一

天气似乎有些怪异。空气中早就充满了浓浓的雪意,可是真正的雪却迟迟不肯落下来。不过,一进入十二月份,气温便明显地下降了,风也变得凛冽起来,天空里近几日更是浓云密布。

逢到这样的天气,林杉老师的心情也总是比这天气好不了多少。

她似乎越来越觉得,在新世纪中学里,她是最孤独、最不合群的一个人了。

她看得出来,田野也孤独,但他有他的那一班学生。只要走进了教室,他就像拥有了群星,无论是什么孤独和烦恼他似乎都会暂时忘掉的。林杉心里总是不明白:这个人真的对教育事业有这么大的热情?准备在这里干上一辈子?

她没法完全了解他的心思。

而她自己却俨然是一颗孤星、一朵孤云。

她不是班主任,没有自己的班级。即使有,她也不可能像田野那么投入，这一点她心里最明白。她教的是英语，无论是老师还是学生都有意无意地把这门课程视为"副课"，因此也就没有像对待语文和数理化那样上心。当听众缺乏足够的热情的时候，歌手唱起歌来自然也就没劲。

她看不惯也适应不了办公室里的那些老教书匠的生活。那些"老夫子"一个个看上去都像是睡眠不足、营养不良，虽还没有达到病病歪歪的地步，但那一个个既呕心沥血又寒酸潦倒的样子，看上去总叫人觉得又可怜又有点害怕。难道这就是自己必须面对的生活？难道自己的一生也将成为这个样子？林杉觉得，这样的日子一天天地过下去，不仅是在折磨着她的精神，而且肯定也是她无法忍受的。

她也缺少像田野那样能够和学生打成一片的热情。她甚至觉得，她除了在课堂上必须和这些十六七岁的中学生对话、交流之外，别的任何方面她都没有想主动去和他们沟通沟通的兴致。说穿了吧，她是过于孤芳自赏了！她的性格太孤傲、太清高。在她眼里，这些中学生终归还是中学生。除了年龄上他们正处在花季，比她有优势外，别的，她觉得，似乎都不可能和自己站在同一地平线上。即便是他们对某些问题的看法比她更开放、更新潮、更成熟，她也觉得她与他们之间也还是有距离的。他们有他们的标准，而她有她的标准。似乎也不能说她没有童心、没有爱心。不，她最缺少的也许只是那份耐心。她太自信、太自爱了。

她觉得唯一可以愉快地互相谈点什么的人，也许只有田野了。而且她对田野正越来越有好感，越来越觉得他无论是哪方面，都让她感到有些可爱之处：相貌，气质，干净整洁的生活细节，文雅不俗的生活趣味,对文学、对音乐的爱好,对事业的热情与执着,等等。还有,在田野身上似乎也看不到许多男子常有的诸如狂妄、浮华、懒散、粗俗、自私自利、巴结上司等坏毛病。一句话,她甚至觉得田野这个人还相当完美呢! 她确实也曾仔细地寻找过,结果,她还真没能找出田野让她感到讨厌的毛病来。

如果一定要找一点使她感到不满意的地方,那就是田野对她的热情程度,显然没有她心中希望的那么深。

譬如,她内心里暗暗希望,田野能像那些童话中的王子突然看到了自己心中的灰姑娘一样,为她朝思暮想、魂不守舍,恨不得时刻和她待在一起……然而实际上,田野对她虽不乏热情和好感,却也实在没有像她所期待的那样热气腾腾,超过"沸点"。不,有时候她甚至觉得这个人对她似乎还有点心不在焉,对待她跟对待别的一般同事一样,并无特别的亲昵的表示。

又譬如,林杉很希望田野能经常邀请她出去跳跳舞,到小沙河边散散步什么的,或者他不邀请也没关系,只要他能自觉地、经常地到她房里来听听音乐、聊聊天什么的也好呢……然而田野连这一点也没能做到。舞是跳过一次的——就是乔美丽曾经看见过的那一次——可那是林杉邀请田野的,而且几乎是把他拖过去的;去小沙河边散步,好像也只有一两次,但每次都使林杉觉得意犹未尽——为什么就不能散得更晚一些、更远一些呢? 为什么就不能靠得更近一些、走得更慢一些呢? 有些事情难道还需要她像在课堂上启发学生一样启发一下他,教一教他吗? 他难道感觉不到,某些时刻,只要他有激情,真诚地想做点什么,林杉也绝不会拒绝呢! 可是他这个傻瓜,偏偏像什么都不懂得似的,每次散步,即便是在月光朦胧的夜晚,都俨然一个谦谦君子,似乎仅仅把林杉视为一个同事,而忘记了她还是一个美丽的、寂寞的、渴望着交流的单身女孩……

倒是那个夜晚——就是在林杉的房间里倾听马勒的《大地之歌》的那个夜晚,一直使林杉一想起来便有一种十分美好的感觉。为什么这样的夜晚就不能多有几个呢?亏他还是一个诗人呢!林杉想,这个从乡村走出来的淳朴少年,天知道他心里是怎么想的呢!他是真的不懂呢?还是大智若愚,揣着明白装糊涂呢?难道说他这是有意在折磨她?用自己的无动于衷来让她魂不守舍?

林杉当然也想过:会不会是田野觉得她不美丽,不值得他迷恋,不值得他爱,不值得他为她耗费激情?不!不!这不可能!无论从哪个方面看,林杉觉得自己都还是出色的,都还是可爱的。这一点她还是自信的。她觉得自己是完全配得上田野的。她甚至觉得,她这个人肯定比别的女孩更适合当一个诗人的女友,因为她漂亮、浪漫、有艺术气质,不俗气,而且,也还并不太老嘛!

那么,唯一的原因,恐怕是、只能是由于田野对于他那个班上的事情太上心了!他分不出时间和心思来给予她了。林杉想,这个人倒是一个实实在在的"工作狂"。高二甲班仿佛就是他的命、他的心、他的一切,是他的人生中头等重要的事情。为了这个班,他似乎可以忘掉一切:忘掉吃饭,忘掉睡觉,忘掉听音乐,忘掉做运动,忘掉自己还能写诗,忘掉所有的娱乐……当然,也忘掉林杉的存在。

她觉得,可以肯定田野这个人比所有的人更热爱生活、更渴望生活,但他似乎又并不懂得怎样享受人生、享受幸福;这个人真诚、朴素、善良、不浮华，但也未免太腼腆了一点，甚至好像还有一些莫名其妙的自卑。她觉得他似乎只知道投入地当着他的班主任，没日没夜、起早贪黑地和那些孩子泡在一起，而压根儿就没想到注意一下自己的身体，更没想到他这样做，也是对自己的另一些才华——譬如文学创作——的耽误和不负责任。这一点尤其使林杉不能理解，并为之惋惜。

她已经读过田野在大学时代创作和发表过的一些诗歌。她看到了这些诗中闪烁出来的奇光异彩。她能够感到他那咄咄逼人的才气和天赋。她觉得，拿自己唱歌的才能和田野的创作才能相比，她不能不承认有点自愧不如。她相信只要田野在创作上再做些努力，把时间和心思投入得更多一点，那么，他完全有可能到文坛、诗坛上去获得一份成功。她觉得他就像是一颗无声的新星，呼之欲出，只要再做一点努力，便可以跃出海面、跃出地平线，升到自己的天空之上……

她不能理解，为什么田野自己竟会这样不珍惜、不重视自己的才华呢？把这样一个人窝在这样一所沉闷的中学里，她觉得这简直是太委屈他了！

不仅仅是田野在这里有点屈才，林杉觉得她自己倘若一辈子也窝在这里，显然也是不值得的。

他完全应该从长计议，重新考虑自己的选择，重新设计自己的未来！林杉想，不仅仅是田野，她自己也面临着一个应该重新寻找和发现自我价值的问题，因为他们都还年轻。这个时代也正在为他们提供着更多的发现自己、充分施展自己才华的机会，他们不应该也没必要在这里扎根。当然,在这里可以创造事业、完成人生,但这里显然绝非唯一的,更不是他们最好、最适合的人生舞台!对这里的一切她感到了深深的失望和不能忍受……

近几天来,林杉就这样一直在心里反复地考虑着这些问题。

她发现,每当考虑起这些问题时,田野总会同时出现在她的心中。她似乎无法把自己和田野分开了。

难道这就是爱情?这就是缘分?这就是命运?她想。

但她却不知道该怎样向田野表达这一切。

或许是这种感情来得太快、太突然了?田野一时还感觉不到、接受不了?如果真是这样,林杉想她当然愿意再耐心地等一等的,等到他完全明白、恍然大悟的那一天……反正,他就在她的身边,他跑不了的。她天天都能看到他。他已经……已经被她划归为林杉的了。

林杉微笑着在心里原谅和宽容了田野,同时也安慰着她自己。

她也看到了,这些天来田野确实也忙乱得很呢!他的情绪显然也并不太好。他的一套全新的教学风格和带班方式,虽然赢得了学生们的信任和拥戴,但也很自然地给这个沉闷的校园带来了震动。那些老先生们对他的做法已有了非议,认为他缺乏一个老师应有的威严,和学生缺少界限,对学生过于软弱和迁就;牛校长和教务处对他的工作显然也缺少应有的鼓励和支持,他们一心惦记着升学率,虽然还没有明确表示出不赞成他在教学中注重什么情感教育和艺术素质教育的意思,但他们对情感教育和艺术素质教育能否提高升学率却显然有着深深的怀疑……

这一切田野当然也都感觉到了。

这一切也不能不使他感到苦恼和沮丧。

再加上,那个可爱的小女孩袁小倩的病情。林杉已经感觉到了,这件事对田野来说也无疑是一个心病。

林杉当然是和田野站在一起的。她觉得无论从道义上还是从个人感情上讲,她都应该站在田野这一边,她比任何人都更应该成为田野的知音、拥护者和支持者。

实际的情况也正是这样。她对新世纪中学的沉闷和陈旧的校风的不满一点不比田野少。只是,她没有田野那么认真负责、身体力行,更不想像田野那样投入。

她也很清楚,在校长、教务处以及那些"老夫子"的眼里,她和田野其实完全是一类人,他们并没把她和他分开看待。他们对田野的不满,其实就是对他们这一批年轻人的不满;他们对田野的非议,也绝非仅仅是对田野一个人的……

因此,林杉觉得她就更有必要和田野站在一起。否则,倒真是有点本是大家共同"犯罪"却只让田野一人"受过"的味道了。那样对田野来说显然是不公平的,也是她所不能接受的。

林杉想,是的,是该找个机会,好好地和田野谈一谈了,一是安慰安慰他,让他知道在教学新路探索这个问题上,他绝不是一个人在"孤军奋战";同时,她也想明白地告诉他,让他知道,她本人一直是在关心着他、心疼着他、等待着他的——是的,她在等待着他的"恍然大悟"。

二

　　天气愈来愈冷了……

　　真正的冬天已经来到了人们的身边。

　　这天上早自习的时候,田野老师刚走出办公室,正准备上楼到教室里去"坐镇",突然,李亚妮气喘吁吁地跑了过来:"田老师,不好啦!袁小倩……她昨晚上……"李亚妮话还没说完,便哇的一声哭了起来。

　　田野一下子就明白发生了什么事儿。

　　他的脑子里嗡的一下,顿时变得一片茫然和空白。

　　对于这样的一天,不能说他心里一点准备也没有,但他的确没有料到会来得这么快!

　　前些天他又去过一次医院,并且知道了医院对袁小倩的病情确诊的结果:袁小倩得的是M7型血癌——白血病中最恶性的一种!对于M7型血癌,国际上最尖端的医学技术也望而却步,拯救病人唯一的希望只有移植骨髓。然而移植骨髓手术绝非易事,光是血液配型就必须首先有四对因子吻合才能进行。通常情况下,在有血缘关系的亲属中找到一个合适的血液供给者的概率也只有四分之一,而在非血缘关系的人群中寻找能够相配血型的希望更是十分渺茫。医学上认为,其概率仅有几万甚至几十万分之一。结果,医生、家长以及学校等多方面虽然都尽了自己最大的能力,却终究没能把这小女孩从死神的手中夺回来。

　　一个仅仅16岁的生命,在这个冬天刚刚来临之际,便匆匆地离

开了人们,离开了世界!

老校长、田野、林杉、彭书友等老师,还有李亚妮、陆志秋、管家琪、唐兵、顾菲儿等同学,在医院的阴暗、冷彻的太平间里和袁小倩的小小的遗体做了最后的告别。

洁白的床单紧紧地包裹着这个小女孩的小小的身体。田野甚至有点不敢相信,床单下的这个仿佛一下子变小了许多的身体,就是有着圆圆的美丽的脸庞、会唱许多优美的歌曲的小女孩袁小倩的。这么美丽而活泼的,而且充满了幻想、热爱着生活的一位少女,怎么会这么匆匆地永远地离开这个世界了呢?离开了亲人、老师和同学,永远不再回来了呢?这未免太残忍了!难道生命竟如一缕飘忽的游丝?而死亡又像被谁随意扔掉一朵小花、一只空火柴盒一样随时发生吗?

"请多珍重吧!我们都失去了一个好孩子,我们……愧为人师啊!"牛校长哽咽着,紧握着小倩爸爸的手说。

"我和同学们都来晚了,没能和袁小倩见上最后一面,让她一个人孤单地走了……"田野眼圈儿红红的,面对默默地流着眼泪的袁小倩的母亲,不知道该怎样安慰她才好,"请你们务必节哀,同学们会永远记得小倩,永远怀念她的……"

同学们听着田野老师说的话,一个个都泣不成声,纷纷依偎到了小倩的灵床边。他们在小倩的灵床四周放满了一枝枝的鲜花和一捧捧的花瓣:勿忘我、康乃馨,还有铃兰、玫瑰……他们知道这是袁小倩生前最喜欢的一些花儿。

也许,这是这些十六七岁的年轻人第一次这样直接地感受着生与死的严峻呢?第一次近距离地和自己曾经那么熟悉的一个人在做生离和死别呢?那么,这该是他们稚嫩的生命和单纯的心灵所不能承受的"重"吧?他们都感到了死亡的可怕和冰冷了吧?他们都感到了生命的可贵和脆弱了吧?他们从此都将懂得怎样热爱生命、热爱生活了吧?

是的,一朵花儿凋落了,对于大地、对于母亲、对于春天……都是一个不幸。而对于更多的生命和花朵来说,他们也许正可以于无声处听见一种真切的叮咛和祝福:忘了我吧,亲爱的人们,我祝福你们、期待你们都能够更加珍惜阳光和雨露,更好地去热爱生活,好好

地、勇敢地走你们自己的路！只有这样，才是对于死者的最大的安慰……

告别袁小倩回去的路上，李亚妮、管家琪和顾菲儿这些女孩子仍然眼泪汪汪的。

田野深深地理解她们心中的悲痛和忧伤。

但他却不知道该对她们说什么才好。他想告诉她们，应该擦干眼泪，抬起头来，像袁小倩活着的时候那样，含笑去面对新的生活，更好地去热爱自己的生命……

他还想告诉她们，袁小倩的离去也使他真正懂得了高尔基曾经说过的一段话的含义：要是你在任何时候、任何地方，在自己一生中——哪怕是极其短暂的——留给人们的都只是美好的东西——鲜花、思想、歌声、对你的珍贵美好的回忆，那么，你的生活将会是轻松和愉快的，那时你会感到所有的人都需要你，这种感觉会使你成为一个心灵丰富的人，即使有一天你离开了这个世界，人们也都会怀着一种十分美好、充满依恋的感情永远地怀念你……

然而此时，田野却无法说出声来。

他沉默着和这些悲伤的孩子走在冬日苍茫的小路上，而只是在心里这么想着。

十二月的冷风吹着他们的脸庞和衣衫……

　　　　好像天上降临的声音，
　　　　向我亲切地召唤，
　　　　我走遍海角天涯，

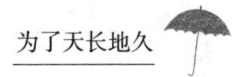
为了天长地久

总想念我的家……

田野的心头又掠过了袁小倩唱的那支《可爱的家》的声音……

三

一位儿童文学作家说过,有一些书一个人如果不在童年或少年时代读到它们,不曾在童年或少年时代为它们动过真情,产生过难忘的联想,那么,对于这个人的性格和整个精神来说,很可能就是一种难以弥补的缺憾。

譬如《简·爱》这本小说,有人就认为,每一个女孩子,尤其是中学女生,都应该及早地读一读它,哪怕是读不太懂,也应该读一遍的。

顾菲儿在高一时就读过了《简·爱》。而且她也的确为这本书——为简·爱动过真情,并产生过联想。她想象过,假如她就是简·爱,假如有一天她也遇上了一个罗切斯特,她该怎么办呢?

她当然不可能知道应该怎么办,因为她不是简·爱,她也始终没有遇上过罗切斯特。

不过,当田野老师闯进了她的生活、她的心灵之后,不知为什么,她又时常想起《简·爱》这本书来。她想起了简·爱第一次遇见罗切斯特时的那个感觉:"我对他不感到害怕,但有点儿羞怯。"她觉得拿这句话来描述她对田野老师的感觉再恰当不过了。

是的,她对他不感到害怕,但有点儿羞怯。尤其是有了那次坐在草地上的交谈以及在读过田野的诗之后,顾菲儿更加觉得,她是越来越能理解简·爱当初的感觉以及后来的那些感情上的波动了……

"像荒野里的石楠,让一阵狂风卷跑。"这是简·爱第一次见到罗切斯特的那个夜晚里,仿佛是不经意地掠过她脑海的一句诗。顾菲儿想,现在,如果说田野老师的诗是一阵狂风,那么,她的心灵、她的整个精神便恰似那荒野里的石楠花了。

她用了好几个夜晚来读田老师的诗。她读得很细心。对那些她觉得非常喜欢的篇什,她自己都记不清楚已经反反复复地读了多少遍了。可惜的是她没法在短时间内把这些诗全都背诵下来。她只是尽可能地背熟了其中几首她最喜欢的、她认为写得最动人的。别的,她只好找出一个一直舍不得用的有着蓝色勿忘我花图案的纪念册,悄悄地抄下它们。她想在将原稿还给田老师之前,把这些诗都抄到自己的纪念册上。她愿意这样做,就像过去曾经抄过普希金的诗,抄过狄金森的诗和席慕蓉的诗一样。她相信田老师不会反对她这么做的。不,其实也不必告诉他的,她想。

又一个夜晚到来了。

顾菲儿漱洗完毕,和外婆以及爸爸妈妈——他们已经从国外回来了——道过了晚安,便又把自己锁进了她小小的房间里了。

这是她的"心灵的单间"。她所有的秘密都隐藏在这个"心灵的单间"里,只有她自己知道。

她拉紧厚厚的窗帘,确信连那贼一般的风也无法来搜寻她的小房间时,她便又拿出了田老师的诗来,边默读边抄写起来。

她觉得这是一种愉快的甚至带点亢奋的劳动,比她自己写诗时

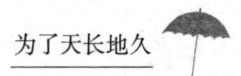

还要愉悦和亢奋。

她喜欢一边听歌一边写字,平常写作业时也是这样。她戴上耳机按下了录放机的放音键。好极了,她听到的又是那首熟悉的《风之花》的旋律:

我的爸爸曾经警告过我,
不要去靠近那种古老的风之花。
……

"不要去靠近那种古老的风之花?"说得倒容易!顾菲儿顽皮地想着,假如突然有一阵什么风把你卷到了"风之花"跟前呢?对了,就像《简·爱》里的,假如也有一阵桑菲尔德式的狂风,突然把荒野上小小的石楠花卷跑了呢?那样是该责怪风还是该责怪石楠花呢……唉!这个问题可是最烦人的了,没有谁能够回答她的。现在,她当然也不想去弄明白的。

她此刻最感兴趣的只是田野老师的诗。

她承认对于田老师的所有个人经历以及内心世界什么的,她所能知道的实在是很少很少。她甚至连田野老师是哪里人、他的确切年龄、他是哪个月哪一天过生日都不知道。不是她不想知道,是她不敢像别的同学那样大大方方地去打听。不过她觉得读到了田老师的诗之后,这一切似乎都无关紧要了。至少,她暂时不知道也没关系的,可以慢慢地去了解嘛!而重要的是,她了解了田老师这个人!透过他的这些诗,她看到了田老师的精神世界。诗为心声,诗如其人,顾菲儿是相信这一点的。诗已经照亮了田野这个人，或者说，因为是田野写的诗，所以也就不可能不使她喜欢……

她觉得田老师的诗朴素、抒情，带有一种田园牧歌的风格。他喜欢写田野、山冈、村庄、小槐树、草垛和月光下的童年……这说明，他是有过乡村生活经历的——不，可以肯定，他的童年是在小乡村里度过的；他的诗温婉、柔和，感情真挚，而且好像总是带着淡淡的乡愁和怀旧的伤感……这只能说明，他本人就是一个非常善良和重感情的人，而且，他的成长中肯定有过忧郁和伤感的经历，否则，怎么会写出这么善良、真挚和忧郁的诗来呢？

顾菲儿特别欣赏其中一首题为《大月亮地》的诗：

> 我不是最后一个乡村诗人
> 即使有一天我会老去
> 我的歌也不会成为绝唱
> 我也不是一个轻易地
> 可以离开故土的人
> 当深夜突然从梦里醒来
> 想起辛劳的母亲
> 那一声声揪心的呼唤
> 我怎么能够抵抗
> 我相信只要我还生活在
> 这一片大月亮地上
> 就会有我的兄弟姐妹

拿来最后的一杯水

和最后的一块面包

与我分享

有若在漆黑的夜晚

总会有一双亲人的手

为我把最后的一盏灯点亮……

亲爱的故乡啊

贫穷的故乡

我在为你而奔走

虽然我可能终其一生

都在远离你的地方流浪

就像一丝斜雨

轻轻飘过春天身旁……

她觉得这样的诗不仅深深地感动了她,也使她敏感的心灵有点隐隐作痛——不,是一种揪心的疼痛。

还有这首《无题》诗:

谁是繁星中

最亮最美丽的那一颗

谁是众荷里

最纯最温婉的那一朵

谁在遥远的天边听我低诉

谁在浅浅的星河为我唱歌

谁在痛苦时为我迎风而立

又在一片喧哗里为我沉默……

顾菲儿觉得,这好像是一首爱情诗呢。那么,这是写给哪一个女孩子的呢?也许,这首诗的背后还有一段什么故事吧?想到这里,她心里顿时有一种酸酸的和涩涩的感觉。但她很快就否定了自己的猜测:哦,不!不像是发生过什么故事。肯定没有!这肯定只是诗人的一种渴望和幻想,一种虚拟的抒情。顾菲儿懂得的,许多诗人都是喜欢在这样的幻想和虚拟中写作的。诗人都是"苦恼的夜莺",连裴多菲都这么承认过。诗人喜欢自己折磨自己。有时候,一个诗人的作品里,看上去好像出现了一位女性的形象,出现了一位恋人式的抒情对象,但也不能轻易地相信这位女性就真的存在。不,她们往往只是一个幻影、一个幽梦。有人就这样说过徐志摩的诗——任何一个女子都不要自以为是,认为徐志摩的诗中写到的那个女子就是她本人。不,诗人所写的只是他自己内心的理想美的幻象,像一个晴朗的夏日里飘来荡去的影子一样。正如那些影子是一个太阳映照出来的,诗人的爱也是来自一个源头,即他心中理想美的幻象……

那么,如此看来,田野老师在诗中肯定也是在写着他心中的"理想美的幻象"。顾菲儿想到这里,禁不住一阵欣喜涌上心头!就像一个正在黑夜里赶路的人,突然看见前面出现了一片明亮的灯火;又像一个口渴的人,突然听见了泉水的叮咚声。"谁是繁星中最亮最美的那一颗"?"谁是众荷里最纯最温婉的那一朵"?天哪!他这分明是正在呼唤着和寻找着自己理想中的星星和花朵嘛！可以肯定，现在，不，此刻，他根本还没有遇到和找到这样的星星和花朵！

乔美丽不是说她看见过田老师和林老师在一起跳过舞吗？那又怎么样呢？那又能说明什么呢？顾菲儿想，在去凤凰山秋游的那天，她曾悄悄地观察过田老师和林老师的一举一动。按说，像她这样敏感的人，只要田老师和林老师之间有哪怕万分之一的"那样"的意思表现出来，她都会感觉到的。恰恰相反，她倒觉得田老师和林老师之间好像还是有点敬而远之的呢！是的，田野老师做得对！顾菲儿想，田野老师你着什么急呢，天涯何处无芳草！难道除了林老师这一个美女，世界上再没有别的更可爱的人了？再说，从气质上和个性上来说，田老师和林老师其实也并不般配呀！田老师那么善良和老实，而林老师看上去却那么高傲和孤芳自赏，假如他们两人真的"那样"了，吃亏的肯定是田野老师了！不，千万不能！千万……想到这里，顾菲儿恨不能亲自去提醒田老师一声，让他"防"着林老师一点，可别上了人家的当！现在的女子心眼儿可多着呢！越是自以为漂亮的心眼儿越多！要不怎么还有"美女蛇""狐狸精"这样的称呼呢？

夜又深了。小房间里真安静啊！只有那只安琪儿的小闹钟在嘀嗒作响。

那首《风之花》的歌早已放完了。

顾菲儿光一门心思地想问题去了，连耳机都忘了取下来。

她用双手轻轻地贴了贴自己的面颊，她感到双颊滚烫滚烫的，不用说，双颊的颜色肯定也"艳若桃李"。她知道这是由于她的兴奋、她的激动，还有她的一阵阵的羞涩造成的。

田老师的诗差不多快抄完了。顾菲儿想如果明天,不,也许后天,她把这些诗还给田老师的时候,她应该说点什么才好呢？如果她能够预先猜测到田老师最希望她说点什么,那该有多好啊！还有她的那本诗,田老师也该看完了吧？那么,田老师读了她的诗,又会有什么看法呢？

她关了灯,躺在床上,忽闪着一双水灵灵的大眼睛,一遍遍地想着,想着……

她不知道,此刻,在窗外,今年入冬以来的第一场小雪,正在轻轻地、轻轻地飘落下来……

哦,真的是雪落大地悄无声啊……

第九章 空谷足音

一

好像是从遥远的天外飞来的一群一群的白蝴蝶,好像是从神秘的天国里飘来的一朵一朵的蒲公英,温柔的雪花,纯洁的雪花,无声的雪花,从昨天夜晚到今日早晨,一直在轻轻地落啊、落啊……

雪落在远处高高的凤凰山上,落在静静的山毛榉和马尾松的叶子上,落在密密的灌木林中,落在深深的河谷里,落在幽静的凤凰潭水里,落在空旷的看不见一个人影儿也看不见一只飞鸟的田野上,落在小沙河边那停止了转动的巨大的风车上……

雪花纷飞,大地一片白茫茫……

雪落在公路两边的草垛上,落在水田边的那些无家可归的小稻草人身上,落在通往校园的小路上,落在静静的操场上和空空的石凳上,落在低矮的冬青树和夹竹桃的枝叶上,落在长长的走廊边的栏杆上……

正如时光可以渐渐抚平人们心灵中的伤痛的记忆,雪也可以暂且覆盖住一切使人不愉快的和杂乱无章的景象,而在一夜之间交给

人们一个看上去异常纯洁和净美的世界。

是的,对于校园里的孩子们来说,这第一场雪带给他们的不是寒冷,也不是肃穆,更多的是欢快、惊喜和温情。就像一首歌里唱到的那样:"大地被寒冷的冰雪所笼罩,地下的小草却期待着穿上碧绿的新外套……"

高二甲班的同学们显然已经从失去了袁小倩的悲伤中走了出来。伴着这个冬天的第一场瑞雪的降落,他们的教室里又渐渐恢复了往日的热闹与欢笑。

好发议论的饶舌家们,又像早晨的知更鸟一样醒来了,并且重新打开了他们的话匣子:中外古今,无所不知;天文地理,无所不晓;谈起影视,周润发、成龙……又算得了什么?论起战争,拿破仑、萨达姆……也不在话下!这些饶舌家中,唐兵自然算是一个领袖人物了。

和这些常常被视为"头重脚轻根底浅"和"嘴尖皮厚腹中空"的饶舌家相比,那些整日里低头锁眉、多愁善感的才子才女们就显得高出一个档次了。这些人当然是以顾菲儿为代表了。他们洁身自爱,与流俗无争,甘于寂寞和孤独,讨厌浅薄和无聊的玩笑,但也难免又被对方粗暴地看成是"装深沉"和"伪忧郁"……

当然,我们也不可忘记那两家专爱传播小道消息的"通讯社"。虽然她们从未停止过互相攻击,一直以冤家对头相称,而且,自从凤凰山上下来之后,乔美丽明显表现得元气大伤而一蹶不振,见了管家琪仿佛耗子见了猫儿似的避之唯恐不及,但是请放心,元气还可以逐渐恢复的,感觉也可以慢慢地找回来的嘛!况且人们大都有着同情弱者的心理,高二甲班的同学也不例外。倘若乔美丽真的自认失败,从此金盆洗手,退出历史舞台,而只让管家琪一人飞扬跋扈,垄断所有的小道消息,唱"独角戏",别说乔美丽心里不是滋味,别的观众也不会答应呀!再说,如果真的一下子失去了对手,管家琪自己也会适应不了的。所以,同学们也就尽可以放心好了:小道消息、马路新闻照旧还会天天在教室里发布出来的……

这不,由牛校长亲自主持召开的期末考试前例行的各年级老师的碰头会,在教工会议室里才刚刚开了一半呢,管家琪就已探听到了它的部分内容,并且大声地在教室里嚷嚷开了:"不得了啦!了不得了哎!年轻的老师们和那些老教员们争论起来了!田老师正在挨批评哎!"

顾菲儿在一边听到了管家琪的嚷嚷,不禁吃了一惊。

李亚妮说:"管家琪,你又在瞎叫唤什么呢!田老师各方面业务都那么好,怎么会挨批评?你造谣可别找错了对象哎!"

"我骗你们是这个!"管家琪着急地做着手势,"不信你们去会议室外面听听,田老师正在舌战群儒,据理力争……"

"明白了,肯定是某些人嫉妒他的教学方法,想压制他……"有人在猜想着。

"唉!'木秀于林,风必摧之',自古以来的改革者都逃不脱这样的命运!从秦汉时的商鞅到唐代的……"有人又准备大发议论了。

"那些'老夫子'也真是太不像话了,不仅不喜欢开拓型的学生,连有开拓精神的老师都容不下。这太不公平了!"唐兵愤愤不平地叫嚷着。

"可不是嘛!如果连校长也不能理解和支持田老师,那这个学校趁早关门算了,要不就改名叫'新世纪修道院'!"顾菲儿破天荒地加入了这样的议论行列。她心里比所有的人都为田老师着急,可又不好太强烈地表示出来。

"菲儿说得对,今后牛校长仍然当院长,让'装在套子里的人'还有'题王'什么的来当神甫和嬷嬷,男女分班上课……"管家琪没正经地说。

"去你的,管家琪,什么事让你一搅和就变了味道。"李亚妮说,"我觉得,田老师与那些老师和教务处的矛盾是不可避免的,因为这不是个人之间的冲突,而是一种新锐意识与陈旧观念之间的冲突。只是,我担心田老师他势单力薄……"

"那咱们可以去声援他呀!"管家琪摩拳擦掌地嚷道,"姑奶奶就不信那些老古董的力量就那么大……"

"对呀!到校长那里去反映反映咱们学生的意见!还有什么比受学生欢迎更有说服力的?实在不行,咱们就来它个非田老师的课不听、不上……"不能说说这话的人的动机不好,但如果真的这样去做了,结果只能是火上浇油,徒然给田老师添乱子。明摆着嘛,若真这样做,那不是在向学校当局示威吗?

班长陆志秋瓮声瓮气地说道:"快别吵吵了吧!只要你们不给田老师添乱子,就算是在帮他的忙了。不然,学校还真以为咱们这个班让田老师带野了呢!"

"就是!净出馊主意!你们都赶紧回到自己的座位上好好自习去。有本事期末考出个好成绩来给他们看看!我先替田老师谢谢诸位了。"李亚妮说。

"以分数取人,顶可恶了,和小市民以钱取人一样,是一种没有文化的表现!"柯豆儿回到座位上又嘀咕了几句。他平生最恨以分数的高低论成败的做法了,因为他每次考试的分数总使他自己先志气短三分,这已经成为惯例,无可救药了。

顾菲儿坐在自己的座位上,心里像落满雪花的鸟巢,沉沉的,冷冷的。而所有对于田老师的担心和关切又像雪天的小鸟儿一样,流离失所,无法飞到想去的地方。她想这时候田老师一定是很孤独、很痛苦、很受委屈的,他肯定比一般人更需要安慰、更需要温暖、更需要帮助的。因为,诗人都是很脆弱的,诗人的心灵最容易受到伤害……

想到这儿,顾菲儿突然感到心里升起一阵难忍的痛楚……

二

李亚妮说得一点没错,田野老师与那些老教师和教务处的矛盾的确是不可避免的。

而进入期末复习前的这次各科老师碰头会,便成了这种冲突的导火索。

田野的性格里有非常温柔和平和的一面,然而人们常常忘了他还是一位诗人,他像所有的诗人一样敏感和容易激动。他无论做什么事都极其认真、负责,一认真便容易激动;而想让他不激动、让他沉默着,那等于是在啮着他的心。所以,当会议上有人对他在语文教学上和班主任工作中的一些做法,表现出了明显的轻视的态度,甚

至还带点嘲弄的口吻时,他便一下子站了起来,毫不客气地予以了回敬。

"哎哎,少安勿躁,少安勿躁,有话慢慢说嘛!大家都不要这么激动嘛!"牛校长夹在中间,倒像个难以做人的婆婆了。

"这没法不激动!"田野说,"请你们相信,对诸位老师的丰富的教学经验,对诸位的忠恳和无怨无悔的敬业精神,我们年轻人不敢有丝毫不尊重的意思。我所不能理解和不敢苟同的只是,为什么我们的教学非得把学生们引进各种题海里去不可?不论是什么课程,大量的训练题都是打√或×,人为设置弯弯绕,热衷于那些其实只需借助工具即可获悉的知识,一心去找训练点和可考因素……恕我直言,我真的不知道这样的教学对于学生来说到有多大意义!"

"话可不能这么说啊,小田。"彭书友老师感叹道,"咱们身为教员,不跟着高考这根'指挥棒'转,对学生、对家长都不好交代啊!"

"不,我觉得我们作为人师,首先要对未来、对历史、对孩子们能否真正成为有用之才负责。就说这语文课吧,如果仅仅为了应付无休止的考试,整天搞文字排列组合,把课本里、读物上的经典美文人为地肢解开来,舍弃秀丽的文笔、曲折的故事、隽永的思想……总而言之吧,舍弃其中的文学之大美,而专门追逐那些支离破碎、枯燥乏味的所谓语文知识和可能构成的考试题目……这还能够称为语文课吗?久而久之,学生们对语文课还能有什么兴趣呢?"

林杉一边听着田野的慷慨陈词,一边想,以前可真有点小看田野了!想不到他温文尔雅的性格里还藏着这么一股子倔劲儿。同时,她也不由得为田野着急,生怕他越说越冲动,而让校长和那些老教师们下不了台。她甚至做好了准备,万一田野受到了什么难以应答的诘难,她会随时站起来助他一臂之力。好在田野暂时好像还不需要她。他虽然言辞激烈,与平常的温和判若两人,但尚能应付自如、所向无敌,说出的某些新名词恐怕还是那些老夫子们闻所未闻的。

"这个……呃……这个这个……不能说小田的话讲得没道理,只是,这里好像还有个让素质教育逐渐地和应试教育接轨的问题吧?"看得出来,牛校长在颇为艰难地寻找着合适的词语,以便既不至于激怒田野,又可以让持反对意见的老师满意。他说:"题海战术,当然有它不合理的一面,可是,升学率这个东西也是冷酷无情的……"

"我觉得追求升学率绝对不应该成为我们教育者的最终目的,而攻取大学这座城堡的途径,也绝不是只有靠题海战术这一种方式。"田野的情绪稍稍变得平缓一些了,"况且,已经有许多资料显示,未来社会对学历的要求将会淡化,而对真正的职业技能和素质却愈来愈看重。如果我们当老师的意识不到这一点,自己拼着老命鞠躬尽瘁,结果培养出来的竟是一些会考高分的低能儿,那样恐怕就不仅仅是我们的失职了。老实说,如果是这样,我本人也会对教育失去兴趣的。"

"那么,依你之见……"有人颇有兴趣地问道。

"这个问题,我也只是处在思考和摸索的阶段。我觉得作为一个教师,首要的任务在于'发现'孩子,发现他们不同的特长,并为他们各自的特长服务。就是说,应及时地予以引导、鼓励和帮助,把他们内在的潜力充分地调动起来,而不是一味地用升学这个大包袱来压住他们,用考试这张大网来罩住他们。有时候,孩子们那些沉睡着的天赋与兴趣,是需要老师们来帮助唤醒的。譬如,对有文学才华的同学,不妨就鼓励和引导他往写作方面发展;对有美术天赋的学生,也不妨引导他树立一个成为画家的理想……何必把他们都赶到拥挤不堪的高考的独木桥上去呢!"

……

这个碰头会开得紧紧张张的,但最后还是不了了之。

田野不能理解的是,对一些陈旧的、不合理的教学方法和教育方式的改进和对一些先进的、有利于学生素质的全面发展与提高的教学方式的宣扬,本是一件火烧眉毛、耽误不得的事儿,可为什么自己大胆而坦率地提了出来,却又如空谷足音一般得不到回响和支持呢?

他不知道牛校长和其他几位学校领导,还有一些老教师,会对他在会上说的最后几句话怎么看。他说:"出于尊重起见,我可以不贬斥什么东西,但我也绝不会放弃我珍视的东西。'吾爱吾师,吾更爱真理'!也许,我最终的结果也会和大家一样,对此感到无能为力,但是至少,我是尽力做了我觉得应该做和有必要做的事情了……"

说这番话的时候,他感到眼前像电光一闪似的划过一道亮光。他注意到了,那是林杉射来的目光。他以为林杉这是在提醒和制止他。

"我的话完了。"他赶紧打住了。

他想林杉的目光里显然是带着惊异和担心的。那么,她会不会觉得他太狂妄、太喜欢出风头了呢?还有校长们、教务处和那些持不同意见的老师们,会不会认为他太不谦虚、太自不量力、过于自负了呢……

整整一天,他心里都是乱糟糟的,不能平静下来。

三

这天下午,最后一道下课铃响过之后,田野坐在办公室里,还在冥思苦想着自己在会上说过的话。他甚至有点后悔了:干吗要这么冲动呢?是不是太敏感了?过于爱护自己的羽翼了……唉!没有办法,"理想主义的小舟,碰上了现实的暗礁……"他想起了不知是谁的一句诗来。

当他从桌子上抬起头,轻轻地揉了揉有点发胀的太阳穴时,才猛然发现,天色已经很晚了,办公室里的人不知什么时候都已走光了。

他想起来了,今天又是一个周末。

外面是一片白茫茫的雪地。

校园里已变得十分寂静,像巨钟鸣响过后的广场,听不见一只鸟雀的叫声。这样的寂静更加显出了这冬日黄昏的清冷……

"如此清冷的天气,无论是谁——男人,女人,一切生灵……火气再大也都无济于事的啊……"他的脑海里又闪过了这么一些话语。他记得这是莎士比亚某一部剧作里的台词。想到这里,他略带自

嘲似的苦笑了一下。

他稍微整了整桌面上的东西,正准备离开办公室回宿舍,一抬头,没想到顾菲儿抱着一大沓作文本站在门口。

"老师……可以进来吗?"

"哦,顾菲儿,进来吧!怎么这么晚了还没回家?"

顾菲儿大胆地看了看田老师,觉得他脸上果然充满了她以前不曾见过的深深的忧郁和烦恼之色。

她声音柔柔地说:"今天是我值日。有几位同学刚刚做完这个星期的作文。您不是交代过,星期六无论如何要交来的吗?"

"噢,我把这事都给忘了!"田野叩了叩自己的额头说,"好,谢谢你!早点回去吧。管家琪在等你吗?"

"没有,她本来要等我的,是我让她先走了。"顾菲儿声音低低的,"老师,您刚才的样子好吓人哦!您……今天不开心吧?"

"不开心?没有啊!"田野苦笑了一下,双手往后使劲地捋了捋有点过长的头发,叹了口气道,"也许,是天气太冷了的缘故。人的情绪会因天气的变化而变化嘛!'冬天是残忍的季节'……"

"不,四月才是残忍的季节!这是艾略特说的。而雪莱说的是——"

"'既然冬天来了,春天还会远吗',对吧?"田野笑着说,"顾菲儿,我很高兴啊,你的阅读范围这么广。"

顾菲儿脸庞上又顿时像搽上了一层薄薄的胭脂似的,她低眉说道:"老师又在取笑人啦!"说了这句,又忽然大胆地抬起了头,望了田野一眼,继续说道,"我还记住了另一位诗人的这样一首诗:'孤独的雪孩子,站在沉默的草垛边,好像一只孤独的小鸟,在雪地上等待春天……'"

"惭愧,惭愧!"田野一听这是他自己的诗,便开玩笑似的说道,"糟糕!涂鸦之作果然误人子弟啦……"

"才不是呢!"顾菲儿急忙打断他的话,从书包里拿出田老师的那叠诗稿来——她已把它们装订了起来,还用一种淡蓝色的衬纸为它们做了个漂亮的封面——她把它交给田野说,"谢谢老师的诗,现在完璧归赵……"

田野说:"应该道谢的是我呢,一是我为这些诗找到了一个非常认真和忠实的读者;二是——你瞧,它们还穿了一件漂亮的'衣裳'回来……"

"嘻嘻,还有您不知道的呢!我已经把这些诗抄写到一个更漂亮的本子上了……"话一说出口,顾菲儿就后悔了,当初不是想过不告诉田老师的吗?

"好哇,未经作者本人同意擅自转录……"田野嘴上这么说着,心里却一阵惊喜和感动。他完全能够想象和理解这个小女孩对诗歌的虔诚和热爱。因为抄诗、读诗、学着写诗……他在中学时代乃至大学时代也有过这样的经历的。他相信真正的诗,尤其是好诗,说到底都是为少数真正的知音而写的,就像司汤达在《巴马修道院》的末尾所写的那句话:To The Happy Few(献给少数幸福的人)一样。这当然是指真正的好诗。至于他自己的诗,田野想这个小女孩如此花费时间去抄写它,其实是不值得的,也不必要的。这样想着,他的脑海里仿佛已经出现了顾菲儿在深夜的灯光下抄诗的样子,那肯定是有点

好奇又有点兴奋,甚至还带点紧张的吧……唉!真是个小女孩哦!他想。

"哦,对了,你的那册《风之花》诗集我也已经拜读过了,改日再还给你好吗?"

"让老师见笑啦!"顾菲儿羞涩而温顺地说道,"我本来只是写给自己看的……"

"不,一首诗一旦写成了便变成了'社会存在'。你应该自信一点!我感觉还挺不错的,除了其中过于低沉的情调和一些莫名其妙的忧愁,别的我都能理解和欣赏。"

"老师的诗里不也总是笼罩着一种淡淡的忧郁吗?"

"我们的经历并不一样嘛!虽然我比你们大不了多少,可我们的童年和少年所经历的毕竟是两个不同的年代啊!"

"那您是不赞成雪莱的这句话啦——'最动人的诗歌总是那些诉说最忧伤的心事的诗歌'?"

"这……"田野一下子竟不知怎么回答才好了。

天色更暗了。田野往窗外一看,暗暗想着:糟糕!光顾着说话了。也许是他担心天色已晚,顾菲儿一个人踏着雪回家有点太孤单;也许是刚才的话题——和一位热爱诗歌的小女孩轻松地谈谈诗歌——使他感到非常愉快,并且有点意犹未尽;也许,还因为顾菲儿刚才说到她专门抄下了他的诗,他在心里不由得对这个小女孩有了点儿抱歉和感激的意思了……总之,田野把自己的那叠已经包了封面的诗稿往衣袋里一装,说道:"天色有点晚了,我送你走一段吧。"

"那您不吃晚饭啦……"顾菲儿根本没想到田老师会送她走一

段,她感到了一阵突然降临的欣喜和幸福。就像某些童话里常常写到的,一位原本是在森林里迷了路的小女孩,在寻找回家的小路的时候,却意外地遇上了一位英俊的王子……这不能不使人有点大喜过望。但同时顾菲儿又不能不想到,这么晚了,又是周末,田老师还饿着肚子呢!

"一会儿回来再吃吧。"田野笑了笑,紧了紧脖子上的一条格子围巾,"反正是周末。"

说着,他们关上办公室的门,一起走出了校园。

多么寂静和清冷的黄昏啊!

多么寂静和清冷的、闪耀着雪光的小路……

空旷的四周一片白茫茫。

只有他们双脚踏在雪地上的声音,响在这寂静的清冷的暮色里……

顾菲儿悄悄地把脚步放得慢得不能再慢了。她想要是这条小路再长一点——不,如果能长得永远也走不完那该有多好啊!

她不再说话。她好像突然间失去了所有的言语。她也实在不知道这时候应该说什么才好。

她甚至觉得自己像是在梦里似的。这天、这地、这黄昏、这闪耀着雪光的小路,还有走在她身边的田老师——这个男子,都如同梦境一般……

田野老师不知在想什么,似乎也不愿再说什么了。他本来还想一边走一边问问顾菲儿,读了他的诗有些什么感受的,如果她能说出最喜欢的是哪一首,他们正好可以一起讨论讨论这首诗到底好在哪里……不料，田野刚一问出口"你觉得哪一首写得最好"时，顾菲儿就调皮而神秘地回答道："才不告诉您呢！所有的……我都喜欢！"

那神态甜蜜得有点执拗。

田野吓得赶紧把想说的话都咽了回去。

走过了那段寂静的小路之后，就可以望见热闹的街道了。田野开玩笑地说道："再走就是你们城市人的地界了，我们这些乡下人可不敢涉足了。再见吧。"

顾菲儿显然是有点依依不舍了，但又无法表达，只好无可奈何地说："谢谢老师！您一个人回去……走好呀！"

田野微笑着向她摇了摇手。这一瞬间，他感到这个小小的女孩儿的背影可真是单薄和无助哦！仿佛轻轻的一阵风就可能把她卷走似的……

他奇怪这个小女孩如此单薄的身体怎么能承受得起那么重、那么多的心事。

转过身往后走的路上，田野突然感到一种深深的孤独，一种只有一个人在寂静的风雪黄昏里行走时的孤独。

他本能地把双手插进了衣袋里。他的手触到刚才顾菲儿交还给他的那叠已经装订起来的诗稿。他拿出来，原想再欣赏欣赏细心的顾菲儿为它做的这个漂亮的封面，可是无意中一翻动，他看见诗稿里还夹着一张小小的淡蓝色的纸片儿。

借着雪光，他看到了这是顾菲儿那和她本人差不多一样秀气的字迹。她在这张小纸片上写着普希金的一首诗：

假如生活欺骗了你，
不要忧郁，也不要愤慨！
不顺心时暂且克制自己，
相信吧，快乐之日就会到来。

我们的心儿憧憬着未来，
尽管现在还有些悲哀。
一切都是暂时的，转瞬即逝，
而那逝去的将变为可爱。

第十章 理智之年

一

戏剧家们喜欢说:世界是个大戏台,戏台是个小世界。哲学家们则把这个意思修正为:人生就像一出戏剧,我们时而是观众,时而又是剧中的人物。同样的意思到了文学家的笔下,可能又会变成这样的解释了:人生就像一部地地道道的罗曼司,当人们勇敢地面对着罗曼司式的生活时,它便会生发出许多远比任何虚构都富于戏剧化的故事来……

是的,生活有时会表现得十分沉闷、无聊和庸凡,有时又会给人以意想不到的曲折、委婉和巧合,其中的起起伏伏、开开合合,有时候一点儿也不亚于人为编造的戏剧故事。只不过现实生活中的戏是不配音乐的。

记得新学期第一天,顾菲儿第一次听管家琪说到她们学校新分来了一男一女两位大学生时,她曾有过怎样的反应吗?如果你不记得了也没关系,你不妨翻到第一章的结尾再看一看——当时顾菲儿是这么觉得的:天哪!这一切简直就像是一部浪漫小说的开端

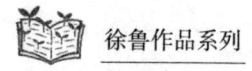

一样……

事情还真是被她预料到了。

只是,她当时可能完全没有想到——即便是现在,她也未必会感到——她自己竟也成了这部浪漫小说中的一个人物,而且似乎还是一个主角呢!

这一点也许林杉老师看得更明白。

还是在凤凰山秋游时,林杉就无意中发现了顾菲儿看田野时的那种异样的目光,以致她顿时想到了日瓦戈医生的哥哥的那句话:"如果你喜欢诗歌,那么你就会喜欢诗人。"

也许从那时起,这个细节就一直没有从林杉的心头消失。而当许多并不引人注意的时候——譬如田野时常在办公室里向老师们夸耀顾菲儿的作文写得好,还能写诗;又譬如顾菲儿每次到办公室来送语文作业,看到田野时总显得那么羞涩、那么温顺,又仿佛总是在期盼着什么似的;再譬如,田野似乎对这个性格有点孤僻的小女孩的确有所偏爱,好像不时地可以看到中午他们站在操场边愉快地交谈着什么,是谈诗吗?就这样,有关顾菲儿的各种细节,便在林杉的头脑里越存越多。久而久之,她竟然会突然觉得,原来这个小女孩一直是活动在自己的脑海里的,从来也没有淡出过的,只不过没有引起她的注意罢了。

尤其是昨天黄昏时——我们前面说过,生活有时是非常巧合和富于戏剧化的,现在就是一个例子——当林杉到处寻找田野却偏偏找不到他,结果却无意中看见了田野和顾菲儿一同走出校园时的背影——这时候,林杉才突然感到原来她在那次秋游回来的路上对田野开玩笑般说过的那句话,并不仅仅是自己的一种简单的感觉。

是呀,"当玫瑰花开始微笑的时候……",她自己其实也没引起什么警觉来呢!她想。

而这时,她头脑里已经贮存下的有关顾菲儿这个小女孩的各种细节、印象、感觉……都像是养在鱼池里的银亮的小鱼儿,闸门一拉开,便都纷纷汇集过来,聚到了出口处。

我的天!难道这是真的吗?林杉对自己的猜测有点不愿相信。

这也难怪。她不是一直觉得这些中学生终归是中学生吗?她有一千条理由来说服自己,并且自信田野应该是对她产生好感并且能够爱她的,可是,她却找不出一条理由使自己相信,田野会对顾菲儿——一个瘦瘦小小的、玻璃小人儿似的中学生产生"那种"感情。

再说,就田野的性格和素养来看,他虽然不是那种恪守师道尊严、非礼勿施的老古板,可也不至于浪漫到要和自己的女学生闹一场师生恋的地步吧?不,田野不是那种全然不受传统道德观和社会舆论束缚的人。他有他性格上和观念上的弱点,他有他的灵魂上的"十字架"……

可是——林杉又想——爱情这种东西一旦到来,又往往是完全不受理智支配的呀!爱情像个稚童常常会调皮捣蛋的呀!爱情的火焰一旦燃烧起来,它是连最古老的道德森林也不顾的,会统统地把它们都烧毁的呀!爱情可以使最明亮的眼睛失去光亮,给最理智的心灵注入疯狂,让最老实、最胆怯的人也变得无所畏惧、勇往直前的呀!何况,田野还是一位诗人!诗人是什么?诗人不就是一堆感情吗?想一般人不敢想的事儿,做一般人不敢做的事儿,不就是诗人的标志和特征吗？诗人天生就是为着"爱"而来到世界上的呀！莎士比亚在《仲夏夜之梦》里也承认过:诗人的眼睛在神奇的狂放的一转中,便能从天上看到地下,从地下看到天上……连空虚无物也会有了自己的名字和居处！何况——林杉继续想着——那个小女孩顾菲儿不也是一位未来的诗人吗？两个诗人遭遇到了一起,好家伙,这世界不变它个昏天黑地,这心灵不撞它个火花四溅,那才怪呢！

……

天晓得,林杉是哪根神经被这些古怪的念头压着了、缠住了,再也挣脱不开了似的,整整一个周末的晚上,她都在翻来覆去地想着这些问题,想着她和田野,想着田野和顾菲儿,想着顾菲儿和她……

她一会儿对自己的猜测深信不疑,一会儿又彻底地否定了她想象中的事情的可能性。她越想把这件事情想明白,却越想不明白,而且越想越觉得不自在,越想越觉得事情没有那么简单……

不行,得找田野去！她想田野是早已经被她划归为自己所有的了,就是排队打饭,也有个先来后到吧？凭什么让顾菲儿这么一个不声不响、都还没有发育成熟的小女孩儿把田野抢了去！

瞧瞧,脑筋钻到了这个狭窄的尖尖角里去了,便不能不叫人想起那个古老的寓言了:对于吃不到嘴的葡萄,你有时可能以为它十分地酸,但有时也会想象着它格外地甜。

她原想再等等的,留给田野一些时间,让他自己醒悟和明白,她一直是在等待着他的,可是现在,她觉得她不能再等了。再等下去,田野也许只会离她越来越远了……是的,得找他去！现在就去！一刻也不能再耽误了！

想到这里,她一骨碌从床上爬了起来,看了看闹钟,夜还不算深,估计田野这个时候还不会入睡。

她迅速地穿好了衣服,同样迅速地涂上点口红,修了修眉睫,然后直奔楼上田野的小屋而去。

她才不管那么多了呢!她觉得她面临的就好像是一场战争,稍一迟疑便可能意味着失去机会,便可能意味着失败!

唉!让我们原谅林杉老师的这番冲动、执拗与冒失吧。让我们暂且都不要把她当成一位为人师者,也不要以一位老师的标准来苛求她吧。别忘了,她比那些女中学生其实大不了多少呢!她像所有正当芳龄的女孩子一样,也是一直在这个世界上寻找着和追求着自己理想中的爱情呢!而且,她好像比一般同龄的女孩子寻找和追求得更苦、更艰难一些。因为她的眼光高哇!

再说啦,待在这所沉闷古板的中学校园里,本来就够让她觉得委屈难熬的了,况且,她也已经二十多岁了!有支歌是这样唱的:星光灿烂风儿轻,最是寂寞女儿心。二十多岁的女孩子,她有她自己的那份寂寞呀!

二

看过小说《围城》的人,或许能记得方鸿渐第一次收到唐晓芙——一个他颇有好感的女孩子——的信时,是怎样的激动与兴奋:临睡时把信看一遍,搁在枕边,中夜一醒,就开电灯看信,看完关灯躺好,想想信里的话,忍不住又开灯再看一遍……

用不着掩饰,田野老师今天晚上显然也染上了和那方鸿渐一样的"病"。

只不过,他看的不是唐晓芙的信,而是顾菲儿的诗——不,应该说是普希金的诗:顾菲儿写在那张淡蓝色小纸片上的那首《假如生活欺骗了你》。当然,说是顾菲儿的诗也没错,因为田野正是一会儿看看普希金,一会儿又翻开顾菲儿的那册《风之花》诗集看上几首的。

这些天来,这册《风之花》诗集一直放在他的枕头边上。他的确已经读完了它,并且绝不仅仅读了一遍。

他似乎一直无法理清这个小女孩的这些真挚而又拙朴的小诗所给他的感受。这是一些早春的花蕾、青青的谷穗、第一次的丁香、没有照过影子的小溪流。这是一些轻悄悄地从心灵的天空里飘落下来的小雪花,飘忽、朦胧、纯净,仿佛一落地便会融化。这是一些少年心事与青春梦想的速写,是花季和雨季的思绪,是一个人的精神历程上最早的小脚印,深深浅浅,且歌且行。其中也有一些非常隐秘、欲言又止的记录,那是只能写给最要好的伙伴看的心事和故事……

一本90年代的《画梦录》?田野这样思忖着的时候,眼前便不时地出现顾菲儿的那双幽静和羞怯的、如诗如梦的眼睛,还有她的长长的略带一点卷曲的发辫和刘海,她的总是带着淡淡的羞赧的脸庞,她的单薄得像一株柔弱的小树一样的身影……

真是诗如其人哦!田野想到。

他觉得就眼前的这册《风之花》诗集来看,这个小女孩显然是不乏写作的天赋和才华的,她敏感、细腻,心灵中好像开着无数的窗,以便外面的风能够吹进去；她也富有美好的想象力，对生活怀着热望，似乎把整个世界都想象成了一个充满了爱心的花园。这一点，田野觉得这个小女孩倒是和自己有几分相似。可以肯定，她也是一个理想主义者、一个小小的梦幻家。在文字语言方面，她也比较敏感，可以看得出来她是过于喜欢婉约、细腻和抒情性的那一类文学作品的。她说过受外婆的影响，她也喜欢唐宋、五代时期婉约派的诗词，喜欢朱自清、徐志摩、戴望舒和冰心等人的作品，外国的尤其喜欢普希金、叶赛宁、狄金森、米斯特拉尔等人的作品……现在读了她的诗，田野觉得这个小女孩对这些人的喜欢是有自己的道理的。他自己就有过这样的经验：有时候原本是不经意地读到的某位作家的某些作品，他会在一刹那间产生了一种精神上的臣服和认同感，他会毫不犹豫地迷恋上他们，坚信他们正是他一直在期待和寻找的某一类作家和作品，不由分说地就把自己的整个心灵交付给了他们——而且，事实上也正是如此：唯有这样一些作家和作品，才能给他安慰、给他鼓舞，使他激动和愉悦，使他获得思想和艺术上的全部的精髓与美感……

田野觉得这是由一个人的性格气质和全部的天赋所决定的，就像每个人都会在这个世界上寻找自己心灵的故乡一样。有一些人，在出生的地方他们好像是过客，孩提时代就非常熟悉的浓荫处处的小巷，同伙伴们游戏其中的人烟稠密的街衢……对他们来说都不过是旅途中的一个宿站。这些人即使在自己的亲友中也落落寡合，在他们唯一熟稔的环境里也始终只身独处。也许，正是这种在本乡本土的陌生感才逼使他们远游异域，去寻找一所永远的居处。说不定在他们内心深处,一开始就隐伏着一种"前世回忆似的"习性与癖好,正是它们指引着这些漫游者重新回到了多少世代以前的祖先们已离开的土地之上。有一天,当他们偶然到达了某个地方,他们会神秘地感到,原来这里正是自己梦寐以求的栖身之所,是他们一直在苦苦寻找的精神的家园和心灵的故乡!只有在这里,他们的心才能平静下来,享受到充分的自由和满足……

田野想岂止是顾菲儿这个小女孩在某一类作家的作品里找到了自己"精神的家园",他自己不也正是这样吗?一首诗、一篇散文、一本书……再加上他的想象,就可能构筑起一个足令他忘却一切而流连忘返的心灵的故乡啊!

既明于此,田野觉得顾菲儿诗歌里的那些俯拾即是的寂寞与伤感,那些莫名的忧郁情绪,便也不难理解了。

是啊!对于一个诗人来说,落落寡合的寂寞感、孤独感,莫名其妙的忧愁与惆怅,也像人类的一切基本感情一样,是与生俱来的啊!

只不过——田野想——作为一个90年代的中学生,倘若一味地沉湎于这种孤独和寂寞的境界与氛围中,则未免有点自我折磨了。要知道,这是她现在的年龄和经验所不能承受的一些沉重和累人的感情啊!十几岁的生命应该尽量多点快活、舒展和绚烂才对啊!人的成长固然是一种痛苦的过程,但是除了痛苦就不能有些别的吗?

更何况,田野想到了顾菲儿留给他的一些最深的印象——她是一个那么单薄、那么娇弱、那么纯洁的小女孩,她的心是过于柔和、单纯和明净的,她恐怕是经受不起哪怕是轻微的一阵风雪的扰袭的,更不用说什么人生的挫折与苦难了。她来来去去的样子总像是一只"拣尽寒枝不肯栖,寂寞沙洲冷"的小鸟,让人担心,惹人怜爱,使人一看见她就不由得会产生一种冲动,想走上前去扶她一把,把自己的怜爱和温暖分一些给她,或者是轻轻地把她搂在胸前,轻轻地握一握她的小手,然后轻轻地告诉她:"孤独的小女孩你应该抬起头来,让自己快乐些,再快乐些啊……你看,我们大家不都是很快乐的吗?"

想到这儿,田野不由得一惊,想到哪里去了呢!

他感到脸颊上一阵灼热。幸好这是独自在头脑里产生的想法。他下意识地摇了摇头,仿佛要赶走刚才这个有点荒谬的念头似的。

唉,也许,这是因为她还小吧?也许,再过几年一切都会改变的吧?就像刚刚冒出地面的幼嫩的笋芽,过了春天,进入夏天,它就会变成一株挺拔有力的绿竹的!人的成长不也是这样吗?毛毛虫挣脱出狭窄的茧壳,才有可能成为快乐、自由的蝴蝶啊!

田野想,顾菲儿虽然孤单,虽然娇弱和寂寞……但她绝不是那种毫无主见、人云亦云的小女孩。她是有她自己的生活准则和人生理想的。她心灵敏感、个性强、多愁善感,一旦对什么有了好感,是不会轻易放弃和改变的。譬如对文学、对写作的热爱吧,显然,她是极其自觉和自尊的,而且,可以相信她还颇怀着几分痴迷、几分自信的……

那么,现在要紧的是,田野想,作为她的语文老师、班主任,他应该给予这个小女孩一些帮助了。

田野当然是能够感觉出来的,这个小女孩对他是十分信赖和热爱,甚至也可以说,还带有几分崇拜的。别的且不说吧,单是她夹在还回来的这叠诗稿里的这张抄着普希金的诗的小纸片,就足以说明她对自己的老师是理解和关心的。田野想,显然她是知道了老师们开会时的争论了,而且也知道了他的情绪正有些低落,可能还想象着他正有着一种被生活"欺骗"了的失望和幻灭感吧?所以她想到了应该为自己的老师鼓一鼓气的,应该送给自己的老师一点安慰的。她可能为此还煞费了一番苦心呢,最后终于想到了请诗人普希金来替她说话……

应该说,她的美好善良的愿望达到了。田野老师的确也从这张淡蓝色的小纸片上看到了一种光亮,感知到了一种温暖,体会了一种莫大的安慰。他甚至在读了小纸片上的诗句的一瞬间,感到了一种有如来自亲人般的温情与关切。这种感觉深深地渗进了他的心田里,使他的眼睛也禁不住有点潮润和迷蒙……

那么,对于这样的一个真挚、细心、善良和好学的小女孩,他想他只有加倍爱护、全力以赴地去关心她、帮助她才对啊!除此之外,他还能做些什么呢?

他这样一边想着,一边又情不自禁地翻开了那本漂亮的《风之花》诗集……

正在这时,外面响起了轻轻的敲门声。

三

猜猜是谁在敲门？

当然是林杉老师了。

不过，田野却一点也没想到，林杉这时候会来敲门。他起身开门，见是林杉，先是一怔，随即又有点欣喜地打趣道："吓我一跳！我还以为是'狼外婆'在敲门呢！欢迎光临寒舍，欢迎……"

林杉本来是绷着脸上楼来的，那样子有点像秋菊要找村长打官司，讨个"说法"似的。现在一见田野的那张笑脸，又听他这么一说，心中的那股怨气先泄了三分。是呀，人家田野又没得罪你，凭什么拿脸色给人家看？再说，如果真是把气氛弄得僵持和别扭了，谈话都没法谈了，那你林杉不是自讨没趣吗？这样一想，林杉那绷着的脸也就很自然地松开了。不过，说出来的话却还不能完全不带一点儿怨气和娇气的："是呀，在诗人眼里，我们这号人当然像'狼外婆'了，又老又丑，哪比得上……"

说着便不由得瞧了瞧门外，生怕别人听见。

田野上前关好门，把搁在那把硬木椅上的衣服拿开，让座给林杉说："歌唱家周末来访，不胜荣幸！可惜的是我这里没有咖啡，也没有高级音响——喏，只有这么个小收音机，要不要放一盒磁带听听？"

"留着自个享受吧您！"林杉环顾着小屋里简单的陈设，像女皇在巡视自己所辖的领地上的一个边塞小镇，颇为满意地说，"很好，蛮整洁、蛮清爽的嘛！一点也不像个单身男人的宿舍。哦，还有一盆

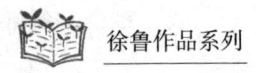

兰草！果然是诗人的情趣……"

"惭愧！惭愧！整天是办公室、教室、上课、下课、外加补课，别说诗早就'拜拜'了，就是心也快要被磨得像一颗煮硬的蛋了。"田野为林杉倒了一杯开水。

林杉一边捧着暖手，一边巡视着书架上的那些文学书，撇着嘴说："说得倒心灰意冷的，谁知道心里其实是多么充满激情呢！整个下午找不到你人影儿——我们当然找不到啦！诗人喜欢在雪中漫步嘛！"说着，娇嗔地瞟了田野一眼，那未说出口来的意思是：看你怎么解释！

田野一下子也意识到了什么，脸色微微一红，心想怎么这么巧？偏偏被她看见了呢！好在他心里还比较坦然，便微笑着说道："您别误会。今天是顾菲儿值日，收作文本收晚了，又是雪路，我怕她一个人回家不安全，所以才送她一段的。"

"您也别敏感呀！"林杉心里暗暗一笑，到底是一个纯朴、诚实的大男孩啊，一点谎都不会撒，不过她嘴上却偏偏还要再激他几句，"班主任嘛！关心、疼爱自己的学生，应该的！应该的！何况还是一个那么秀秀气气的、心中充满了诗情画意的小女孩。"

"算是让你说对了，这个小女孩的确很有写诗的天赋，诗写得很真挚……"

"那就更应该好好跟她谈谈了。"林杉心里酸酸的，说起话来也就变了味道，"人才难得嘛！嘀，风雪、黄昏、小路、少女……再加上诗。天！这真是太浪漫、太抒情了！"

"多好的想象力啊！"田野当然听出了林杉话里那另外的音儿，

但又不好去辩驳什么。他想把话题岔开,却又一下子想不到说什么才好,便只好叹叹气道:"唉!班主任就不是人呀?就只配夹在校领导和学生中间受夹板气呀?就只有在教工会上受责难的命呀……"

"我可没这个意思。"林杉望着田野,仿佛要从他的脸庞、眼睛一直看到他的内心里去,"你别想'王顾左右而言他'。暂时别说什么班主任,我现在只是在和一位浪漫的诗人对话。你还记得吗?我说的话果然是应验了——一个人如果喜欢诗歌,她也就会喜欢诗人……"

田野无可奈何地笑道:"瞎说了吧?她还是个孩子……"

"今天是个孩子,明天就是大人了嘛!"

"那样我成了什么人了?"

"这有什么!古今中外这样的例子多得很。琼瑶不就是一个现成的例子……"

"哎!真是越说越不像话了!"

"怎么,说到你的痛处了?"林杉觉得似乎已经达到了目的,便就此打住道,"真没想到哎,田野,你会有这么多的崇拜者!"

林杉说完便用一种半是得意、半是嗔怨,甚至还带着点儿娇媚的眼光盯着田野。

田野对这样的目光虽然已经熟悉了,却一直不能习惯。他无可奈何地把双手插进了头发里,缓缓地低下了头。

一阵长时间的沉默和寂静……

静得使两人仿佛都能听见对方的心跳声。

只有外面的夜风在呼呼地吹着,一会儿在窗外轻轻地拍打几下小小的窗户,一会儿好像又转到了门外想要偷听一点什么似的……

林杉轻轻地转动着手中的杯子,显然正在期待着田野抬起头来,回答她点什么,或者告诉她点什么。

田野却不知道该怎么办才好。

他在艰难地挣扎着。

他已经无法回避林杉对他的态度了。他在想,难道真的是爱情已经降临?

他似乎还一点准备都没有呢!

或者说,他虽然早就感到了林杉对他的亲近与好感,但他却从没有想到过这就是爱情了。

不,这不像是爱情!田野觉得他对林杉一直是怀有一种敬畏的感情的。他好像永远无法走近她的身边,更无法走到她的心灵里去。

是的,他们不是可以永远站在一起的人。

从田野看到她的第一眼起,他就觉得她是一个高高在上的女神,而他只是一个园丁、一个仆人、一个沉默的马车夫……

这不单单是因为她的高傲和自信。

这也不单单是因为他的敏感和自卑。

她也许可以成为一个很理想的、很有诚意的朋友,却不可能成为一个可以一起走长路的伴侣。就像一个故事里讲到的,有两只在冬天里相遇的刺猬,因为太冷的缘故,它们说:"让我们靠近点吧。"于是它们就靠近了。可是不久,它们身上的刺就互相扎痛了对方……

然而此刻,在互相还没被扎痛的时候,回避和沉默却又是无济于事的。

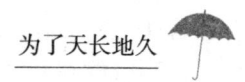

田野明白,现在已经是到了需要他来回答的时刻了。

可是,他该怎样回答她才好呢?

林杉也仿佛注定了不是那种能够长久地忍耐住什么的人。她希望从田野这里能够得到一个使她满意的回答,但她也绝不是那种非要强迫着田野去爱她不可,非要向田野祈求一点什么的人。

她似乎已经看到了田野的犹疑难决的内心。他的这种态度首先就使她失望了几分,不过她还不至于彻底绝望。她苦笑了一下,仿佛想缓解一下眼前这颇为尴尬的气氛:"田野,你哑巴啦?这是在你家里呀!把头埋得那么深,怕我吃掉了你似的!"

田野难堪地抬起头,好像还没找到最合适的开口的线索。

"如果我没猜错,你刚才肯定是在想,该用什么话把眼前的这个女孩打发走,对不对?"林杉问道。

"不,不!"田野说,"我刚才想到了……诗人徐志摩讲过的一个故事……"

"天!你想什么故事去了?"

"你别着急,听我说完嘛!说是以前,在16世纪,有一个意大利的牧师学者到英国乡间去,看见了一大片盛开的苜蓿,在阳光的照耀下有如一湖欢舞的黄金。牧师当时惊喜得手足无措,扑通一声跪在那里,仰天祷告,感谢上帝的恩典,使他看见了这样的美、这样的神景……"

"那么,你绕了这么大一个弯,想说明什么呢?你是想说,你就是这位牧师,而我是阳光下的那片苜蓿?"

"正是……"

"那我可真是不敢当了！只是，我有点不明白你们诗人的语言了，你这是在恭维我呢？还是……"

"不是恭维，当然也没有……别的意思，只是一种……一种真实的……感受……"

田野在费劲地寻找着恰当的词语。

他的回答使林杉不免有些失望。

她苦笑了一下："真是谢谢你啦，田野！承蒙一位诗人如此……煞费苦心地赞美我……不过，"林杉的眼睛有点热辣辣的，"有一个问题我一直弄不明白，你——一位可以说是才华横溢的诗人，却为什么有着那么多的莫名其妙的自卑感呢？"

"没办法，与生俱来的吧……"

"或许，过分的自卑就是另一种自负？"

"不，自卑就像是一个人心灵里的十字架，它是一种……宿命。"

"不可能改变了？"

"大约……不可能了！"

"那么，假如……假如……给你更多的时间……有人也愿意……帮助你，等把你心上的十字架卸下之后……"

"这……恐怕只能让人家失望的……"

"不！田野，时间可以改变一切的！你听明白了吗？时间！你这……木头！亏你还是诗人！……"

田野无话可说了。

没错，他现在正像一截木头，连一点诗人的影子都没有。岂但没有，说实话，面对自己的生活和未来的命运，他甚至有点惧怕诗、惧怕浪漫……

"好了,我该走了!"林杉虽然意犹未尽,但也实在觉得时间已经太晚了。今天过去了,还有明天嘛!她站起身来,却又不甘心就这么离开。她娇嗔地命令田野道:"不要你送,只要你给我找本书看吧,随便什么书,你喜欢的就行。"她这时的心理,正如《围城》里说到的,仿佛冷天出门的人临走时还要向火炉前烤烤手。

田野给她找了本萨特的小说《理智之年》。

四

寒假已经临近了。

还在期末考试前,田野就在班上说过:"响鼓不用重锤,这个意思我想诸位都懂吧?请你们放心,至少我个人不会只以分数来论成败,但是我想既然你们一个个都自视甚高,而且也美名远扬——藏龙卧虎的一个班嘛!所以,你们恐怕在台面上也要过得去吧?打个不恰当的比喻吧:不是每个商人都是用拥有金钱的多寡来衡量自己的成败,但是,可以肯定,每一个商人也都不愿把自己弄得不名一文、衣衫褴褛的吧?"

田野的话还没说完,有人就嚷嚷上了:"田老师您放心吧,就冲您这番话,我们拼了命也得给您争这口气!"

"没错,士为知己者死!我豁出去了,就是不吃不睡,也要给您弄它个几百分回来!"柯豆儿摩拳擦掌,表现得比谁都英勇。

"那就太好了,连你柯豆儿都可以考它个几百分,那别的同学我就谈都不要谈了。"田野微笑着说道,"不过,身体是革命的本钱,你们都给我保重着点儿。别到时候诸位的父母大人都跑来向我抗议,说我虐待诸位……"

"老师您什么也别说了!不就是一个期末考试吗?又不是上刀山下火海!"管家琪逢到这时候如果不出来说上几句,她也就不叫管家琪了,"您老人家就放心吧!我们一定考出个空前绝后的好成绩来向党——不,向您汇报!"

听听,什么乱七八糟的都有呢!

"对!也让校长他老人家,让某些老先生们看看,咱们甲班到底是藏污纳垢,还是藏龙卧虎!不蒸(争)馒头也得蒸(争)口气嘛!"这自然是唐兵的声音了。

"好,好极了!你们个个都有一副侠肝义胆嘛!就算我啰唆吧。还有,我听有的老师反映,说咱们不少同学上复习课时一心二用,老喜欢在下面窃窃私语,这一点你们也得适当照顾着点儿吧?当了大半辈子老师,没想到现在碰上了你们这一个个'才高八斗''学富五车'的学生,老师们也难呀!甭说是要让你们执弟子之礼了,就算是互敬互让吧,45分钟的一节课,也应该安安静静、遵守纪律才是呀!对不对?……好啦!我这里点到为止,也让诸位心里有点儿数。完了。"

事情偏偏就这么怪哉!以往每次大考小试之前,无论哪位老师,也都会苦口婆心地在班上动员一番、鼓励一番,大意都是说自己的这门课如何如何重要,这次考试如何如何关键,复习的重点应该放在哪几个单元,等等。可是一考试,结果又总会使老师们大失所望!不用说,所有考试前的口舌都算是白费了。

可是这次,田野似乎并没苦口婆心地多说什么,学生们却都仿佛拿出了"为朋友两肋插刀"的劲头来对待期末考试了。而且考试的结果,也果然是没有给他们的田老师丢脸。

看来,这其中真有一番该怎样去掌握当代中学生的心理的学问呢!

临放寒假的前一天,林杉在办公室里瞅机会截住了忙忙碌碌的田野,说道:"好一个班主任同志,看你忙得像校长似的!"

田野笑道:"唉!班主任,婆婆妈妈的,苦力活嘛!不过,您要是实在太羡慕这份差事呀,我可以向校长推荐推荐,把这个甲班让给您……"

"去你的,我才不给你垫背呢!"林杉亲昵而又不屑地撇了撇嘴。

"对了,寒假到了,有什么安排吗?"田野很随便地问道。

"怎么?关心我呀?"林杉故意地叹了口气道,"唉!我们这样的凡夫俗子能有什么安排呢?无非是去南方转一趟呗,像刘姥姥进大观园似的,去见见特区的世面。"

"嗬!真是站着说话不腰疼啊!这还不够浪漫的?南方之旅,红灯酒绿……"

"得,你先别说我,你呢?是准备去江南赏梅呢,还是到北国踏雪?诗人的冬天不都是这样过的吗?"林杉故意要套一套田野。

田野笑道:"说得真够阔气的呢!我要是有那等福分,也就不在这里当教书匠误人子弟喽!不瞒你说,生为乡下人,就像乔治·桑说的那样,根本适应不了城市的喧哗,而且无论什么地方,也都比不得家乡的泥土美啊!"

"你别害怕,我还没说要你和我一起去特区看看呢!再说啦,我就是有这番意思,也怕人家一口拒绝啊!"

"唉!野人怀土,小草恋山,除了故乡的小村庄,还有哪里可供我们这些乡下孩子栖息呢?谁比得了你们这些高贵的小姐、先生,除了城市,还是城市……"

"你下面该不是要说,城市是什么?城市不就是充满了物欲和铜臭的地方?"

"不,城市是富人们的天堂,城市自有城市的美丽……"田野嘴上这么说着,心里却想,有一首诗幸好你没看见过,否则不知道你又该怎样撇嘴了。

那是首诙谐曲,是田野大学毕业的时候,一位爱开玩笑的同学写在他的纪念册上的,题目是《仿叶赛宁,戏赠田野君》,诗中用的是田野的一位老乡亲的口吻:

听人说你要去外省流浪
那么,苦命的孩子
你一定要好好地往前闯荡
不要像我们一样活在世上
不要想家也不要忘了家
山外的风大,天冷的时候
不要忘了多加些衣裳
切不要让城里人骗去了什么
更不要把真心话儿对他们讲

尤其不要

叫城里的女人迷上

不知道你们做诗的人

是不是像你爹当年

给人家做木匠一样

无可奈何而又艰辛

唉！苦命的孩子

要是你实在做不下去啦

那你就赶紧回来吧

回到咱这河滩上的村庄

做些实实在在的庄稼活儿吧

说不定还能选上个村长当当

在村里再挑个能干的媳妇

也总比城里的女人们善良……

  当时田野就觉得，这虽是"戏赠"，却也似乎是"一语中的"，颇为写实呢！

  现在看林杉不停地撇嘴，这首诙谐曲便顿时又浮上了田野的心头。

  林杉仿佛是接着田野心里的思绪说道："说得倒很轻松动听，谁知道你心里是怎么想的！说不定正惦念着老家的什么梅呀秀的，那些青梅竹马的小阿妹呢！"

  田野心里不由得一惊，这人怎么这么厉害？仿佛自己心里的声

息她全知道似的！

两天后,学校正式放了寒假。

眨眼之间,人去楼空,校园里变得一片空旷寂静。

林杉收拾了行装,真的要到深圳一个女同学那里去过春节了。临走时,她也没忘了来和田野道一声别:"一切诗人都是还乡的——这好像是哈代说过的吧?看来,你也一点不例外。那么,诗人,只有春节后再见啦?"

田野也笑着说道:"但愿特区的灯红酒绿不会使你乐不思蜀！祝你玩得开心！"

田野帮她提着行李,一直送她上了火车。

第二天,他也背着一个小小的行囊,独自踏上了回故乡的道路。他已经有好几个春节没回老家过了啊！

第十一章 乡梦依稀

一

啊,大青山!啊,故乡……

这是田野日思夜想的地方。

像中国所有的乡村一样,大青山这片古老的土地上也曾经有过极其艰辛和贫困的岁月。它没能送给田野那一代乡村孩子一个稍有温暖和欢乐的童年,却让这些贫穷无助、敏感而自尊的少年一个个都吃尽了苦头,过早地尝到了人生的艰辛和苦难,并且也逼迫着他们中的不少人,早早地离开了故乡,远走四方,在异地寻找着各自那未知的前程……

田野正是这样一个少小离家的人。

然而,正如黄昏的树影拖得再长也离不开树根,这些纯朴和正直的乡村孩子,走得再远也没能走出故乡母亲的心。在遥远的异域他们也许都受尽了诱惑、历尽了沧桑、尝遍了世态的炎凉和酸甜苦辣,但无论走到哪里,无论处在什么环境,他们都无法忘怀自己的那个并不富有的故乡。毕竟,那是生养了他们、哺育了他们生命的地方。再穷再苦也是故乡,也是母亲啊!他们的心灵里会时时回荡着一个声音——那是来自家乡的亲人们的呼唤;那是一种有如前世回忆似的、而今生今世也将永远无法剪断的乡土情结!

田野也深深地明白,他那与生俱来又永远摆脱不了的乡愁,他和故乡大青山密不可分的精神联系,也是他心灵中最沉重的"十字架"。当他寂寞的时候,当他一个人在夜深人静之时,徘徊在异域的星空之下,当孤独使他渴望友伴、使他想家、使他怀念起童年时的山岗、田野、村庄……的时候,他会清晰地感到这个"十字架"在他心里的重量。

> 响一声孤雷四十九天旱,
> 你的恩情我一生报答不完。
> 你为我生为我死,受尽了饥寒;
> 你为我哭为我笑,历尽了悲欢。
> 也曾经抛我弃我在野岭荒山,
> 你到最后又把我紧紧搂在胸前。
> 冻过我饿过我,又疼过我爱过我,
> 你让我尝遍了人世的冷暖与甘甜。
> 让我掏出我的心血来供奉你,
> 你是我脚踏的大地头顶的天……

这是田野写过的一首献给故乡母亲的诗。

他坚信他的一切——七尺的身躯、一生的力气,还有他的这颗心……都是属于故乡大青山的,是不属于任何人的。即便是他把自己的一切都交付给了大青山,他觉得他也仍然无法卸去长期以来压在他心灵上的那种对于故乡和亲人的感恩的重负!

现在,他又一次踏上回乡的道路了。

他想到了自己写过的诗句:"亲爱的故乡啊,贫穷的故乡,我在为你而奔走,虽然我可能终其一生,都在远离你的地方流浪……"

难道说,这也是一种无法改变的命运吗?故乡真的只能离自己越来越远,而自己的一生都将在远离故乡的地方度过了?他这样思忖着。

火车驶过蓝村之后,便离故乡越来越近了。

田野倚靠在车窗边,一声不响地盯着窗外不时地闪过的乡村大道、山冈、树林、田野、村庄……

他的心在剧烈地跳动着……

他想起了自己童年时的村庄,想起了村边的那座老磨坊,想起了在老磨坊里一起捉过迷藏、避过风雨的那些相濡以沫的伙伴们……

是啊,在那寂寞和贫困的年月里,那座老磨坊曾以它低矮、狭窄而温暖的屋檐庇护过他们、抚慰过他们。或者也可以说得阔气与浪漫一点:老磨坊就是他们这一代乡村少年的心灵的憩园和伊甸园,是他们的年幼无助的生命的金窑和避风港,是大风雨、大风雪中的一小片温和的晴空……如今,多少往事与景象都被时光的流水冲洗了,而老磨坊还那么牢固和清晰地矗立在他的记忆与感情的深处,成为他遥远的童年时光的一个沉默的见证……

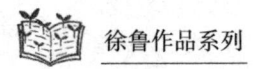

一想起老磨坊,田野的思绪便变得异常活跃起来。不过此刻,他想得最多、最想见到的人,就是他童年时的好伙伴小水哥了。

火车在冬日的山岭间飞驰着……

玻璃窗上有了一层薄薄的雾气。田野伸出手擦了擦,好使自己能够看清外面匆匆闪过的景物,但他仍觉眼前一片朦胧。他知道这是一种越来越靠近故乡的熟悉感,使他的双眼不知不觉地变得湿润和模糊了。

"哦,小水哥,小水哥……"他在心里念叨童年伙伴的名字,眼前闪过那已变得久远的少年时光……

是的,他无法忘记过去的岁月留给小水哥、留给他们这一代人的心灵上的伤痛……

二

如果说幸福的童年都是相似的,那么,不幸的童年便各有各的不幸了。

田野记得那时候在他们村庄里,在那条联结着高高的大青山古道的小街上,小水哥的爹虽然长得高高大大,却是一个出了名的酒鬼。单说这过日子吧,春天不用说,除了大队部里的几个干部,其他社员家里都一律是难度春荒,一天能有几个苞米饼子啃啃也算是过年了。到了秋后,按说家家都会分到那么一点点粮食,会过日子的人家自然会精打细算,例如把细粮背到集上去换成相对多的一点粗粮。而不会过日子的呢就像小水哥的爹,他可不管那么多,先让小水背上半口袋麦子去店集换几瓶子酒回来再说。好像白酒就是他的饭,就是他的"维他命"一样。然而酒终究是酒,一喝就醉;一醉就哭天喊地或唏唏嘘嘘。日子原本就过得窄窄巴巴,艰难不堪,再加上小水的娘死得早,撇下大眼瞪小眼的四个孩子,可想而知小水哥的家境是多么酸楚,多么悒郁寂寥了!天知道一年三百六十五天,他们的日子是怎么过来的。

小水哥就在这样的一个家里成长着。

他是一片稗草中的青谷,是一颗在混乱中诞生的星星。他爹不争气,但他却有着比村里其他孩子更多的志气。

他是老大,起得早,睡得晚。他上了坡,能扶犁会打垄;回了家,会刷锅做饭,也会哄弟弟妹妹,甚至还会缝缝补补。这是生活逼出来的,没有法子呀!谁知道小水哥默默地忍受了多少委屈!

到队里参加集体劳动,那些干部家的子弟都是带着白面馒头,炫耀地在同学面前大咬大嚼,大吞大咽,好像也不怕噎死,既馋人又气人;小水哥却什么吃的也没有,饿着肚子躲到山背后去搓一把青嫩的麦粒偷偷地塞进嘴里。没有人看见他躲在哪里,只有田野看见了,便悄悄跟着去,把自己仅有的两个熟土豆和他分着吃。

小水哥吃完抹抹嘴对田野说:"小弟,听说俺大爷爷的腰闪了,好利索了没有?俺家里还有一点蛇酒,傍黑天俺给大爷爷送去。"他管田野的爷爷叫大爷爷。

田野说:"爷爷在大青山上给你刨了点臭瓜,都晒好了,叫你抽空拿去卖了,给你妹妹买双鞋吧。你爹这两天好像没再嚎天了?"

"早就没酒了。地瓜干都吃完了。幸亏前天俺舅背了一布袋苞米

来,要不真是揭不开锅了。愁死俺了,小弟!有时俺真想俺爹死了算了!"

田野看见小水哥的眼里含着泪水。小水哥是气呀!田野赶紧安慰他说:"快别这么想,小水哥。我叫爷爷再去数落他一顿。这样好不好?咱们明天叫上四妹、小玉她们上一趟大青山,捉一晌午的蝎子,卖了钱都给你。你不用愁、天无绝人之路!爷爷常这么说。"

"大爷爷待俺一家真是太好了,俺一辈子也忘不了!"

田野回家把小水哥的话和他家的情况说给爷爷听。爷爷叹息着说:"难哪!难为这孩子了!小水的爹怎么就这么不成人呢?"

爷爷的东厢房里又传出一阵呛呛的咳嗽声。

爷爷是全村人最尊敬的长者,家家户户的忧乐悲欢都牵系在他的心上。

如果说爷爷是村里老一辈人的主心骨和引路人,那么,小水哥则是爷爷的真正的"传人"——是他们这新一茬人的兄长了。而老磨坊,成了小水哥召集伙伴们议事的"聚义厅"。什么事他们能瞒过老磨坊呢?

譬如说四妹吧,她是村里人人疼爱的小丫,还未成人,她的后娘就要把她嫁到山外。四妹哭着跑到老磨坊来跟田野说。田野没主意,撒腿就去叫小水哥,小水哥撂下饭碗就跑来了。

见了四妹的后娘,小水哥开门见山:"大娘您可是个明白人,怎么这下就糊涂了呢?您这不是明摆着让村里人戳您的脊梁骨吗?四妹可是咱村人人疼爱的小丫,她才14岁呀!"

四妹后娘只顾忙自己的,不打算搭理小水哥。

小水哥看出来了，又说："大娘您要是真的容不下四妹，那就让她搬到俺家去住，做俺亲妹妹，俺爹也会同意。反正是挨饿，多一口少一口，只要四妹乐意就中了。"

四妹的后娘这下开口了："小水你待俺闺女好俺知道，可大娘也是没法子呵！她那个哑巴哥哥总不能打一辈子光棍吧！"

"好哇！大娘，原来您是拿四妹去给您亲儿子换亲呀！"

小水哥一急，拔腿就去找田野的爷爷。

爷爷听了，烟袋锅往炕上一扔，吩咐小水哥说："你去给我把四妹的后娘叫来，就说我要听听她的打算。不信还反了她了！咱村里的大妹小丫被逼出去的受的苦还少吗？母鸡还知道疼小鸡不是……"四妹后娘当然不敢来见爷爷。

就这样，因为有爷爷和小水哥这一老一少的阻挠和保护，四妹终于没有重复村里许多大妹小丫的命运。她在老磨坊里扑通一声跪下说："小水哥，你要是不嫌弃俺，俺长大了就做你媳妇。"

小水哥满脸羞红："傻四妹，傻妹妹，你看你傻到哪里去了！要谢得谢咱大爷爷。你回去甭怕你后娘。有什么委屈还到老磨坊来找我们。我、你田野哥都会帮你的！早些长大吧，长大了就好了……"

那年田野15岁，小水哥16岁。

又过了两年，田野家也连遭不幸。

爷爷去世了，田野的母亲也病故了，日子沦落得跟小水哥家一样。

记得送爷爷上山那天，小水哥拉着他的衣衫褴褛的弟弟妹妹，一字儿跪在爷爷的棺材前号啕大哭。小水哥哭得最伤心："大爷爷，大爷爷,您就这么撇下俺们走了!您不是说要活到俺长大,好养您的老吗?大爷爷……小水没有报答您呵……"

以后,小水哥打柴拾草,总要背着篓子到大青山上爷爷的坟前去坐一会儿、去哭一场。他把学校奖给他的一个笔记本和一支钢笔卖给了一个有钱的同学,去买来一束香点在爷爷的坟头上……

家里的日子实在过不下去了,田野决计要离开村庄,到外省去接受一个亲戚的资助,继续求学,他把这个想法告诉了小水哥。

小水哥还是赤着脚蹲在老磨坊的碾台上,沉默了半天,然后站起身说:"也好,去吧,小弟。俺小水这辈子是出不去了,就留在咱村做一辈子的庄户孙吧。你出去好好地闯荡几年再回来,别把咱爷爷、咱村、咱大青山和咱弟兄们忘了就行了。过几年咱们还在这磨坊里等你。出去修好了学业,就捎个信回来。有人欺负咱,先忍着点。把书读好了,混个样子给人家看看……"

那天,在老磨坊里小水哥一直和田野说到雾起时分。有了小水哥的鼓励,田野离开家乡出去闯荡的信心更坚定了。

那年冬天,小水哥跟着村里的大人赶着毛驴去了一趟东海岸,帮人驮了几趟盐巴,挣了十来块钱回来。他特意买了一把折叠伞送给田野,田野不要,他说:"带上!在外面用得上的,俺家穷得实在拿不出什么来送你。怪你小水哥没本事。原本想养的那只鹅会下几个蛋,煮上你带着路上吃,可那家伙硬是不帮巴人。俺对不住人啊!小弟你放心,爷爷的坟由俺看着,你家的事就是俺家的事……"

他们流着泪在老磨坊里度过了最后一个傍黑天。

第二天早晨,天刚蒙蒙亮,田野就冒着寒冷的大风雪凄凉地离开了家乡……当他站在大青山古道上回过头再看一眼自己的村庄时,他不由得朝着睡梦中的那片低矮的屋舍双腿跪下叩了三叩!他在心里说:"安息吧,爷爷!多保重呵,小水哥!……"

三

许多年过去了。

现在,田野和他的小水哥,还有四妹、小玉等一大群伙伴都已长大成人了。生活逼迫着他们各自在不同的土地上度过了同样的风风雨雨、冷暖炎凉、任劳任怨的奋斗的年月。

意想不到的是,小水哥如今已成了家乡大青山一带人人皆知的"农民企业家"了。他的弟弟妹妹,有的上了大学,有的正在他所经营的村办地毯厂做工。小水哥曾写信告诉过田野,他们的地毯已远销欧洲,前景可观……

田野也曾想到过,依小水哥当年的学习成绩,中学毕业时考一所大学是不成问题的。恐怕是他为了供弟弟妹妹们上学念书而自己做出了默默的牺牲。写信一问,果然是这样的。

而且更可喜的是,当年的四妹现在真的成了他们的大嫂了。因为村里的街坊邻居都站在爷爷、小水哥和四妹这一边,四妹的后娘后来也就不敢冒全村之大不韪而一意孤行了。如今四妹成了小水哥的得力帮手,两人一起把一个小小的地毯厂侍弄得红红火火。

那座曾庇护过他们,一度成为他们议事的"聚义厅"的老磨坊,因为村里要修公路而不得不拆掉了。但拆不掉的是他们对于它的怀念与感谢，是一颗颗在磨坊里成长和成熟起来的朴素无华的心，是一种不能打垮的热爱乡土、忠于友情的向心力、凝聚力和对于追求美好生活的不懈的信心！

哦，别梦依稀，乡情悠悠；犬吠鸡鸣，新屋广畴……

还是那条弯弯的童年的小路，又一次带着田野回到了自己熟悉的村庄。

他站在村边的老磨坊的废墟上，仿佛就是站在往昔时光的废墟上。他似乎听到了从废墟中传来的、自己曾经失落在这里的朴实的童音，看到了那个衣襟上总是别着蓝手帕的小男孩正蒙着双眼在和小伙伴们捉迷藏时的身影……

回到故乡的当天，他就去看望久别了的小水哥。小水哥高兴得把能够找到的当年的小伙伴们都找到了一起。看得出，小水哥明显地因操劳过度而早生白发了，但他说话的声调和神态仍如当年。他们就坐在老磨坊的废墟上，沐浴着满天的星光，说笑着、畅谈着各自别后的情景。

伙伴们告诉田野，这些年来小水哥完全继承了爷爷的遗愿，为全村的老老少少没少操心。小学校的那两排新瓦房，就是他和四妹出钱盖的。为了鼓励村里孩子们好好读书，为全村扬眉争光，小水哥还在村小学设立了奖学金，奖励年年品学兼优的孩子们……

说到这些，小水哥蹲在一角摆着手说："伙计们别说这些了吧，咱们只要想一想那些年街坊邻居们怎么待我们兄妹的，便会懂得我小水的心。今生今世我就是把自己整个儿变成马、变成牛，也报答不完乡亲们的恩情。可惜的是大爷爷他去世得太早了！要是他老人家

能活到今天,能看到咱村现在的景象该多好啊!一想到他生前我竟无力孝敬他老人家一口水、一口饭,我心里就难受,觉得有罪一般……"

他这样说着眼里已噙满了泪水。

这时候,伙伴们都不由得把目光望向大青山的阳坡,受人尊敬的爷爷,躺在那里已有十多年了……

小水哥说:"小弟,你沿村先转转。赶明儿咱们带上孩子,一起到爷爷的坟上去。"

伙伴们说:"这些年小水哥年年清明都给大爷爷去上坟,一去就哭得伤心。"

田野紧紧地握着小水哥的粗大的双手。

小水哥擦干眼泪说:"小弟,你是好样的,没忘了咱大青山。你给孩子们教书、写书时,得告诉他们,咱这一代人过去的年月里所受的贫穷、委屈和艰难。那样的日子让他们懂得是必要的,但绝不能再让他们去亲身经历了。让老磨坊作证——不,让咱们的高高的大青山作证吧,咱们还得好好劳动,好好过,让日子变得更富足些、更轻松些……"

田野像一个从天涯归来的游子,看不尽望不够地一遍遍地徜徉在村里村外的每一个地方。他想到过去的年月留给小水哥、留给他们这些少年的忧愁真是太多了!现在,小水哥能有今天,他们的村庄能有今天,这既是时代的造就,又何尝不是这些乡村伙伴们自己奋斗和努力的必然结果呢?否则,未免太不近情理了!

从爷爷的坟上回来,田野又去村东看望了自己念小学时的王老师和他的女儿小玉。王老师把自己的大半辈子都交付给了大青山腹地的这所山村小学,如今他也已到了风烛残年。王老师多才多艺,吹拉弹唱样样在行,他的字在他们那一带远近闻名。田野记得,那时候每到年关,全村每家买来的大红春联纸都送到王老师这里来。放寒假的前几天,他们做学生的都成了为王老师按纸磨墨的书童。王老师的字写得漂亮而流利。那时学生们都跟着他学习写大字。大红纸按照每家的要求裁好了,大门联归王老师写,而那些诸如贴在米缸上的"五谷丰登"、贴在衣箱上的"衣裳满箱",以及贴在窗户边的"抬头见喜"等小条儿,就归他们这些孩子来写了。他们的字可能写得不太好看,但他们的心是诚实而端正的。在他们那样的小村里,一家的欢乐几乎也就是公共的欢乐,每家大人来取春联时,他们总会赢得一片"名师出高徒"的赞语。而王老师这时候会一个个地看着他们,满意地说:"以后全凭孩子们自己的造化了!"整个村庄内外充满了过年前令人喜悦的气氛。平日里邻里之间、孩子与孩子之间的偶尔的不快,也在这喜庆的气氛中化解了。

王老师还会剃头。田野记得,那时候每当下课时,王老师就拿个小凳放到树荫下,然后一个接一个地叫出长头发的孩子,三下五除二就剃好了一个头。当时只要一看到剃平头的孩子,人家就会知道这肯定是王老师的学生。他像一位好父亲一样管束着村里的每一个孩子。有些事管得很严,如夏天是绝对不准他们私自到河里游泳的。有些事则显然是放纵了他们,例如有的孩子放学回家时偷挖了人家的花生或拔了人家的萝卜吃了,人家告到了学校,王老师先是向人家赔不是,然后总是叹叹气说:"孩子是饿啊!吃了就吃了吧,你能让他吐出来吗？"他的严厉的教鞭也从来没有因为这样的事而落到孩子们头上。倒是不少调皮的孩子因为私自到深河里游泳而挨了些他的教鞭。用他的话说："看来你是肉皮子痒痒了。"于是他的教鞭会恰如其分地让某些同学的肉皮子不那么"痒痒"一番。现在想来，田野觉得王老师是那样心疼他们，而为了尽可能地宽容他们和保护他们，在那样的年代里，他是竭尽了他的全力的。

田野也从来没有忘记，王老师一直是格外喜欢他，并且对他寄予了很大的希望的。王老师那时候常在村里的老人们面前夸耀说："别看这个孩子平时不声不响的，这可是一支不出水的桨呢！"王老师说这话时，那神态好像已经看到了这个少年的灿烂前程似的。

但他没想到，没过几年田野也像一只小鹰一样，展开翅膀飞走了。不过，王老师在家乡仍然可以不断听到田野的一些好消息。每当这时候，他总是满意地说道："没有什么可奇怪的啊！艰难困苦，玉汝于成；海阔凭鱼跃，天高任鸟飞嘛……"

王老师的女儿小玉也是田野在村小学念书的同班同学，是他的青梅竹马的小伙伴。小玉高中毕业后回到了家乡，也在村小学里当了一名老师。这些年来，父女二人守护在这所乡村小学里，像辛勤的布谷鸟一样，把一茬茬孩子从懵懂中唤醒，为他们发送着人生的第一册课本，给他们上了人生和求学路上的第一课……

知道田野回来了，王老师和小玉都很高兴，说什么也要让田野在家里吃一顿饭。王老师还叫人把小水哥等几个当年和田野要好的学生都叫了来陪田野坐坐。

趁着家里人忙活着准备饭菜的时候，小玉引着田野在小学校里到处看了看。她让田野一一看过了她和孩子们自制的课桌和教具；她告诉田野哪片小树林是父亲和她带着孩子们亲自开垦和种植的，哪片平地是他们小小的操场。还有一条小路通向山后，那里有他们在联中读书时的那位老校长的坟墓。有一年夏天，为了护送一群放了晚学的孩子回家，年迈的老校长被卷进了一场突发的山洪之中……小玉说，从那时起她每天再去敲响老枫树下的那座铜钟时，心情总是那么难受！她觉得她从此是把晨钟声看作对孩子们的呼唤，把晚钟声当作为老校长安魂的祷曲……

田野记得小玉比他小两三岁。可是这次回家他却觉得，小玉的身体很瘦弱，脸色也有些蜡黄。

吃饭的时候，小水哥说："小玉这些年为咱村的这些孩子们可是操碎了心啦！王老师老了，好多事儿都是小玉抢着做了！一茬茬孩子们有这么一位爷爷辈的老师和这么一位姑姑样的老师，真是福气啊！"

田野说："吃水不忘掘井人！让我们敬老师一杯酒吧！那些年要是没有老师的管束和激励，我们这茬人也许都是自生自灭了！"

小水哥说："往后老师和小玉有什么难处尽管说吧，只要大伙能办到的，咱们就尽力……"

王老师说："有你们这么些懂事的学生，老师知足了啊！现在生活也过得去，别的似乎也不缺什么了。可就是缺一样啊……"

"缺什么，老师尽管开口。这不田野也在这里，咱们正好可以合计合计……"

"爸爸是说咱们这里缺老师呢！"小玉最懂得父亲的心事，她替父亲说道,"可不是吗?村里的孩子们一茬茬地从这里毕业后,能走出去的都走出去了,就像小鹰飞到了山外,再也不飞回来了!爸爸向镇委写过几次报告,希望能再分两个老师来,可镇里也要不到人啊!"

"也真是的啊!咱们自己送出去的人,有不少都像田野这样,在省城、在外地当了老师,而上面给咱分来的人,人家又嫌这里偏僻,嫌这里远,不肯来……难哪!"王老师叹叹气说。

"要是田野哥能回家乡来教书那该多好呀!"小玉突然脱口说道。

"这可不中!好不容易走出去的,哪能再走回来?"王老师当即埋怨小玉道,"无论怎么说,在外面总比在这小山村里前程大嘛!'好男儿志在四方',我的学生都是应该在外面闯一方天下的!哈哈……"看得出,王老师是颇为田野今天的成就感到自豪的。

但是田野的心里却被小玉的话轻轻地触动了一下。他想,也许小玉的话是值得考虑考虑的呢!都是教书,倘能回到自己的家乡,服务于桑梓,岂不是更好、更有意义?他也还记得,他小学毕业那会儿,就曾经有过这样的理想:长大以后回到家乡,也像王老师一样当一名山村教师……他记得那时候,他和小水哥、小玉等同学们都看过一部名叫《乡村女教师》的电影,他们对那位名叫瓦尔瓦拉的山村女教师是那么敬佩和向往……哦,这么多年了,他怎么把这个理想给忘记了呢?

倒是小玉,在他离开了家乡之后,竟不声不响地真的成了一位"瓦尔瓦拉"……

唉,命运,有时候它真会捉弄人啊!而时光有时候也真能悄悄变更人们心中的一切,包括许多当初最良好的愿望。

……

春节过后,在离开故乡返回 J 市之前,田野又一次站在了村外老磨坊的废墟上。

"好好劳动,好好过,让咱们的日子变得更富足些,更轻松些!让咱们的孩子变得更幸福些,更欢乐些!"这是小水哥一再对田野说到的话。田野觉得,这也是多么坚定、多么实在和美好的一个生活目标啊!

对着生他养他的大青山,田野在心里想,小水哥,还有王老师、小玉……放心吧,我听你们的!

第十二章 烦恼心事

一

寒假过后,高二甲班的教室里照例又有一番热闹。许多新鲜事儿原本是藏在每个人自己心中的欢乐,现在人一聚到教室里来,欢乐也便成为公共的了。

譬如柯豆儿,据说春节期间正式拜了唐兵的妈妈做"干妈",以后万一考不上大学,就正好可以跟着干妈学习做生意,到时候干妈负责让他当个副经理什么的。至于原先许诺的送给柯豆儿一辆山地车,那当然是小菜一碟啦!

再譬如乔美丽,大午初 那天的有线电视节目里,她的表哥竟然为她点送了一首颇为"那个"的歌曲《你知道我在等你吗》,不仅乔美丽那天美滋滋地听到了,班上的不少同学也都沾光听到了这美妙的歌声,并且看到屏幕上几次现出的"祝表妹乔美丽永远开开心心"的字幕。现在见到了乔美丽,有的同学便不由得怪声叫好。不过也有的同学仿佛那吃不到葡萄的狐狸似的,阴阳怪气地说道:"当心哦,表兄表妹……那可不是好玩的,弄不好就直接危害下一代了哟!"

"流氓！"有人当场就大声地替乔美丽骂了一句。

当然了，这些话题讲的都还算是有根有据的事实。

还有一些照例是不能缺少的，那就是原本无根无据却偏偏说得有鼻子有眼儿的"马路新闻"了！

田野老师不是曾感叹过林杉的厉害，说她好像能探听到他心里的声息似的吗？他大概还不知道，林杉老师的那种"厉害"比起高二甲班的"马路新闻"的"厉害"来，可以说是小巫见大巫了。

这不，乔美丽的表哥点歌的事大伙还没笑够，有人就神秘莫测地嚷嚷上了："哎哎，知道不？田老师是和林老师一起去深圳过的寒假呢！"

"什么什么？你有没有搞错哦？这可是事关名誉的哦……"

"就是嘛！缺德！骗人没商量！"

"骗你们是这个！我亲眼看见他俩一起去火车站的。"

"不对，我怎么只看见田老师一个人走了呢？我还跟他打了招呼呢！"

"算了吧，你们说的都不可信。"有人似乎掌握了更可靠的证据似的，"据我所知，田老师压根儿就不是去深圳过的寒假，更没有什么林老师相伴，而是一个人回他的老家过的年，并且……"

"并且什么？"有人迫不及待地问道。

"并且人家在老家早就订下了一门亲事，女方和他是青梅竹马的……"

"莫非也是一个表妹？"

"呸！你以为人人都像乔美丽的表哥，净打自己表妹的主意？"

"哇!这么说咱们不是很快就要有师娘了?"

"嘻嘻,想不到田老师还挺古典的!该不是父母包办的婚姻吧?哈哈……"

瞧瞧,这都是哪儿跟哪儿!也许不能说这些主儿全都是吃错了什么药。不过,说他们这是吃饱了撑得难受,好像也没什么大错吧?

自然,事情也总是有两面性的。既然有人对这样的"新闻"饶有兴趣,乐不可支,那么,当然也就有人对此冷眼相向,乃至于大惊失色的。

不用说,顾菲儿就属于后者。

不仅顾菲儿听了这样的"新闻"又一次大感迷惘和震惊,就是管家琪听了刚才的这番议论也有点恼火和不快,有点沉不住气了。

这消息如果是她发布出来的也就罢了。问题是她自己竟然一点线索也没有掌握,这就难免使她心里有点十五只水桶打水——七上八下的滋味了。

俗话说得好:无风不起浪!没有什么动静哪里会有狗叫声?更何况,田野的事儿被说得这么有鼻子有眼儿的。要真是这样,那问题可真是有点严重了!管家琪越想越感到有点心惊肉跳了:甭说别的,顾菲儿这小美人儿在精神上首先就受不了这等刺激!因为管家琪深深地知道田野老师现在在顾菲儿心中的重量。虽然她也明白,顾菲儿并没有把自己所有的秘密都说给她听,可顾菲儿心里头的那点儿名堂,管家琪还是明白个八九分的。她有时候也真对顾菲儿的那些个"剪不断,理还乱"的苦恼呀、忧郁呀,厌恶透了、愤怒极了,如果换了别人,她早就撇撇嘴、扬扬手,让她一边儿凉快——不,一边儿自个儿苦恼和忧郁去了。可偏偏不是别人,而是顾菲儿呀!顾菲儿是她的好朋友,而且是那么信赖她,她好意思不对她负责到底?再说,她管家琪本来就是侠骨柔肠的一个人,天生的一颗怜香惜玉的菩萨心嘛!

不,她不能不有所行动了!

她觉得她有义务——不,有责任找田老师好好谈一次了。也不必怎么转弯抹角的了,事情都明摆了嘛,不如打开天窗说亮话吧!看田老师心里到底是怎么打算的!

想到这里,管家琪觉得自己身上简直负有一种神圣的使命,自己简直可以称得上是这个世界上最无私、最讲义气的人了。你想想,她已经为顾菲儿操过的心和将要为顾菲儿继续操的心,不都是不计任何报酬、白白奉献的吗?也许,这真像韦唯的歌里唱的吧:"只要人人都献出一点爱,世界将变成美好人间……"

自己在心里把自己这么表扬和赞美了一番之后,管家琪的脸上才算有了一点轻松的笑容,故作劳累状地舒了一口气道:"唉!我这是哪辈子造的孽啊,碰上了这么一个多事儿的小美人儿,我前生是欠了她的还是怎么的?"

二

事情似乎让田野一语言中了:林杉这次去深圳的同学那里过了一个寒假后,心里果然有点乐不思蜀了。虽然人是回到了新世纪中学,可她的心却像是留在了特区。

整个寒假里,她可是一点也没闲着。

先是她的同学把她介绍给了那家有名的"新状态唱片公司",春节前后,她跟着公司参加了好几次商业性的演出活动。

开始她并不抱有什么太大的希望的。像这样的演出活动,她在大学读书时就参加过好多次的。她是无名小卒,人一走茶就凉,给人家打打工而已。要说有希望,那就是她正想就此挣点外快,把自己的那套音响来个更新换代,何乐而不为呢?

可是她没想到,不知什么时候,她的歌声却引起了"新状态"的艺术总监、著名音乐制作人叶之枫的注意。

叶之枫在音乐圈里素以发现和包装流行歌坛的新人而闻名,人称"枫叔"。目前正在歌坛上走红的好几位帅哥靓妹,都出自这位"枫叔"之手。而且流行音乐圈里还有个说法,说叶之枫那里是一个"龙门",通俗歌手一旦跳过这道"龙门",便会变得身价百倍的……

林杉有点不太相信,机会会这么容易地唾手可得。她又想,如果叶之枫和"新状态"是认真的,而不是一种随随便便的心血来潮,那么,她这次来深圳过寒假可真是来对了!她明白这样的机会正是她一直在寻找而又不容易找到的啊!

果然,没过几天,"新状态"和"枫叔"就要去了她的简历,并请她进录音棚试唱了两次。她感到了"枫叔"和他手下的那几位长发披肩的音乐人对她都还是蛮有兴趣的。他们也许还奇怪:这位林小姐怎么会这么糟蹋自己,跑到一所中学里去当什么英文老师呢!

就在寒假即将结束,林杉该返回J市的时候,"新状态"又把她找了去,并且明确明了态度:希望林小姐能到这边来发展!

"糟糕的是,我教的是两个毕业班的课,就是要调动,恐怕也要等……"

"我们当然是希望越快越好啦。不过,枫叔说过的啦,'新状态'对于自己看中的人,是可以付出一点耐心的啦。"

"那真是太感谢了!我想最多只要一年——不,半年的时间,实在不行,我就辞职……"

"好,就这么说定啦!"

瞧瞧,幸运之神有时候也是很宽容的嘛!而且也是可以很轻易地青睐于某一些人的嘛!

坐在从特区返回J市的列车上,林杉长长地舒了一口气。她这时才突然觉得,自己的人生道路简直是可以从头设计、从长计议了!她甚至有点懊悔,当初毕业时不假思索地跑到那所新世纪中学里去,实在是有点过于草率和单纯了。好在有两句诗——就是这位分到了深圳的女同学写给她的——一直藏在她的心中,叫作:"暂借荆山栖彩凤,聊将紫水活蛟龙。"现在,她觉得"蛟龙"出水的日子即将到来……

不过,她还有一个心病没有解决。

那就是田野。

她相信自己已经深深地爱上田野了。

连她自己也说不清楚,她为什么会这么快就爱上了他。也许,爱情这种东西本来就是无根无由、瞬间可以发生的事。

而更使她不能理解的,还有田野的那股子莫名其妙的自卑劲儿和那种不冷不热的态度。这个可恨的"乡巴佬"怎么会一点主动的意思都没有呢?

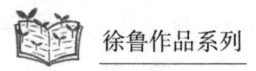

她又是恼火又是娇嗔地想着。

她希望这次回到学校,再好好地和他谈一次,把她的态度表明,说服他,让他和她一起到南方去。她相信她有能力、有耐心把田野身上的创作才华全部开发出来。她愿意做他的"守护女神",做他的"安慰天使",像乔治·桑帮助肖邦那样,像梅克夫人帮助柴可夫斯基那样。

是的,正如"新状态"即将改变她的人生道路一样,她想她为什么就不能帮助田野重新设计他的人生道路呢?当然,她为他设计的道路绝不是继续去当教书匠,不,她希望他专注地去做一个诗人,一个作家!她完全相信他的天赋、才华和勤奋……

她就这样满怀着对于自己和对于田野的双重责任感,信心百倍地回到了新世纪中学。

既然前方已经露出了曙光,那么,眼前的黑暗也就算不得什么了。她在心里调皮地说道:"对不起啦,新世纪!对不起啦,牛校长!我爱你们,可我更爱音乐……"

她已经计划好了,善始善终地教完这个学期的课,也算是对得起新世纪中学了,然后就带上田野,跟这里彻底地"拜拜"。

三

这天,田野老师一吃过中午饭,便赶紧走出了校门,独自到小沙河边去赴管家琪的"约会"。

他不知道究竟发生了什么事,使得管家琪如此郑重其事地给他写了个仿佛最后通牒似的纸条儿:

田老师,请您务必于午后一点钟前,到小沙河边的沙洲上来一趟,有重要事情向您汇报。如若缺席,后果自负!

学生管家琪　即日

纸条上的最后四个字把田野吓了一跳。他想倘若这不是管家琪这些女生惯用的故作神秘的手法,那么,也许班上真有什么不妙的事情发生了。

他感到马虎不得,以至于连中午饭也只是象征性地草草扒拉了几口了事。

一到河边,果然看见管家琪已站在那里等他了。

"嘻嘻,对不起哦田老师,大冷天的让您到这里来挨冻。"管家琪嬉皮笑脸地迎着田野说道。

"你又在搞什么名堂嘛?管家琪!"田野对这些女生的不少异常行为总是无可奈何的,"有什么机密大事在办公室和教室里不能说,偏要到这里来?你们呀真是……"

"真是不可救药了对不对?"管家琪嘻嘻笑着,"您别生气嘛!您宰相肚里能撑船,大人不记小人过……"

"少啰唆。你不是说有什么要事要向我汇报吗?"田野故作严肃地说,"管家琪呀管家琪,没想到连你也学会打小报告了!"

"给您打小报告还不好呀?"

"好,那要看是什么事儿,是什么目的了。一般来说,我希望我的学生个个都能开诚布公、光明正大地做人做事,不要去学社会上流行的那些庸俗的、等而下之的处世手段。好了,到底是什么事?"

"您别着急呀!让我先声明一下:这事儿跟我无关,我只不过是出于好心,看她可怜,想帮助她一把。所以,我说出来,您也就别怪我……"说着,管家琪的脸色不禁红了。

田野问:"他?他是谁?你是不是想说帮陆志秋交学费的事?这事我已向学校反映了,学校准备出一点助学金帮助他。"

"不,不是男字旁的'他',是女字旁的'她'!"管家琪说,"您别打岔好不好?"

"女字旁的'她'?"田野有点不解了,"管家琪,你到底要搞什么鬼呀?这么拖泥带水的!"

"说白了吧,我是说顾菲儿。"

"顾菲儿?顾菲儿怎么啦?她遇到什么困难啦?"田野心里一惊。

"这不是……"管家琪嗫嚅着说,"您难道没有发现,她一直……一直……"

"一直很孤僻,好像总有心事似的,对不对?"

"是啦是啦!这么说您心里是明白的?"管家琪有点喜出望外了。

"我不明白!我也正想问问你呢,一个十六七岁的女孩子,不愁吃不愁穿的,干吗整天这么孤独和忧郁!用你们的话说,这也太不青春了吧?"

"她是未来的诗人嘛!诗人不都是这样?"

"荒谬!谁说诗人都该是这样?"田野说,"依我看,真正的诗人都应该是更加乐观、开朗、朝气蓬勃的,心胸应该像太平洋一样宽广!你不是顾菲儿的好朋友吗?那么请你告诉她,李清照固然写过'寻寻觅觅冷冷清清'的婉约词句,可也写过'生当作人杰,死亦为鬼雄'的豪气冲天的壮丽诗篇。寂寞之美绝不是艺术和人生的终极之美！"

"这些您还是自个儿跟她说去吧，我哪儿记得住这么多的'美'呀'美'的！"

"你刚刚还说过要帮助她呢！"

管家琪想，对呀！说了半天，最要紧的事还没说到呢！她鼓了鼓勇气，看了田老师一眼，郑重其事地说道："简单说吧，田老师，自从您当了我们的班主任后，顾菲儿对您一直……是很认真的！"

"'认真'的？对我？什么意思？难道你们中间还有一直不'认真'的？对我？"

"您别这么抠字眼儿好不好？我是说她对您……对了，难道您没觉得，这个寒假她又消瘦了许多？尤其是这几天她听到了有关您的传言……"

"什么什么？你等等，"田野越听越糊涂，不明白管家琪到底要说什么，"你慢点说，让我听明白点儿……"

"还不明白呀？顾菲儿在心里对您早就……就有了'那个'意思啦！所以当她听到有人说您在老家已经有了女朋友的消息后，自然是痛苦极了……"

"什么？"田野这时总算明白过来了。

好家伙！果真是一件重要的事情呢！

"好了好了，管家琪，你不用再往下说了！我真没想到你们会这样……"田野一时不知该怎么说才好，"真够明白的了！我简直服了你们了！"

田野想幸亏自己对这个"约会"没有缺席，否则，自己还一直蒙

在鼓里呢！而且，"后果"也许真的不堪设想了呢！

他一直以为顾菲儿的多愁善感、孤独、忧郁、不合群都只是性格特点使然，随着她的成长，这一切会渐渐地有所改变的；而她对他有时候表现出来的信任、好感，乃至崇拜，也多半是因为她也喜欢诗、喜欢文学的缘故吧，再加上田野的年龄本来就不大，又没有什么架子和威严，女生们喜欢他也是很正常的事儿，用不着大惊小怪的。

现在听管家琪这么一说，他才明白过来，原来事情并不是这么简单。他想到顾菲儿这个小女孩，看来也实在是太复杂了！不仅顾菲儿复杂，眼前的这个管家琪也不简单呢！可以肯定地说，在这件事上，她不仅没有帮助顾菲儿息事宁人的念头，反而正在颇为起劲儿地在中间添油加醋、牵线搭桥呢！

现在，管家琪见田野既然已经什么都明白了，觉得自己那神圣的使命差不多也已经完成了，便如释重负、喜形于色地说道："好啦！只要您心里明白了，我也就放心啦！累死我了！没有事了，那我先走了哦？"说着，她就趁田野还在怔怔地发愣时，赶紧鞋底抹油，溜之大吉了。她那些不必说出来的意思当然是：嘻嘻，后面该怎么办，就看您的了！您是个大男人，还是老师，相信您不会不对顾菲儿这样一个真诚的小女孩、这样一个得意的女弟子负责吧？

四

顾菲儿不仅寒假里过得并不轻松，就是寒假过后的这几天里，她的精神也仍然是恍恍惚惚，看上去心事重重的。

她越来越觉得,自己对田野老师的那份崇拜和迷恋,已经不再是淡淡的、浅浅的了。不,她觉得那是一份情感,很真实,也并不轻松。它正沉沉地笼罩着她整个心灵,使她眼前总是晃动着他的影子,使她时时感到心里头仿佛有一只小虫子在不停地咬着她,让她感到一种疼痛……

寒假里,她的小房间的书桌上,那个小小的橡木框儿的照片架上,换上了一张奇特的小画片儿:一幅很有名的《毛主席去安源》的油画的复制品。这是她费了大半天的时间从她爸爸的书架上翻找到的一本书中剪下来的。

爸爸当时不解地问她:"嗬,又开始崇拜毛泽东啦?不崇拜普希金啦?"

"你别管。"她没法跟爸爸说清楚她的心思。当然,她也绝对不会对爸爸说清楚她的心思的。

外婆也笑嘻嘻地说:"社会上不是也有了一股怀旧的风尚了嘛!你们没看见,现在连不少汽车司机的座位前都挂着毛主席的相片儿呢!孩子们崇拜毛主席,总比崇拜那些歌星、影星好。别的不说,毛主席的诗词就独领一代风骚嘛!"

爸爸和外婆当然都不会想到,菲儿找这张《毛主席去安源》的画片儿,是和她的班主任田老师有关。

原来,班上早就有同学议论过的,说田野老师的长相很像青年时代的毛泽东,尤其是他的弯弯的眼睑和两边的颧骨,还有那头长长的、乌黑丰润的头发……顾菲儿也曾暗暗地端详过,她觉得同学们说得一点不错。后来,在课外闲谈时,有的同学把这一发现说给田老师听,田老师不无得意地说过:"你们的观察力还算不错。唉!要是你们把这些心思都用到写观察周记上那就好了……"

顾菲儿记得自己看过一幅名为《毛主席去安源》的油画的。当时,听同学们和田老师自己这么一说,她顿时想到了这幅画。现在,她从爸爸这里找到这幅油画一看,心里不由得一阵狂喜:像啊!真是太像了!

她毫不犹豫地把这张小画儿安置到了书桌上的那个小相片架上了。她觉得这样仿佛可以天天面对田老师了。而田老师的那双明亮、温柔的眼睛,也像是天天都在注视着她,仿佛正要对她说出什么亲切的话语来……

慈祥的外婆只当是菲儿真的崇拜毛主席了呢,所以还特别热心地为菲儿找来一部1986年出版的《毛泽东诗词选》,让菲儿好好读一读。

一个寒假,顾菲儿把这本书读了个烂熟。她觉得毛泽东青年时代在文学上也堪称是才华横溢的。顾菲儿觉得他的第一首词《贺新郎》就好得不得了:"挥手从兹去。更哪堪凄然相向,苦情重诉。眼角眉梢都似恨,热泪欲零还住。今朝霜重东门路,照横塘半天残月,凄清如许。汽笛一声肠已断,从此天涯孤旅……"这首词是作者写给夫人杨开慧的。顾菲儿想:只有醉过的人方知酒的浓淡,只有爱过的人才懂得离别的悲欢。"……知误会前番书语。过眼滔滔云共雾,算人间知己吾和汝。人有病,天知否?"不是铁骨柔情的好男儿,怎能写得出如此动人的诗篇?

"算人间知己吾和汝……"这样想着,顾菲儿的心头又闪出了田野老师的影子。她甚至想,要是每天到学校只上一门语文课,或者,所有的课程都是田老师一个人上,那该多好啊!那样,她每一天的每时每刻都可以和田老师在一起了。她觉得只有望着田老师站在讲台上的儒雅风度,听着田老师的柔和、平缓的声音,或者看着他那神采飞扬而又善良的、值得信赖的目光,她才觉得幸福、安宁和快乐……

她觉得这个短短的寒假对她来说,好像比所有的假期都要漫长。她无从想象田老师寒假里每天将和谁在一起、在做什么。她只隐隐听说,田老师是回故乡过寒假去了。而他的故乡是在遥远的大青山腹地,那个地方肯定很淳朴、很美丽、很有意思吧……

寒假终于过去了。她又看到自己的田老师了。管家琪说,别人过年一般都会过胖的,你顾菲儿怎么一个寒假竟瘦下了一圈儿呢?顾菲儿自己却没觉得。倒是她一到校就发现了,田野老师好像比放假前消瘦了一些,是不是假期里他没休息好呢?顾菲儿很想找个机会向田老师问候几句,但她又觉得这样做似乎不太好。她才不愿让田老师因为她而感到什么负担和为难呢!不,只要田老师心里能够"有"她,即便他是沉默的,她也感到幸福和满足。她想。

那么,你说田老师的心里到底"有"我还是"没有"我呢?顾菲儿曾千百次地这么问过自己。

她最后给予自己的回答是肯定的。

她觉得田野老师对待她和对待别的女生是不一样的。

田老师看她时的目光,似乎更亲切、更温柔、更明亮;田老师也特别赏识她的才华;田老师不是还在下雪天送她回家过吗?他好像是从来没送过别的女生呀!还有,田老师肯定早已看到了她写的那张《假如生活欺骗了你》的小纸条儿了。他一定会感到一丝温暖和安慰了吧？他虽然没有再向她表示什么，甚至连一句感谢的话都没有说，但她觉得他的沉默就是对她最大的感激与爱护！就像一片叶子，用沉默感激那些晶亮的露水；就像青青的山坡，用沉默感激年年的春光……

本来，顾菲儿的心就要在这样幸福和甜蜜的冥想中渐渐地平静下来了，然后她会把一切秘密继续藏在心中，静静地等待着美丽的玫瑰为自己开放的那一天的。但是，就在前两天，那些吃饱了撑得难受的同学，在教室里的一番胡言乱语般的猜度和议论，灌进了顾菲儿敏感的心头。什么田老师是和林老师一起去南方过的寒假啦，还有田老师在老家早就订下了一门亲事啦……这简直是哪壶不开提哪壶，哪一壶都让顾菲儿受不了，无法再听下去！她那原本已经渐渐安静下来的心思，顿时又翻腾了起来。她觉得那些无法阻挡的小虫子又开始在心里头狠劲地咬她了……

这天下午刚打放学铃，顾菲儿就一声不响地收拾起课本和作业本，背起书包走出了教室。

她一遇到什么烦心的事儿，对谁都不愿意理睬的，包括管家琪。

不过管家琪今天却有要事要向顾菲儿禀报，所以她便像兴奋的蛇一样，扭动着腰肢和颈子，颠儿颠儿地紧跟着顾菲儿走出了校门。

"哎，菲儿，一件天大的喜事儿，想不想听？"管家琪用肩膀撞了撞顾菲儿。

"天大的喜事儿？噢，明白了，是不是高三丙班的那个小白脸又给你写来了什么'没有你我觉得就像天空没有了太阳……'的酸信了？"

"还记得这事呀？我早忘了！"管家琪耸耸肩说,"那个小白脸奶味儿还没褪干净呢,没劲！"

"人家可是认真的哦！你想天空没了太阳,他的日子不是一片黑暗……"

"本小姐可不管那么多！我一句话就让他一边儿凉快去了！哼,早恋！这是只有你这样的傻瓜才干的事儿！我才不自讨苦吃呢！要恋也要等本小姐闲着没事儿时……"

"管家琪,你话要说清楚点儿,谁早恋了！谁是傻瓜？"

"嚵,嚵,还不承认呢！"

"没有的事,承认什么？"

"好好,您是目不斜视、心如止水的良家淑女,您绝对没有早恋,行了吧？"

"本来嘛！"

"天啊！说了半天,把正事给忘了！哎,菲儿,你准备怎么谢我？先说好了,我不喜欢吃西餐,我最喜欢……"

"你最喜欢油条蘸豆腐脑,这我知道。"

"瞧你咨啬的！我还没说完呢！你猜我今天中午跟谁'约会'去了？"

"什么？刚辞掉了'小白脸',难道又勾上了一个'小黑脸'？"顾菲儿睁大了眼睛。

"你别瞎嚷嚷好不好？什么叫又勾上了……还'小黑脸'！本小姐在你眼里就这么贱？"

"不,不,你贵,你贵!贵小姐……"

"直接说吧,我单独约见了田老师!为你……"

"为我约见了田老师?"顾菲儿心里一惊,"为我什么?"

"为你心里的那点心事!我觉得你整天掩掩藏藏、欲说还休的样子太累了!我可怜你!"

"你跟田老师瞎说什么啦?"顾菲儿着急地问道。

"看你紧张的!我哪敢瞎说什么!我就说一点真实的情况呗!我说你自从一见到他,就对他有了那个意思,我说你是认真的,寒假里这么消瘦,也是因为思念他……"

"什么?管家琪,你……你!"顾菲儿大惊失色道,"你……谁叫你说这些的?你有什么权利跟田老师这么说我?你……太不知羞耻了!"

"什么?我不知羞耻?"管家琪像猴一样眨巴着眼睛,没有回过神儿来。她原以为她这番神圣的行动,顾菲儿知道了说不定会怎么高兴、怎么感谢她呢,压根儿没想到顾菲儿会这么"狗咬吕洞宾——不识好人心",反而骂她不知羞耻!

"你就是不知羞耻!你自以为是!你成事不足败事有余!你无聊!你粗野!你……"顾菲儿又气又急,甚至有点受了愚弄和污辱般的感觉,恨不能把所有难听的话都扔向这个讨厌的管家琪,"你口口声声说是我的好朋友!你就这么对待自己的好朋友?你不知道害臊,我还知道害臊呢!你这样做,还不如逼着我退学算了,你让我怎么再面对人家田老师,你……"

"我……"管家琪听顾菲儿这么一顿斥责,也一下子变傻了,刚才的眉飞色舞的得意劲儿全没影儿了。

"你什么你？你走吧！我再也不会理你了！你……嘀,你说得对,我真是一个傻瓜呢！让人家背地里给卖了还帮着她数钱呢！"

说着顾菲儿头也不回,低头小跑着往前走了,好像还在擦着眼泪。

管家琪这时候真觉得有点尴尬,有点无地自容了。她见顾菲儿突然发这么大的火,似乎有点意识到了,自己可能真是做错了事,不然,顾菲儿不会这样把她的一番好心当成驴肝肺的。可是,自己到底错在哪里呢？

她愣愣地眨巴着眼睛,却想不明白。

第十三章　月 迷 津 渡

一

记得列夫·托尔斯泰的小说《安娜·卡列尼娜》的开头是怎么写的吗？是这样写的："幸福的家庭都是相似的,不幸的家庭各有各的不幸。"

紧接着的一句是："奥勃朗斯基家里最近乱得一塌糊涂……"

高二甲班最近也是乱得一塌糊涂。

先是班长陆志秋家里突然遭到了不幸：因为老房屋倒塌，他的父亲被砸成重伤，正在住院。陆志秋不仅每天要跑医院照料父亲，而且连寒假后的学费都成了问题。幸好，田野老师得知情况，及时向学校反映和请求了一番，学校领导已决定免收陆志秋这个学期的学费……

陆志秋的事还没完,顾菲儿又突然让人带来了请假条儿,说是家里有事儿,需请假数日,请老师批准。

顾菲儿家里会有什么事儿呢？

田野心里又不由得一惊！

他想顾菲儿请假会不会与管家琪所说的"那件事"——与自己有关呢?

他赶紧找到管家琪,问顾菲儿到底为什么请假。管家琪心里很紧张,说不出个所以然来。因为顾菲儿从那天起确实没再理她了,这不,连请假条儿也是托另外的同学带来的呢。

"顾菲儿会不会是病了?"田野担心地问道。

管家琪羞愧地说:"也许不会,要病也是心病!我把和您谈过的事告诉她了……"

"怎么?她原来并不知道?"田野愣了愣,叹叹气道,"明白了!管家琪呀管家琪,我真不知道你一天到晚脑袋瓜里净在琢磨些什么!我还一直以为你是一个挺有主见的女孩呢!现在倒好……"

"是,是,都是我太……无事生非了!"管家琪低着头说,"我完全忘了菲儿的自尊心了……"

"好了,好了,你已经认识到自己错在哪里,就是进步了。你既然是她的好朋友,就应该去请求她原谅,去帮助她平静下来,正确对待自己的这种……哦,感情!"

"老师,我觉得解铃还需系铃人……是不是可以……"管家琪头脑里突然又冒出了什么火花。

"可以什么?你别再自以为是了好不好?唉!也怪我这当老师的,对你们没有负好责任……"

"不,您可以负好责的!老师,您现在不成,将来可以呀!等我们——不,等她长大了,毕业了……"

"你赶紧住嘴吧,管家琪!"田野觉得这个管家琪真是没得治了,

"你就是这么理解我对你们要负的'责任'的？什么'现在不成,将来可以呀'！亏你想得到！好,你走吧。等等,你明天,不,今天就应该去顾菲儿家看看她,请她原谅你,然后再告诉她,如果她真是病了,我会去看她的;如果她只是……如你所说的,只是一种'心病',那么,也请你告诉她,这是一种懦弱的、不敢战胜自己的表现！请转告她,无论如何,我,作为你们的班主任老师也好,作为你们的朋友也好,我都会一如既往地尊重你们、爱你们的——你不用得意,我这里所说的'爱你们',不包含你自以为是的那种意思。好了,你去吧,你也真够辛苦的了。"

"没关系,辛苦我一人,幸福某些人嘛！"管家琪丢下这句调皮的玩笑话,赶紧逃了。

田野望着她的背影,苦笑着摇了摇头。

真是一波未平,一波又起。

田野刚刚把顾菲儿的事向管家琪做了交待,一回到办公室,又见牛校长已坐在那里等他了。

"你是怎么搞的嘛,小田同志？不是已经讲好了,同意免收陆志秋同学的学费了吗？"

"对呀！我已经向陆志秋说过了,让他不要再为这事儿着急了……"

"那你们班上的学生怎么还去为他筹集什么学费,而且还让工商局给找去了！"

"啊？谁呀？"田野心里又一惊,焦急地问道。

"唉！除了那一对'活宝',还能有谁？唐兵和那个柯豆儿呗！"彭书友老师叹着气说,"我总担心会出什么乱子,果然不出所料……"

"工商局已来过两次电话,叫老师去领人,"林杉说,"当然只有你这当班主任的最有资格去了。需不需要我陪你一起去?"

"谢谢,不用。哦,不过下一节是语文课,要和您调换一下了。"

"没问题。您多准备点好话,去向人家工商局多赔个笑脸就行了。"

田野上楼到教室里去简单地布置了一下课程,又向李亚妮等同学询问了一下唐兵和柯豆儿到底是怎么回事。

原来,同学们自从得知陆志秋家里遭到不幸的事情后,都一直在想办法要帮他一把。有人提出要公开募捐,但马上就被否决了,理由是这办法可能会伤及班长的自尊心,使他有压力。也有人说:"干脆凑份子吧,谁有钱就出一点儿,多少不论,悄悄地交到李亚妮那里集中。"最后凑来凑去,也不过几十块钱,对于班长来说仍然无济于事。

这时候,唐兵站出来说道:"算了算了,你们也都别再光吃方便面当午餐了,还是让我和豆儿去打打我老妈的服装店的主意吧,说不定会发点'横财'的。"

"没错,你老妈也算是个大款了,就看你们俩儿子怎么敲她老人家一笔了。"

"敲?那能敲得来呀?我还不了解我妈这人?要敲她老人家的钱,那还不等于是拿刀子剜她的心!我说的是我和豆儿想想办法,利用我妈的服装店,做它一笔生意,不就什么都解决了?"

"高,实在是高!"有人当即拍着胸脯道,"哥们儿大胆去做,需要兄弟帮忙的,尽管说,工商、税务、公安……咱都有人!"这位主儿肯定知道"吹牛不上税"这一条。

就这样,唐兵和柯豆儿开始悄悄地瞅机会要做它一笔生意了。柯豆儿还在班上吹过,让李亚妮早点准备个大一点和结实一点的挎包,免得到时候找不着东西装钱。

不过这事他们全都瞒着田老师。

他们想等事情做成之后给田老师一个惊喜,让他再一次感到自己的班上确实是藏龙卧虎,要文的有文的,要武的有武的。

哪想到,现在唐兵和柯豆儿连一毛钱都还没拿回来,而两个大活人却先被人家逮了去。

"你们呀!让我说什么好呢……"田野知道了事情的真相,有点哭笑不得,"这种助人为乐、集体主义,对待他人的困难不冷漠、不袖手旁观的精神都是好的,值得表扬,可是,你们也不想想,你们毕竟都还是些孩子呀!你们以为生意就那么好做?好了,现在我去领人,你们都好好地上课,别再给我弄出什么乱子来,都听见了没有?"

"老师,让我们和您一起去吧?万一……"

"去那么多人干什么?又不是去和人打架!只要你们都能够安心学习,我就十分谢谢诸位了!"

田野到了工商局,在市管会的办公室里,见到了正笔直地站在那里、可怜兮兮地接受训斥的唐兵和柯豆儿。

田野当时就在心里笑道:真是一物降一物哦!别看这二位平时总是能说会道、神气活现的,现在竟也会变得这么毕恭毕敬、蔫儿巴叽的呢!

唐兵和柯豆儿见田老师来了,羞愧得有点无地自容了似的。两人都觉得让自己的老师到这样的地方来领自己,真是太没面子了。

市管会的人也不客气,大概是觉得田老师太年轻,所以也就教育不出什么好学生来吧,他们连老师和学生一起训斥道:"你们以为钱想赚就可以赚的?懂不懂工商法?嗯?小小年纪,就学着欺骗顾客,好家伙,把80元一件的衣服前面加个1,当成180元来卖!要是每家商店都这么干,那市场不是完全乱了套了?嗯?"

"是,是,都是我这做老师的不好,没有教育好他们,给你们添了麻烦……"田野恭敬地向市管会的人赔着不是。

"还有这个小把戏,"市管会的人指了指柯豆儿,"你站好了!别看人长得这么小,漫天要价的胃口倒不小!现在就学着这么哄骗人,将来那还得了?我一看这两个人的模样,就敢肯定你们不是什么好学生。你们记着,以后考不上大学,说不定还是要在这里当个体户的,那时候再撞到我们手上,那就不是这么简单了!现在念你们还是学生,又是初犯,就不予以经济处罚了。你这当老师的,回去也要对他们多进行工商法规的教育,让他们学会从小遵守市场法规……"

"是,是,我们回去一定好好教育。"田野赔着笑脸道,"谢谢你们,先给他们上了这么严肃的一课!唐兵、柯豆儿,还不快向市管会的叔叔们道谢!"

唐兵、柯豆儿总算盼到了快要"下课"的时候。虽然心里是很不情愿,但两人还是毕恭毕敬地向他们深深地鞠了一躬。

不过唐兵的那个躬鞠得也未免太滑稽了一点——你瞧他,本来就瘦长瘦长的像只螳螂,现在那虾米腰往下足足弯了个90度,而脑袋却还直直地抬着,看上去要多好笑有多好笑。

二

顾菲儿说再也不理管家琪了,那当然是一时的气话。

管家琪这人是个"猛张飞",做起事来总是有嘴无心的,顾菲儿顶讨厌她这一点了。不过,讨厌归讨厌,真要这两人完全断交,从此老死不相往来,那样别说管家琪受不了,就是顾菲儿也不会干的。

这不,闷闷地待在家里刚过了一天,顾菲儿就有点坐立不安了。她想自己做得是不是有点过分了?管家琪把她的心事说给田老师听,还不是出于好意,为了成全她?再说,自己虽然嘴上不愿意承认,可心里不也确实常常有过要向田老师表达一点什么的冲动和愿望吗?现在,管家琪把她想表达而又无法表达出来的意思,替她向田老师表达了,自己不仅不领情,反而把管家琪骂了个狗血淋头,这是不是太没良心了?恐怕也就是管家琪能忍受得了她这样呢!

还有,自己像这样不清不白地待在家里不去上学,这算怎么回事儿呢!还让人带请假条去说什么家里有事儿,这不是明摆着给田老师添乱吗!他会怎么想呢?他心里说不定有多着急呢……

顾菲儿待在自己的房里,越想越觉得不安。她对外婆说是身体不太舒服,外婆也挺着急,不时地来问她要不要去医院看看,问的次数多了,她感到更加心烦。

好容易挨到了下午放学时,顾菲儿算着时间,估计管家琪该来了。她心想如果该死的管家琪真的不到她家里来了,那自己立刻就去找她!

正在这时,门铃响了。

果然是管家琪来了。

顾菲儿听见她在外面和外婆寒暄,便在房里先做好了仍在生气的表情,心里却在催促着管家琪:该死的,不快点进来,还在外面啰唆什么?

门轻轻地被推开了。

顾菲儿背对着门,朝着窗户坐着,只觉得管家琪肯定是进来了,却没听见她说话。

管家琪刚才听外婆说菲儿病了,心里确实有点羞愧和紧张呢,顾菲儿的性子她是知道的,她怕又被顾菲儿黑着脸骂出门去。她站在顾菲儿身后,不知道怎么开口才能不至于再冒犯这位小姐。

管家琪半天也没说出话来,这气氛真有点尴尬。

管家琪只好干咳了一声,轻声说道:"菲儿……"声音真有点可怜。

顾菲儿这才转过身来,表情仍然绷得紧紧的,脸色看上去也的确像是憔悴了许多。

"你来干吗?"声音冰冷得赛过外面的天气。

"听说您病了,田老师……让我来看看您。"唉!没想到管家琪也有变得这么窝囊和软弱的时候,跟菲儿说话都"您"上了。

"我没病。我真病了倒也不怕,怕的是自己太傻了点,让人家给卖了还帮人家不停地数钱!"

"对不起,菲儿,我……我真的是出于好心,没想到会伤害了您的自尊心……"

顾菲儿在心里暗笑道:谁也没说你是出于坏心哪!瞧你这可怜样儿,平时那股子泼辣劲儿哪里去了?

"我们这号人,还有什么自尊心!噢,坐吧,您。"顾菲儿仿佛故意要为难为难管家琪,"以其人之道,还治其人之身"嘛!

"不了,我该走了,田老师让我告诉您,希望您早日去上课,他说……他会更加尊重您的。您放心,从今以后,我管家琪也绝不再管你们——不,您的这些事了。再见!"

说着,管家琪神色悲凉地就要出门去。

顾菲儿再也忍不住了,大叫一声道:"等等,管家琪,你给我回来!"

管家琪一转身,看见的是一张和刚才判若两人的笑脸,这脸上带着狡黠般的得意和一种只有最好的朋友之间才有的嘲弄与嗔怪。

管家琪先是一怔,随即扬起拳头道:"好哇,死丫头,原来你是在给我装蒜!折磨本小姐呀!"

"没想到,你管家琪也会有这么可怜兮兮的时候,'听说您病了……我来看看您',你傻不傻呀你!"

"嘀,拿我当猴耍,出起我的洋相来了!"管家琪扔掉书包,伸出两手就去挠顾菲儿的痒痒。

笑完了,闹够了,顾菲儿才认真地说道:"哎,管家琪,你不知道你刚才一说'再见',我心里有多害怕,真怕你从此再不理我了。"

"你是这会儿才觉得呀?我从昨天你转身走了起,就开始担心了呢!我在心里直埋怨自己:干吗这么爱管你们的糗事!"

"什么,你说我们——"顾菲儿说到这儿,脸一红,"是糗事?"

"不是糗事是什么?你想想你今年才16岁,哦,就算17岁吧,就算是田老师能够接受你的这份感情,他至少也要等到你大学毕业吧?你这不是折磨他、也折磨自己吗?"

"你不懂。真正的爱本来就是伴随着折磨与痛苦的……"

"什么逻辑?"管家琪不以为然地撇了撇嘴。

"只要他不拒绝……我就愿意……等待,等上一千年、一万年……"顾菲儿望着窗外,自言自语道。

她的心里在一瞬间仿佛已闪过了她的一生。许久,她才从幻想中走了回来:"管家琪,你刚才说是田老师让你来看看我的?你跟人家又瞎咧咧了什么没有?"

"我哪里还敢瞎咧咧什么!是田老师先找我说的,说他这个老师是白当了,没有对我们——不,主要是没有对你负好责任,让你生了'心病'……"

"那你说什么?你肯定接着就说,不,这不能怪您田老师,都怪顾菲儿一天到晚不好好学习,只知道单相思……多好的巴结老师、同时也可以作践我的机会呀!"

"你真没良心!我无论怎么说也是为你好呀!我告诉田老师了,说你们现在不成,将来可以呀!他是老师,又是成人,他总应该对你负责到底吧?"

"什么?你说得这么露骨呀?"顾菲儿又是惊讶又是害羞地说道,"管家琪,你真能瞎掺和呢!你一点也不知道什么叫害羞……"

"害羞?知道害羞就什么也别想呀?我又不是什么酸了巴叽的诗

人,懂得说话要曲里拐弯的……"

"那叫含蓄!懂吗?"

"我不懂。以后你自个儿跟田老师'含蓄'去吧!他已经说了,要和你谈一谈的,我看你怎么跟人家'含蓄'!"

"真的呀?田老师真的说要跟我谈谈……这件事?"顾菲儿心里又是惊喜又是不安。

"田老师还说了,要你坚强些,要自己……怎么着来?噢,对了,要自己战胜自己!"

"什么意思?"

"你问我,我哪儿知道?唉,我这是哪辈子欠下了你的,要为你操这份闲心!不说啦,拜拜,我肚子都饿了。"

"就在这里吃吧?管家琪,外婆做了好多菜。"

"算了吧,在你们家吃饭我总吃不饱。我怕我喝汤的声音把外婆吓着。"

"那好吧,主随客便。我明天就去上学。"

"别呀!您这金枝玉叶的小姐身子好利索了吗?您不再好好休养几天吗?好让人家田老师也有个机会来您的绣楼看看您呀!"

"去你的!"顾菲儿笑着看管家琪跑下了楼。她心想,唉!管家琪呀管家琪,你已经把我的心给搅得乱乱的了!

三

田野老师这几天也真够累的了。

刚刚赴过了管家琪的那个"如若缺席后果自负"的约会,现在他又得去赴林杉老师的约会了。林杉老师的约会同样也不含糊,因为她当他面就丢下了不容商量的一句话:"小沙河边见,不见不散!"

天哪!她也把约会地点选在了小沙河边!

这简直也太巧合了吧?

可怜田野老师连想更换一个约会地点的份儿都没有。得,他只好乖乖地再去那冬日的小沙河边挨一次冻了!没办法呀,您想想,一边是鬼精鬼精的一个女学生,一边是一个仿佛要紧紧揪住他不放的女同事,哪尊神他得罪得起呀!

吃过晚饭,趁着学生们都在上晚自习的时候,田野悄悄地先走出了校园。

有人说过,秋冬之夜的月色是诗人的月色,可田野却觉得,他这时候就像过去那些躲在外国租界里的政治犯一样,朦胧的夜色正是他的"租界"。

他已无心欣赏那淡淡的月辉、那薄冰下的河水,还有那残留在背阳处的积雪和朦胧的田野了。他觉得他正处在月迷津渡、进退两难的境地。

这些天来——不,自他从故乡回来后,他的心里就一直是乱糟糟的。有一个念头在他的心中挥之不去,而且越来越紧迫地在折磨着他、在叩问着他。他仿佛不时地听到,有一个声音在召唤他:"回来吧!你是故乡大青山的儿子!只有这里才能使你幸福安宁……"

是的,他无法忘记小水哥、王老师,还有小玉等伙伴们的恳切的、似乎隐隐地含着期待的目光……有一个夜晚,当他半夜里突然从梦中惊醒,他依稀看到故乡的一间暗黑的老房屋里,正远远地亮起了那团旧时的灯光,似乎在为他照亮着回家的路程……

又一个秋天

将离我而去

校园的迟桂花

早已凋谢

而我们　默默无语

还要等待什么呢

我们不是有过誓约

毕业后就回故乡去吗

回去　向妈妈献上

一颗乡村少年的

破碎的心

我们的梦想不在异乡

我们的梦想

在我们的父辈

奋斗过的土地上啊……

他想起了他在大学时代写过的一首诗。是呀,自己怎么把当初的誓约给忘记了呢!

……

就在他沿着河岸一边徘徊一边思忖着的时候,一阵淡淡的芬芳袭了过来。他一抬头，见林杉已经站在了他面前。

林杉围着一条长长的漂亮的丝巾，在淡淡的月色下，眼睛里闪动着妩媚的光芒。

"我还担心你不来呢！瞧你这些天忙的，就不想问问我寒假是怎么过的？"林杉盯着田野，目光里有几分温情，有几分嗔怪，好像还有几分"野"的意味。

虽然是隔着夜色，田野还是看到了这种目光。这是他最受不了的一种目光。好在仗着夜色，他内心里的慌乱即使表露在了脸上，林杉也不一定看得那么清晰。

"不好意思，班上的事实在是太多了，你不是也看见了吗？连工商局都招惹上了。噢，不说这些吧。你刚才说……寒假？是呀，寒假里过得一定很开心吧？"

"怎么说呢？我是一个人流浪去异乡，哪比得上你回到自己故乡去开心呢！"林杉故意叹叹气说。

"不见得吧？难道你同学没好好招待你？"

"不，招待得很好。是我自己找罪受，帮人干活儿去了。"

"走穴吧？那好哇！肯定挣了不少吧？有没有偷税漏税呀？"田野开玩笑道。

"说得真难听！"林杉不无得意地说道，"有一件事，我想暂时谁也不告诉，但应该告诉你。"

"什么事？是不是交了新男朋友了？"

"去！在你眼里，我就这么如饥似渴呀？告诉你吧，我已经和一家唱片公司联系上了，他们想调我去……"

"好消息！"田野脱口而出道，"那你就是第二个杨钰莹了。听说她成名前也是一位中学教师……"

"我哪比得上人家！我这不过是想去那边混口饭吃，呼吸一点新鲜空气。待在这里我感到憋得慌。"

"没错,我也有同感。说不定,教完这一届毕业生,我也要走的。"田野说道。

"真的吗？"林杉眼睛顿时一亮，"那好极了！我们正可以一起去特区。我还正担心你舍不得这里的教育事业呢！"

"不,南方、特区那是你们艺术家去发展的地方,我一个穷教书匠,到那里去干什么？去讨饭吗？"

"你别阴阳怪气的好不好？谁说你是一个穷教书匠了？不,你是一个诗人,一个作家,懂吗？你有才华,年轻,勤奋,你将来肯定比我更有发展前途的,你应该善待自己的才华,重新选择自己的生活道路！懂吗？没见过像你这么自卑的人！"

"依你看来,像我这样的人在南方特区也能有一条活路？"

"什么叫'也能有一条活路'？你完全可以在那里大显身手,一心一意地去写作嘛！"

"去写那种'今夜还吹着风,想起你好温柔……'的诗？"

"当然不仅仅是这样的诗了。你还可以给唱片公司写歌词嘛,你写我来找人谱曲,我来演唱……"

"说得倒容易！你没听人说过,如今写歌词的人都在发牢骚,说是《十五的月亮》才卖十六元。你想想我这种人到了那里,也许连十五的月亮还没写出来,人就已饿得差不多了。"

"还有我嘛！我可以挣钱来养活你嘛！"林杉一着急，也顾不得那矜持的自尊心了。

"那就更不像话了！我还不如趁早死了这份心吧。唉！还是杜甫说得好，'露从今夜白，月是故乡明'……"

"你什么意思？"

"回故乡！我的意思是，即使我要离开这里，也只会选择故乡作为自己的退路。说真的，林杉，你对我的好意，我心里完全明白，我觉得很幸福，也很感激你。可是你也许不会明白，我对于城市，尤其对于那商潮滚滚的特区城市，内心深处有着怎样固执的拒绝感。这种拒绝感是与生俱来的，无法改变的！对了，就像刘西鸿的那篇小说的题目——《你不可改变我》。"

"我不相信！"

"不，你应该相信。否则，你只会感到更加失望的。"

"你……太固执了！"

"也许，这正是我性格的致命弱点。'性格即命运'，这是黑格尔说的吧？"

"我现在才不管什么黑格尔呢！我只要你……只要能改变你，我还有时间，我还可以等待。"

"何必呢！你这样……只能使自己失望，同时也使我感到沉重和不安！我相信你会找到自己更好的幸福和归宿，我也这样祝福你……"

"谁要你祝福啦……你是一个固执的乡下人！一个不敢追求幸福和欢乐的人！你甚至连一丝对幸福和欢乐的想象都不敢有……"

"请你原谅,这正是我的宿命……我总觉得我不配……"

……

在这冬夜的小河边,在这两个年轻人的人生、事业、爱情和理想都面临着转弯的时刻,他们的谈话只能不欢而散了。

田野隐隐有点担心,会不会因为自己不敢接受林杉的爱情,同时也会失去她的友情呢?

林杉也不明白,她到底是为什么失去了田野,失去了她已经深深爱上了的、这个善良而固执的人。

第十四章 无涯之旅

一

日子还在一天天地流逝……

不知不觉,积雪已经消融,又一个崭新的春天到来了,美丽的小沙河又在燕子的呢喃声里淙淙地唱起了欢歌……

早春时节,不仅大自然中的花草林木正在回黄转绿、重返生机,就是人们心灵中的许多善良和美好的愿望也仿佛那春雨中的绿色的小草,渐渐地找到了萌发的机缘,一切渴望成长的都在悄悄地成长着,仿佛任何力量都无法阻挡和遏止……

田野老师已经在心里考虑好了,送走新世纪中学的这一届高中生,他就申请调离,回到故乡大青山里去教书。他觉得那个在冥冥中召唤着他的声音,就像从遥远的记忆深处、从深深的黑夜里传来的招魂的声音,使他再也无法抗拒。

这个主意一旦打定,他的心里反而感到轻松了许多。他甚至巴不得那个还乡的日子早一点到来呢!

这是一个静谧的四月的黄昏。

夕阳已经落进黛色的山峦,彩霞漫天飞散。一颗巨大的黄昏星,从遥远的山边升起来,照亮了校园之外的每一条小路。晚风送来一阵阵木樨树叶儿的香味,还有三叶草、紫薇花和新鲜泥土的芬芳。

被一种神秘的温情驱使着,田野沿着校园边的一条小路悄悄地走了出去。此时,他敞开衣襟,觉得自己仿佛是向着这美丽而静谧的世界敞开了他热情的心。

田野觉得只有这样的时刻才真正是朱自清笔下的那种境界:一个人在苍茫的月下什么都可以想,什么都可以不想;白天里一定要做的事、一定要说的话,现在都可以不理。哦,白天里看到的那些小叶女贞树,在夜晚里显得更加秀丽娴静。新月和星辰的微光洒在它们洁净的枝叶上。他看见它们的每一片叶子都闪耀着那么旺盛的生命之光。他熟悉它们就像熟悉他班里的每一位学生一样。"我爱每一片绿叶,我爱每一棵小树。"他在心里自言自语道。他曾经多次深情地观察过它们。它们虽然都不尽相同,但它们都有着同样健美的枝干和含笑的绿叶。是的,它们无疑都有着同样旺盛而美丽的生命力!他想象着不久的未来它们都能够成为栋梁。

他也知道,这些青春的小树也日日注视过他,用它们沙沙的林叶的低语安抚过他,感动过他,也启迪和鼓励过他——不要忧愁,不要消沉,无论在怎样平凡和烦恼的生活面前。相信吧,一切的烦恼都将成为过去,而未来的欢乐却是我们每个人共有的!愿我们每个人都能够像小树林热爱春天,像鸟儿们热爱大自然一样地去热爱生活,让个人的生命在共同的季节里充满新绿、充满更旺盛的生机和更博大的信念吧!

于是他感到脚下的道路松软而又坚实,它们弯弯地而又义无反顾地向远方伸去,他知道这是他和孩子们共同走过的小路。小叶女贞树也是他们每个人都熟悉的,那还是顾菲儿在一篇作文里写到的世界上最美丽的树。他们每天从这一条小路上笑着闹着走过。是的,他们都将在这些小路上完成各自的中学时代!

那么今夜,他们又会在做着一些什么样的梦呢?

遥看天际,他将他的目光投向了那数不清的在朦胧的夜色中渐趋明亮的星座。他仿佛正看见那些学生未来的样子。他知道,在大地上,他们是花朵,是绿树,升上天空,他们便如星光一样,将会交相辉映,纷呈光芒与色泽。即便是最小的星星,也会有自己的位置与光芒……同时他也明白,他不仅仅是一个单纯的平易近人的老师,他的喜悦也不是单一的个人的喜悦。

这样想着的时候,天色已很晚了。新月像一朵遥远的黄玫瑰开放在薄薄的浮云里,开放在静静的校园的上空……

突然,一阵美丽的吉他声吸引了他。这声音时断时续,那么柔和而又略带伤感。它是从小沙河边的田野深处传来的。他仔细分辨着它的旋律,确信这是学校里的高中生们最近都在唱的那支《雁儿在林梢》:

问雁儿,你为何流浪?
问雁儿,你为何飞翔?
雁儿呵,雁儿,
我愿在你的身旁,

为你遮雨露风霜……

美丽的琴声牵引着他,不由自主地悄悄地向那儿走去。

他看见了一位穿着一件苹果绿上衣的女孩和一个男孩子坐在一起,少女在漫无目的地弹着一把吉他,男孩子心不在焉地翻看着一本什么书。他们是那么安静地坐在一起,没有言语,仿佛也没有任何意念。只有柔和的音符和着朦胧的月色洋溢在他们四周,像轻柔的河水拍打着静静的沙岸……

他依稀认出他们是高三某个班的同学。他知道再过几个月他们就要毕业离开这儿了。这是他们短暂的中学时代的最后一个春天……

这一瞬间也闪过了他自己遥远的中学时代的某一天。也是这样一个充满温情的四月的黄昏吧?但那时候的友情恰如一只不幸的小鸟,永远只能在心儿与心儿之间艰难地挣扎着,谁也听不见谁内心的声音。那是一个寂寞而穷苦的年代。

他因此完全能够理解眼前这两个中学生。这些正在走向成熟的少男少女,他们的心中其实都在飘着无声的雨点。不是吗?他们正在与一些最珍贵的日子告别!

这一刻他的心情是复杂的。

这时候,女中学生抬头看见了他,两人一阵惊慌,像两只在幽谷里突然受到惊吓的小鹿,又如做错了什么事的孩子站在大人的面前一样惊慌不安。他们脸儿红红地站着。女孩倒乖巧,怯怯地向他点了点头。这一瞬间他倒突然觉得自己的心里充满了歉意。他真想说一

句——请你们原谅……然而他终于没有说出口。他只是也微笑着向他们友好地点了点头,轻轻地告诉了他们一声:"该回去了。你们看天色晚了,早点回家吧。"

其实他还多么想再对他们说几句话呵!他想平静而真诚地告诉他们,你们毕竟都是年轻而单纯的,当一只雁儿还没有真正地开始自己独立的生命旅程时,它还是多么应该回到那美丽而热闹的群体之中!那里将有着更多理解、信任和友谊的温暖。离开了这样一个大群体,我们都同样会感到一种寂寞和孤独的,尤其是当我们年少的时候……

一边走一边这样想着,他不禁也轻轻地哼起那支《雁儿在林梢》来了:

> 问雁儿,你为何流浪?
> 问雁儿,你为何飞翔?
> 雁儿呵,雁儿,
> 我愿在你的身旁,
> 为你遮雨露风霜……

这一瞬间,他突然又想到了顾菲儿,想到了顾菲儿的那双幽静而美丽的、如诗如梦般的眼睛,想到了她那小小的单薄的身影……

他低着头边走边想,不觉已到了校门口。

"老师……"

一个轻柔和熟悉的声音飘过来。

他闻声一抬头,看见的不是别人,正是顾菲儿拿着一册英语课本站在那里。

二

自从上次管家琪越俎代庖,向田野透露了顾菲儿的心事之后,田野也就尽可能地回避和顾菲儿的单独接触。

他也悄悄地观察到了,顾菲儿的表现虽然也算正常,但看得出,她似乎也总在有意无意地回避着他。

田野想,这样就很好,谁也不要再去触碰那个秘密。他固执地相信,在这样的时候,对这样的秘密,自己只有沉默才是对这个小女孩的最大的尊重、感激与爱护!而除此之外,他是没有任何可以轻率地去表示接受、加以责备或明确拒绝的权利的。

他明白无论是哪一类感情,只要它是真诚地发自心灵深处的,是善良和美好的,而且是自然而然的,那么它也就是正当的。渴望吐露和倾诉这种感情也是每个人——包括这些十六七岁的少年们的正当权利。

田野想其实也用不着什么大惊小怪的。这些十六七岁的中学生,涉世未深,阅人尚少,能够得以经常接触和交往的异性中,除了自己的亲人和同学之外,最亲近的也就是自己的老师了。而一个年轻的、单身的,尤其是比较随和的老师,自然比其他人更容易、也更有可能成为自己的学生所崇拜和爱慕的对象。

同样的道理,田野想,作为老师,他自己也不例外,自然也有选

择爱与被爱的权利。对于爱,他也拥有最美好的憧憬和最敏感的感觉。这种憧憬和感觉将制约着他,既不轻率地对待自己,也不轻率地对待别人。没错,他是有他自己的感受与标准的,就像植物懂得什么样的土壤最适宜自己的生长,就像鱼儿熟悉真正属于自己的湖水的温度……

可是,也正因为自己是一位老师——田野明白,他的身上就比一般人又多了一份毋庸置疑的、近乎神圣的责任:当他一旦真实地感觉到了那样一个时刻的来临,当他一旦面对了那样一双纯真而又灼热的眼睛,他便更不能够轻松地表示接受,或者简单地予以拒绝了!哪怕是自己的心灵深处渴望着接受,或者是有一个声音又命令他拒绝……他也不能够的!

他知道面对这样的目光,如果表示接受那便意味着让一颗纯真无邪和尚未成熟的心灵,从此就背起了一个沉重的诺言!而这个诺言也许在不久的一天,无论是对于哪一方来说,都可能是一个"美丽的错误"——不因为别的,只因为人生漫长,前路尚远,也许还会有更优秀的旅伴、更幸福的机缘,正在未来的路口上等待着他或她的到来呢!

那么,拒绝呢? 田野觉得这同样有可能对一颗小小的、真诚和单纯的心灵造成伤害。尤其是对于那些过于自尊、敏感和脆弱的女孩子来说,即便是最委婉的拒绝也是她们那纯净和柔和的心所无法承受的呢!

怎么办呢?

田野觉得这倒真像是哈姆雷特王子所遇到的那道艰难的选择

题了!

哦,人生!哦,青春!怎么会有这么多艰难的、折磨人的难题呢!

现在,当田野散步回来,突然看见顾菲儿一个人站在深深的暮色里,他心里头不由得又划过一丝惊异!他想自己刚刚在心里想到了这个小女孩,她就这么突然地、悄无声息地出现在他面前了!这真像是人们常说的"心灵感应"啊!他暗自庆幸,多亏人的思想不是全都写在脸上的,否则,那就更难以解释了。

"老师,您一个人散步呀?"顾菲儿见田老师好像在发怔,轻声地问了一句。

"哦,顾菲儿,又是你……"应该说,田野心里对这个小女孩早就有所偏爱了。与其说他是把她当作自己的一个学生来看待的,倒不如说他在心底里早已把她视为一个有着共同爱好的朋友、一个可爱而又有点任性的小妹妹了更为恰当。现在,见她独自又站在外面没进教室,换了别的同学,他也许会责备几句的,但对顾菲儿,田野却只好宽容地说道:"好呀,顾菲儿,人家古代的诗人是喜欢'无言独上高楼',而你却总是无言独立黄昏呢!怎么?有事呀?"

"有,我正在等您。"顾菲儿把书捧在胸前,眼睛里闪着一丝异样的光彩。

田野第一次从顾菲儿的眼睛里看到这种不加掩饰的有点大胆的光芒。这样的光芒出现在管家琪等女孩子的眼睛里倒也没有什么,可是出现在顾菲儿的眼睛里就使田野有点惊慌,也有点好奇了。

"等我?你怎么知道我会在这里?"

"这……凭感觉呗!"顾菲儿不无得意地说,"我老远就看见有个人在那里走来走去的,猜想就是您!"

"你呀!"田野亲昵地说道,同时两只手臂也很自然地伸展开来,仿佛正忍不住要拥抱一下这个傻傻的纯纯的小女孩,或者抚摸一下她的亮丽的长发。但这一瞬间的冲动倏然又消失了。他把已经伸出去的一双热烈的手,只好又慢慢地收回来插进自己的头发中。他仿佛是极不自然地捋了捋自己的长发,接着问道:"什么事?在这里可以说吗?"

"不,不可以的。我想……明天中午……跟您谈谈……"顾菲儿那灵动的眼睛已经看到了自己的老师刚才的那个动作的细节,她用期待的目光看着自己的老师,仿佛正在询问道,"可以吗?"

"跟我……谈谈?"田野似乎压根儿没想到,顾菲儿会主动提出来找他谈谈,所以他一点思想准备也没有,"当然可以的。只是我希望,我们能够平等地、冷静地对话……你明白吗?"

顾菲儿心里当然明白田老师的意思。她低下头去,不做回答。

"那么,在哪里呢?明天中午,你到我办公室里来?"田野问道。

"不!我……只想让您一个人知道。"顾菲儿抬起头来说,"如果您不反对,还是在老地方吧?"

"老地方?"田野不明白,"什么老地方?"

"管家琪约您的地方呗。"

"又是小沙河边?"田野苦笑着说道,"好,好,算我跟小沙河有缘分吧,我真是……真是服了你们啦!对了,管家琪来不来?明天中午……"

"不,她另有约会。"

"什么？她也有约会？"田野惊叫道，"你们这是……"

"您别敏感。明天是她小学时的一个女同学过生日，她们要聚会的……"

"所以，你就赶紧趁机约我'谈谈'？"

"随便您……怎么理解吧！"顾菲儿的目的已经达到，便丢下这么一句话，一转身向教室里跑去了。

三

还是在读高一的时候，顾菲儿就看过一本名叫《苏菲的世界》的超级畅销书。那是她的爸爸从香港给她买回来的。据爸爸说，那里的中学女生都把这本书称为90年代的《爱丽丝梦游奇遇记》。

只可惜，这本书是繁体字排版的，顾菲儿觉得看起那些繁体字来实在是太费劲了。好在她可以连认带猜，竟也把这本超级畅销书给读完了。

它写的是一个14岁的小女孩苏菲有一天放学回家，突然发现了一封神秘的信，"你是谁？"信上只写了这样一句带问号的话。

接着，苏菲又收到了第二封、第三封……同样神秘的信。信上的一个个问题引起了小女孩极大的兴趣。

"世界是从哪里来的？"

"万事万物是否由一种基本的物质组成？"

"水可以变成酒吗？"

"泥土与水何以能制造出一只活生生的青蛙？"

……

这些问题一旦进入苏菲的世界,她觉得整个人生就像一个个谜团一样在她的眼前一一展开。一个"神秘的导师"通过一封封神秘的信,引导着这个14岁的少女开始思索起从柏拉图到康德,从笛卡尔到弗洛伊德等许多哲学大师们毕生思考过的一个个无底之谜。

顾菲儿觉得,一部《苏菲的世界》就是一部深入浅出的人类哲学史。它不仅能唤醒人们内心深处对生命的敬仰与赞叹、对人生意义的关心与好奇,而且也为每一个人的成长——使生命从混沌走向智慧、由困惑进入觉悟之境,挂起了一盏盏明亮的桅灯,点亮了一颗颗不灭的天星……

因为这样一本书,顾菲儿也不能不联想到那个一直在困惑着她和折磨着她的问题——关于爱情……

她很早就觉得,爱也是一个如同哲学般深奥的字眼。它神秘得像梦境,抽象得像寓言,朦胧得像无题的诗歌,不可捉摸得如同现代音乐……然而,它又分明温暖得如同冬日的阳光,亲切得如同夏日的清流,朴素和自然得如同大地上到处可见的绿草……

假如有谁也能写一本像《苏菲的世界》这样的书,来专门谈论"爱"这个古老又新鲜的话题,来为自己解开那些纠缠的心结、飘忽的思念和折磨人的困惑……那该有多好啊!有许多次,顾菲儿独自坐在窗前,双手托着下巴这样呆呆地想着。

譬如她对田老师的这份感情——这份爱吧,顾菲儿就多次叩问过自己:难道说它注定了将是一道无解的方程式?一个没有谜底的谜?一片无望的期待?一声永远听不到回声的呼唤?

哦,用不着隐瞒和掩饰,顾菲儿觉得每当她想起田野老师来,哪怕是在课间的教室里、走廊上,随便听到谁说到了田野老师的名字,她的心里都会感到一阵悸动,就会有一种十分甜蜜和美好的感觉悄然升起,然后伴随着她的无边的想象,在她的脑海里弥漫开来的……

顾菲儿觉得,长时间以来,田野老师之于她,正像柔和的风儿之于一株小小的含羞草,哪怕是最轻微的一丝吹动,她都会感到一阵欣喜的颤抖,一种悠长的、甜甜的回味……

她想既然是这样的一份感情、这样的一份爱,她为什么不能把它明白无误地告诉给田野老师呢?难道说就因为自己是他的学生,便必须把一切最真实的感情、最渴盼的东西,统统抑制在心灵深处,而不给它们以生长的机会吗?或者是必须得严严实实地包裹起来,让它们变霉、发酸,甚至成为一种苦恼、忧愁和怨悔吗?

哦,不!不!顾菲儿想,这样做对她——不,对任何一个人来说,未免都是太冷酷、太粗暴、太残忍了!

爱一个人或者渴望着被一个人爱,绝不是一种罪孽,不是一种离经叛道,不是一种伤风败俗……不是,绝不是的!

顾菲儿想,就是田野老师也不应该仅仅因为自己是一位老师,便在自己的四周设置起一道厚厚的围墙,违心地把自己封闭起来,就像格林童话里的那个自私的巨人,用高高的栅栏围起春天的花园,而不让孩子们进去获得幸福和欢乐……

哦,不,也许在田野老师的内心深处,他是比任何人更懂得和更渴望爱情的!顾菲儿又想到,说不定他在心灵深处对于理想中的爱情的等待比所有人等得更苦、更为强烈呢！只不过他性格温和,他有修养,他恪守着传统的训诫与师道,他才做到了表面的沉静,就像一座沉默的冰山最属于自己的那一部分，只在深深的海水下面移动着、碰撞着……

那么,他敢于承认这一点吗？他必须这样做,必须成为一座"沉默的冰山"吗？他这样做是否也是一种自己不能战胜自己的表现呢？他是否也在违背自己的意愿,故意逃避那些自然而然的东西呢？顾菲儿继续想到,田野老师不是总是要求同学们无论干什么事情都要真诚,要拒绝一切的欺骗和虚伪吗？那么,他自己的所作所为能说是一种真诚吗？能说不是一种欺骗和虚伪吗？哦,老师,您赶快承认了吧,您是在欺骗自己的心灵,或者说,您是在为自己的真实感情罩上了一层虚伪的外衣啊！

那么,让我来帮助您脱下这件外衣好吗？顾菲儿想。她觉得田野老师在对待她这份感情上很显然是束手无策的,不仅束手无策,他显然还在有意地逃避和压抑着什么。这也不能怪他,除了沉默,他还能有更好的选择吗？

可是,这种沉默对于一个痴情的小女孩来说,又是多么苍白无力啊！顾菲儿无法忍受田野老师的这种沉默。

她是极其敏感和有个性的小女孩。有人曾经给她看过手相,说她的"情感线"很深,说明她是一个看重感情、喜欢意气用事的人,这样的人轻易不会喜欢什么人,可是一旦喜欢了便再也不易改变……

她觉得自己真是这样一个人！

譬如对田野老师她就是这样。

她觉得无论如何她都再也不能离开他了。她甚至还想到过,自己从去年暑假时就一直在听的、不知道已经听了多少遍的那首《风之花》,莫非真如一段可怕的谶言:

不要去靠近那种古老的风之花
一旦靠近了就会离不开它……

是的,她觉得她现在已经真的靠近了这种神秘的风之花——这种古老的爱之花了……

她感到要等着田野老师主动来找她谈一点什么那似乎是不可能了,那只能是一种无望的等待了。

那么,为什么自己就不能主动地去找他谈一次呢?

当这个大胆的念头闪过她的头脑时,她几乎是为自己的勇毅吓了一跳的。

但旋即她就觉得除此之外她没有更好的办法了。她才不愿像田野老师那样欺骗和压抑着自己的心灵呢!她甚至还觉得,命运所能给予她的向田野老师表达自己的那份真实的感情的机会,也许只有这么一次!是的,只有一次!命运不会连一次表白的机会都不给她,同样也不会再给她第二次机会的。就这一次了!她固执地相信,一个人的爱情只有一次,只能有一次,也只应该有一次!这是她的初恋,也将是她最后的爱恋!她必须鼓足所有的勇气,孤注一掷,不依靠任何人——连管家琪也不让她知道——而是自己去向田野老师坦白她隐秘的心迹……

她还从自己十七年来的所有记忆与经验里为自己找到了类似的榜样。她想,琼瑶在中学时代深深地爱上了自己的国文老师之后,不也是自己主动地、大胆地去向老师表白的吗?《简·爱》的作者夏洛蒂·勃朗特,在少女时代爱上了自己的修辞课老师康斯坦丁·埃热后,不也是因为忍受不了老师的长久的沉默,而在那个"布鲁塞尔之夏"大胆地给老师写去了表白自己心声的长信吗……现在,顾菲儿觉得,她自己也陷入了一个充满迷茫和痛苦的"布鲁塞尔之夏"了……

是的,她再也无法克制自己的那种渴望了。她恨不能立即去找到田野老师,把自己心中的一切爱恋和向往都真诚地告诉他!哪怕那等待着自己的将会是一种更深的沉默和更巨大的失望……

……

就这样,这个 16 岁的——不,刚刚进入了她生命的第 17 个春天的少女,在经过了许多天的苦苦的、反复的思考之后,最终还是决定要约自己的老师正式地、不需要任何别的人在场地谈一次了……

使她感到高兴的是,对于她的这个大胆的请求,田野老师没有回避,也没有拒绝。

她想也许这将是一个好的征兆。那么,明天在那美丽的小沙河边,在那块被她命名为自己的"心灵的沙洲"上,那未知的命运将会给她一个什么样的回答呢?

啊,明天!明天!明天会是什么样子呢?

似乎没有谁能够告诉她。

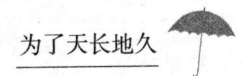
为了天长地久

她想起了罗曼·罗兰的那部著名的小说《约翰·克利斯朵夫》的结尾：

早祷的钟声突然响了，无数的钟声一下子都惊醒了。天已是黎明！黑沉沉的危崖后面，看不见的太阳在金色的天空中升起。快要倒下来的克利斯朵夫终于到达了彼岸。于是他对孩子说："咱们到了！唉，你多重啊！孩子，你究竟是谁呢？"

孩子回答说："我是那个累人的明天！"

尾声 劳燕分飞

当那个被所有的中学生称之为"胜利大逃亡"的、几乎集校园岁月里的一切紧张、压力、竞争和拼搏之大成的。同时也意味着整个中学时代即将结束的时刻——高考——过去之后,我们要讲的这个"校园罗曼司",也接近了它的尾声。

一般说来,一个人的生活中总难免有这样或那样的阴差阳错。所谓命运有时也的确会在不经意时捉弄一下那些善良和单纯的人们。但是,更多的时候当真正的人生的大幕一旦拉开,无论是谁,在什么场合,都必将严格按照生活原本的轨程,自然而然地发展下去的,任何力量都无法改变,任何人也都不要幻想去粉饰它、或人为地想使之产生什么戏剧性效果。

不,人生没有捷径。越是平平淡淡的生活,越来不得半点虚假和矫饰。就像一切河水的流向,自然而又真实;就像日月的交替、季节的更换,循序渐进,毫厘不爽……

这似乎也就是田野老师所信服的黑格尔的那句名言"性格即命运"的意思吧?

按说,无论是田野老师、林杉老师,还是顾菲儿、管家琪、唐兵……他们的生活都是尚在"进行"之中的,还没有成为"过去式"。所以,他们的故事也就不存在什么"尾声"的。不过,为了满足那些对所有的故事总是怀着一种大团圆的期盼心理的人们,在这里我还是对新世纪中学里的这些平凡而善良的老师和同学后来的一些事情做一点简要的交代吧。

还在初夏的时候,高二甲班——不,现在应该称之为高三甲班了——要照毕业合影像了,同学们特地到袁小倩的墓前去了一次,从那里带回来一束淡蓝色的小野花。细心的女孩子们用袁小倩生前最喜欢用的那种淡蓝色的发带把它们轻轻地扎成了一小束,放在了特意为袁小倩留出的一个小小的、空空的座位上。他们都明白,从此不论他们走到哪里,也无论时光怎样流逝,只要一看到这张照片,一种伤逝的柔情,一种对于美好的少年青春时光的怀念,便会重新溢上他们的心头,袁小倩的甜美的歌声将留在他们每一个人的中学时代的记忆里……

高考结束后,七月的最后一天,高三甲班的全体同学又去凤凰山下、凤凰潭边的河谷空地上,开了一个狂欢的篝火晚会。晚会上许多同学都依依不舍地流下了眼泪……

这一次,管家琪破天荒没再对乔美丽横挑鼻子竖挑眼了。在晚会上,两人不约而同地正式宣告,她们那两家"相依为命"了三年之久的"小道消息社",从此将停业关门,而她们这两位辛苦的"社长"也当着全班同学的面,终于历史性地握手言和了。

不过,由于长久的"职业的敏感",乔美丽又意外地发现,管家琪和唐兵跳舞的时候,眼色亲昵得有点过分——说白了吧,管家琪明显是在向唐兵不停地放电!

不仅乔美丽感觉到了这一点,别的同学也都不再掩饰地开起了唐兵的玩笑:"唐兵你要小心哦!身边有只母老虎——不,有条电鳗,以后可是不好过的噢!"

唐兵说:"那我只好舍身饲'虎'了。男子汉大丈夫,我不下地狱谁下地狱?"

管家琪气得狠狠地捶了唐兵一拳:"美得你!看我以后怎么治你!"

同学们又哈哈大笑了一番。他们都在心里祝福管家琪和唐兵二人将来能够永远在一起——因为他们两人报考了同一所商学院……

柯豆儿果然被干妈的话不幸言中了:考不上大学就回来帮干妈料理服装店,将来当个副经理什么的。他对唐兵说:"哥们儿,你大胆地往前走,家里的事儿就包在兄弟身上了。咱不是块读书的料,不过,20年后,说不定咱会成为企业家呢!"

"能!一定能的!"大家都鼓励柯豆儿说,"到那时同学们聚会,大家就不用找别人搞赞助了。哈哈……"

柯豆儿一拍胸脯:"没说的,小菜一碟!"那神态仿佛自己已经是一个大款了。

乔美丽和班长陆志秋一起考进了本市的一所财贸学院。有人打趣地跟乔美丽说:"美丽,咱班头可是个老实人,往后你可得替大伙儿多照顾着点儿,别让什么刁蛮的泼妇把咱班长拐骗了去。"

"是呀,是呀,美丽,咱们班头的命运可就交给你了。"又有一位饶舌家不甘寂寞了,"依我看,乔小姐您干脆就屈驾一下,和咱班长……啊,岂不是更好?别的优点就不说了,咱班头为人老实,寡言少语,您要是说东,他还敢往西?对不对呀,班头?……"

"哈哈……这不成了由同学'包办婚姻'了吗?"

"什么叫'包办婚姻'?这叫'肥水不流外人田'嘛!"

这些玩笑话把乔美丽气得呀,打了这个又去追那个。不过,她的心也被同学们的这些话搅得乱乱的了。至于她和班长陆志秋将来会不会走到一起……那就谁也说不准了。

是呀,未来的事情谁能预料呢?

考得最好的是副班长李亚妮。还在考试前,她就在班上给同学们念过一篇叫作《在北大等你》的文章。那是一位已经进入了北京大学圣殿的大学生写的,字里行间充满了自信和豪气。李亚妮说:"看看人家,'在北大等你'!咱们中间谁敢这么牛地来它一句?"

没有人敢吱声。

李亚妮当时好像也不敢做如是想。

不过,结果出来后,她如愿以偿——她成了新世纪中学这一届毕业生中唯一考取了北大的学生!

田野老师祝贺她说:"北大也曾经是我中学时代的一个梦想,可惜是壮志未酬!现在,李亚妮,让我为你骄傲吧!我的梦想在你这里成为了现实……"

李亚妮说:"盼望老师以后到北大去看看。您不是一直很欣赏朱自清笔下的校园之夜吗?到时我一定陪您到处走走,未名湖,红楼……"

"一定！一定！"田野激动地说。

当然，最出乎同学们意料的是顾菲儿。按照她的考试分数，她完全可以填报一所一流大学的中文系或外文系，然而她给自己填写的第一志愿竟是S师范大学中文系。

这是田野老师的母校。

也许，只有田野老师——当然，还有管家琪，懂得顾菲儿为什么要去S师大中文系。

还在高考前夕，顾菲儿就知道了田野老师的打算，甚至知道了田野老师童年和少年时代的若干艰辛的经历。也就是在高考结束的那天，一个静静的、月光流泻的夏夜里，她悄悄地打开了一本地图册，在里面找到了那个名叫大青山的地方。她知道那里就是田野老师的故乡，是田野老师将要归去的地方……

林杉老师也信守了她的诺言，善始善终地带完了这一届高中生的英语课程。在高考前夕，她收到了"新状态唱片公司"寄来的正式的签约合同。

她最后一次去请求田野，希望他能和她一起去南方。

但她看到的是田野的一张已经写好的申请调回故乡教书的报告。

她对田野的这番决定大惑不解。她已经无法再欣赏田野的这种理想主义了。

琴弦已断，人各有志。她知道他们不得不分手了。

"你去吧，田野！回到你的故乡去吧！你是我至今所见到的最后一个可敬可爱的理想主义者！"林杉凄然地望着田野，真诚地说，"请你相信,无论怎样,在新世纪中学的这段短暂的时光对我来说都是难以忘怀的,因为我在这里认识了你……"

"不,忘了我吧,林杉,快乐地去走你的路吧。我……我在心里深深地……祝福你!"田野说,"将来,无论在什么地方,我都会留心倾听的,为了听到你的歌声……"

"谢谢你,田野。我……说什么好呢?你不是常常看那本《金蔷薇》吗?那么你一定记得在巴乌斯托夫斯基笔下,那位善良的童话诗人安徒生,在他就要永远地离开叶琳娜的时候,叶琳娜是怎么说的吧?'哦,走吧,解脱你自己吧!让你的眼睛永远微笑着,我的可爱的流浪诗人!不过日后,你由于年老、贫困或者疾病而感到孤独和痛苦的时候,无论你在哪里,你只要说一句话,我就会徒步越过积雪的山岭,走过干燥的沙漠,走过千里万里,赶到你的身边的……'"林杉苦笑着对田野说,"也许,我们两人这就叫情深缘浅吧?那么,现在,也轮到我对你说叶琳娜曾说过的话了……"

"林杉,我……"

好像是第一次吧——也可能是最后一次,田野紧紧地抓住了林杉的手。

就像共同走过了一段路程的两个过客一样,在他们将要分别的时候,两双手紧紧地握在了一起。

田野看见晶莹的泪光正闪动在林杉凄然的眸子里。在这一瞬间,他感到她那含泪的眼睛仿佛是一座炼狱,而晶莹的泪光恰似燃烧着他灵魂的火焰!

他没有勇气再面对这双眼睛了。

他深知，假如自己任由这样的爱情之火燃烧起来，他的心是容纳不下的。

他一点也不怀疑，这样的爱情会给他带来幸福和欢乐，但同时也会使他感到惊悚和不安——因为他无力承受它随之将带来的一切变幻和意外……

他知道这才是他真正的命运！

那么，再一次深深地互道一声珍重，然后就毅然地分手吧！

劳燕分飞，谁也不必挽留了……

就在送别了顾菲儿、李亚妮、管家琪和唐兵等同学踏上蓝色列车后的第二天，田野老师也接到了区教委批准他调回故乡任教的调令。

几天后，他告别新世纪中学，告别牛校长和同事们，背着一个小小的行囊，独自踏上了开往故乡的长途汽车。

在车上，他无法使自己的心情马上平静下来。突然，他像记起了什么似的，从背包里找出了顾菲儿在分别时留给他作为纪念的那册手抄的《风之花》诗集。

打开《风之花》诗集，他一眼看到了顾菲儿夹在其中的一封长信。

他读着，读着，眼睛里溢满了泪水……

他的模糊的目光，停留在信中的最后一段文字上：

我将永远记得去年的春天，在静静的正午时分的小沙河边，那个对我来说是那么重要的时刻。谢谢您，亲爱的老

师,您虽然没有责备我,当然也没有更充足的理由说服我,但是您却像最真诚的朋友一样尊重了我,理解了我,也提醒了我。您说:"只有秋天才是意味着收获的季节,而我们现在正处在春天,正处在初夏。当美丽的三色堇正无忧无虑地开在初夏的墙头,谁愿意、谁又有权利去粗暴和轻率地摘下它呢……"您说让一切都留待明天——留给那些尚未到来的日子吧!也许,只有公正的时间才有权利来收获那悄然生长和悄然成熟的一切!哦,亲爱的老师,也许,您并不知道您的这些诚恳的语言是怎样轻轻地滋润了我的心田。而我也仿佛感到了一种从未有过的开朗、幸福与自信开始在我的心中萌芽了!正是从那一个正午开始,我重新感到了天空、阳光、青春以及整个生命与世界的美好与可爱。我期待着您所说的那些尚未到来的日子快快到来。但我也深知,我必须以更加珍惜和善待所有今天的日子作为前提。我从那时起,便常常在心里对自己说道:哦,记住啊,你这个任性的、喜欢幻想的小女孩!为了那样的一天——将来的、美丽的、对于过去更加值得回忆的、而且能够无怨无悔地与他重新相见的一天,你一定要好好生活,可别让他失望啊!那么,等着我吧,亲爱的老师!也许——不是也许,而是一定的——在四年之后的同一时刻,也是在这样爽朗的秋天,我想会有一辆开往您的故乡大青山腹地的大客车,把一个小女孩带往您的身边的!哦,不!那时候我将不再是一个18岁的小女孩了。我会长高,我会长大!我也将变得比现在更加坚强和成熟。让那时候的秋风轻轻地吹拂起我美丽的长发，让那时候的阳光照亮我心中所有美好的秘密的愿望吧！我将为了寻找自己的一个美丽的梦想而来，我将为了寻找自己心中的爱情而来。我相信那时候，会有一个人站在某一座山口或某一个站牌下等待着我的。不论他那时候将会变成什么样子，但有一点是什么力量也改变不了的，那就是他心中的全部温情和诗意——善良和美好的诗意！相信吧，我会找到他的，那是我的梦想，那是我的命运……